名/家/忆/往
系/列/丛/书

汪兆骞 主编

韩静霆 著

# 猫之祭

中国文史出版社

**图书在版编目（CIP）数据**

猫之祭 / 韩静霆著. —北京：中国文史出版社，2019.5
（名家忆往系列丛书 / 汪兆骞主编）
ISBN 978-7-5205-1053-0

Ⅰ. ①猫… Ⅱ. ①韩… Ⅲ. ①回忆录—作品集—中国—
当代 Ⅳ. ①I251

中国版本图书馆 CIP 数据核字（2019）第 055435 号

责任编辑：李晓薇

**出版发行：中国文史出版社**

社　　址：北京市海淀区西八里庄 69 号院　　邮编：100142
电　　话：010－81136606　81136602　81136603（发行部）
传　　真：010－81136655
印　　装：北京新华印刷有限公司
经　　销：全国新华书店
开　　本：880mm×1232mm　1/32
印　　张：10.75
字　　数：231 千字
版　　次：2019 年 6 月北京第 1 版
印　　次：2019 年 6 月第 1 次印刷
定　　价：52.00 元

# 个人印记的精神图景

## ——关于散文的絮聒之三

汪兆骞

记得壬辰年之春，曾应中国文史出版社之邀，为该社主编过一套"当代著名作家美文书系"散文丛书。所选皆与我熟稔的著名作家之散文名篇，每人一卷。经年老友多过花甲之年，正是"老去诗篇浑漫与"，其为文已到随心所欲之化境，锦心绣口，文采昭昭，自出杼机，成一家风骨。文合为时而著，本人性，状风物，衔华而佩实。我在总序中说："这些大家的散文，是血肉之躯与多彩现实撞击出的火光；是人性与天理对晤出的大欢喜、哀凉与哲思；是直面人生，于世俗烟火中，发现芸芸众生灵魂绽放出人性光辉的花朵；是针砭世事，体察生活沉重，发出的诘问。高山安可仰，徒此揖清芬，篇篇似兰斯馨，如松之盛，赠君以言，重于金玉，乐于琴瑟，暖于棉帛。"

该丛书面世之后，反响不俗，其中莫言、陈忠实两卷尚获重要文学奖项，可惜仅出版六卷，便草草收场。问题不少，但其主要原因，是我已准备十多年的七卷本"关于民国大师们的集体传记"《民国清流》系列的撰写，到了不能再拖的地步，实在无力分心旁骛，只能抽身。

忽忽六年过去，早已在眉梢眼角爬上恁多暮气的我，已成白头老翁，所幸七卷本《民国清流》，在晨钟暮鼓、花开花落中，陆续顺利出版，且另一长卷《文学即人学：诺贝尔文学奖群星闪耀时》，也即付梓。此时中国文史出版社再次请我主编"名家忆往系列丛书"，鉴于壬辰年所主编丛书，虎头蛇尾，一直心怀愧歉，便欣然从命。于是再邀文坛名家老友，奉献散文佳作。幸哉，老友鼎力相助，纷纷响应。惜哉，一贯为散文发展热情捧薪添火，"纵横正有凌云笔"的贤亮、忠实二君，已不幸驾鹤西行。"西忆故人不可见"，只能"江风吹梦到长安"了。

本人一生以职业编辑之身羁旅文学，在敬畏、精诚、庄严、隐忍中，为人作嫁衣裳，便有了与诸多作家和他们的文字相知对晤的机缘。哲人云"缀文者情动而辞发，观文者披文以入情"。徜徉于作家们"笼天地于形内，挫万物于笔端"的文字里，读出他们灵魂中的人文关怀、文化担当和审美个性。如芙蓉出水，似错彩镂金，辨而不华，质而不俚，风调高雅，格力遒劲，文里寄托着他们太多的人生思考，太浓的文化乡愁。

在中国现当代文学创作体裁格局中，散文承载着民族文化和民族心理的丰厚蕴涵，但综观当下散文创作，呈现一种浮躁焦虑状态，缺乏耐心解构，"过于正确与急切的叙事"

抒情，其面目无论多么喧嚣与璀璨，都不过是"现实的赝品"，致使一端根植在现实大地、一端舒展于精神天空的散文艺术，弥漫着文化废墟和精神荒原的气息。

编这套名家"忆往"散文丛书，所选皆是作家记住或想起保留在脑子里过往事物印象的文学书写。人生天地间，若白驹过隙，忽然而已。往事俯仰百变，人生如梦，"人生到处知何似，应似飞鸿踏雪泥"。那雪泥上留下的爪痕，便是人生行旅的印迹。作家在回忆人生往事时，举凡小事大道，说的都是自己对过往的所思所悟，其间自有人生的哲学睿智、思想境界和灵魂风骨。他们在山河人群和过往的历史中寻找自己，确证自己的命运过程，从中可看出行于江湖的慷慨悲凉、缠绵悱恻的种种气象。他们是带着哲学思辨意味的作家学者的气质，赋予个人印记以精神脉络的，忆往便构成共和国历史生活图画的一部分。

文者，言乎志者也，散文之道，理性与感性、世俗与审美、形而上与形而下之间的穿梭徘徊，胡适先生云："有什么话，说什么话。"说真话，说新话，说惊世骇俗之话，说"人人心中有，个个笔下无"的禅机妙语。另又想起壬戌年岁尾，去津门拜望孙犁先生，寒暄之后，知先生刚为我就职的人民文学出版社要出版的《孙犁散文集》写完序，即向先生请教散文之道。先生笑而不语，遂将其序示我。其序简约，语言平实，只谈了三点"作文和做人的道理"。年代虽久远，先生关于好散文的标准，仍铭记于心，便是：要质胜于文，质就是内容和思想；要有真情，要写真相；文字要自然，若反之，则为虚伪矫饰。先生之于文，可谓闳其中而肆其外。灵丹一粒，合要隽永。如何写好散文，胡适、孙犁两位大师以三言两语警策之言，已说得明明白白。但让人不解的是，总是有些论者，把散文创作说得神乎其神，看似格韵高绝，然如雾里看花，终隔一层。诸如异想天开，鼓吹什么体裁层面上移形换位的跨界写作便可商榷。

编此丛书，无意匡正散文创作的现状，只想向读者推荐货真价实的好散文。于是从他们的作品中，揽片羽于吉光，拾童蒙之香草，挑出"天籁自鸣天趣足，好文不过近人情"的既有人间烟火气，又"有真情""写真相"的"尽美矣，又尽善也"（《论语·八佾》）的美文，编辑整合，以飨读者。

诗书不多，才疏学浅，序中难免有谬误之论，方家哂之可也。对中国文史出版社和诸作家为构建书香社会捧薪添柴的精神，深表敬意。

戊戌年初秋于北京抱独斋

# 目录

第一辑

爱 的 岸

只要同舟共济，即使启航的港湾不是那么美好，彼岸总是在美好的憧憬之中的。

# 我是矮子

我意识到自己矮小，是那年夏天在国家女篮采访宋晓波和郑海霞的时候。那天，女篮们训练完了，回宿舍。我掺在她们队伍里，下意识地拔直了脊柱，走得很是雄起，可门口老传达竟然没发现宋晓波们的胳肢窝底下，夹带了一个大摇大摆的生人儿。这些风风火火的女人，一路上大脚丫子忽扇忽扇的，呱呱有声，让我莫名地觉得有点儿压抑，觉得自己是格列佛小人国的臣民，误入了大人国。特别让我受不了的，是坐在郑海霞床边采访，那床特高特长，郑海霞打了两个折坐在床边，两只船儿一般的六脚，稳稳当当泊在水泥地上。我的腿短，两只脚只好悬在半空，够不着地，我赶紧把采访弄完了，说声要走，郑海霞彬彬有礼站起来，我却咕咚一声跳下来，弄得高个子女人们都笑了。

其实我身材矮小这项生理缺陷，每日都有人提醒儿，鬼使神差，我娶了个高个子女人。这家伙，比我长出4厘米。要说我们夫妻之间的落差，算不了什么，可我俩谈恋爱的时候，常被路人在背后指戳。人们看着高女人和矮男人搭配得好玩儿，就唏嘘地笑，笑起来毫不顾及我那脆弱的"小男人"的自尊。弄得有一段时间，我和她走在大街上，或平行，或一前一后，总要保持一点儿距离，等到僻静处，才好亲热在一块儿，活像偷情的，不正经。开始还好，普天下正在闹"文革"，女人都穿平底儿方口的襻带儿青布鞋。后来搞"开放"了，我媳妇眼馋别人穿高跟鞋挺胸提臀好看，也自做主张并且有节制地弄了一双，是半高跟儿。她忐忑不安地把这双好宝贝展示给我的时候，大眼睛汪着祈求理解和请求宽大的意思。我盯住那"高跟儿"，半天虎了脸说不出话来。说实在的，我挺爱看别的女人穿高跟鞋的，却无法接受比我高出4厘米的妻子平地再高2厘米。我只冷冷地扔给她一句话："王作勤，你适可而止吧！"她就哭了，哭着到鞋店去退了鞋。

　　我内心深处这种大不起来的大男人思想，困扰了我数年。穷本溯源，大男人小女子这种东西，早在五千年前就编入了中国人的遗传密码。男大当婚、女大当嫁，男人联姻是把昏了头的女人领回来，女人嫁人是找个家，寻个巢，繁衍后代。男人强悍是应该的，女人要是强起来，就有了另类的称呼"女强人"。女人是不可以强，不可以高大的。民间不是说，男人手大抓宝，女人手大抓草吗？这些无理的理念早已渗透在我们骨髓之中了。可是爱情这东西打上来的时候，是足以摧枯拉朽的，我到底还是找了一位让我终生都需仰视的女人为伴。当然，领结婚证的时候，可没想过什么反封建。

　　我和妻子小日子过得还行，几十年弹指而去，我惊讶地发现，我的个子越变越矮小了。究其身材矮小的成因，一是我儿时家里穷困，先天不足；二是在青春期拔节长叶儿的时候，遇上全国饥荒，肥料上不来。现在呢，肥水都足了，有机肥、无机肥，可以随便享用，"吃香的喝辣的"，"好吃不如饺子，享福不如倒着"，这些曾经不可企及的享福标准，早已无法和我们饕餮的大餐相比。可是怪了，用足了精饲料，我却只往横里长，裤长刚够二尺九，裤腰倒有三尺，人整个儿成了菱形，脖子退避回家，肚子向前突飞猛进，做啤酒桶状。要说，我只向横里发展，也就算了，偏偏不可思议的是这人还要往矮里长。从前咱身高一米六四，现而今堆成了一米六二，那两厘米不知道在哪儿丢了。我自己不懂，自己干吗要跟自己过不去？

　　我当然知道，人的身材高矮并不能证实质量的高下，拿破仑是小个子，列宁也并非人高马大。中国的某某某、某某某（为贤者讳），身材也没有高人一头。春秋时期著名外交家晏子，则几乎是个侏儒。谁能不仰视着这些伟人的精神？他们有的立国立说，运筹帷幄；有的眉宇间卷舒创世风云；有的谈笑间指挥千军攻城夺隘；有的悄焉动容视通万里；有的披襟当风怀抱天地……直弄得咱这个矮小的人，有时候也把自惭形秽丢在一边，觉着可以高大起来了，自谓先贤可追，攫取其精要，学一学某某风采，某某气度，某某模式什么的，用来壮胆儿。是啊是啊，世之万物高矮大小，都是相对而言，都有极限的。老子说宇宙大无外小无内，是绝对真理。小又怎么啦？一克镭谁敢轻视？一粒子弹谁当得起？小虫子小不小？蚊子能闹起疟疾，跳蚤能传播鼠疫，蝗虫跳高的尺码高出身高数倍，蚂蚁的搬运功夫超过了自身的体能。

　　我不是伟人，也不是昆虫，我只是一个矮小的人，人们习惯叫咱矮胖子。身材矮小，恐是宿命。我对自己这份儿模样儿，也渐渐地习惯了。最可怕的，还是成为精神侏儒。这些年忙下来，我想我还算对得起自己。我比较注意吸收和学习新的东西，把儿时的梦——排开，尽可能地去实施。我曾背着琴囊和干硬的窝头，夜宿火车站，到省城拜师学琴；我曾给素昧平生的甘肃白石弟子写信，后来得以投奔白石传人许麟庐先生门下学画。我写诗，写散文，写报告文学，写小说，写影视剧……四处突围，夜里，我也经常做着赶路和赶火车的匆匆行走的梦。我的天分不高，只有一点儿倔强和琢磨劲儿。那年夏天，我在北京宽阔的北太平庄大街，一边走路一边琢磨一篇文章。横亘在面前的三米宽的电缆沟，我竟然看不见，一脚踏进去，就站不起来了，摔坏了膝盖半月板和腿的软组织。当时我家和机关医院相距比较远，为了不耽误写写画画的时间，就遍地找江湖大夫。还真在后街寻到了一位盲人女按摩师。女盲人热情接诊，手法平庸。每日给我诊疗半小时，像揉精粉馒头一样起劲儿地揉我的伤腿。她不停地翻白眼，用强悍粗壮的两手干活儿，不惜力气。听我被揉搓得吱哇乱叫，她就拿些俗不可耐的荤故事和谜语来帮咱止痛，搞得咱简直是半边脸哭半边脸笑。女盲人还严厉地约定我也须将庸俗段子当作诊费的一部分交给她，无奈，我就四处找段子。

我终于搜刮不到新段子。

她虽揉得我惨痛难当，人都快揉熟了，还是不见疗效。

我告别了这位兼着庸俗文化传播者的盲人女按摩师，伤腿还是疼得抬不起来。正犯愁呢，天边忽透一丝希望之火。在我家院子门口，出现了一个干枯瘦小的老头儿坐摊儿。他在地上铺了一块红纸，上面赫然写道："大有庄祖传秘方正骨专家刘老栓。"

我觉得这肯定是神的指点，要不，怎么会有神医天降？我毕恭毕敬请这位枯瘦的老爷子到家去施"魔法"。老爷子吐了一口痰慨然应允。我是一腿长一腿短，点击带路；他是一裤脚长一裤脚短，翩然相跟。进了屋子，敬烟，献茶，礼毕，我便请他展示妙手回春的手段。干瘦的老爷子刘老栓并不拿捏，让我把伤腿快些给他。我的腿一伸，他两只鹰爪般的手就死死地抠住不放了。他没有任何多余的花架子，只是用尽了邪劲往长里抻那腿，我疼得浑身出汗，差点叫他"爷"……

就这么着，我拖着一条半腿，一瘸一拐地过黄河，过长江，去下生活，爬上了中国南端云雾蔽日的南太武山。

一个矮胖子，一瘸一拐地不停地赶路，这也许就是我的生命形象？是啊，拖着个蹒蹒跚跚的肉身，走着坎坎坷坷的路。阴天下雨，自己腿疼自己知道；风风浪浪的，自己走了弯路自己找回来，这就是我。我在一路开掘自己的精神"矿藏"，让自己"长高"些。当然，和别人比精神世界，我也许仍旧算是个矮子，那又如何？我自己认为腿没有白摔，路没有白走，生命没有白白地耗掉，这就足以自慰自诩，自说自话的了。

您看我那时的尊容，是不是还真有点儿诗意？

> 远看风摆荷叶，近瞧累马蹩蹄。
> 走路七长八短，躺下参差不齐。

现而今，虽然还有些隐痛，腿伤到底好了。可是身材矮小的"痼疾"，却是不能改写的，矮小就矮小吧，矮小也是一景。矮小的最大优点，不仅是懂得活着，不能做精神侏儒，还有，知道仰视世界的某些物件，不意味着卑微。

# 二泉做证

18 岁那年，我背着一把二胡，离开东北小城，出山海关，到北京投考中央音乐学院。

这是我头一回离家出远门儿，到了北京，一见宽得要命的长安街，浑身的狂野，就收敛了许多。我在北京举目无亲，北京越大，心里就越茫然。坐上公共汽车到前门找旅店，汽车售票员操一口卷舌的京韵，湿滑的，耳朵抓不住，胡乱跑下车，也不知是到哪儿了。

京都那长着芒刺儿的白花花的阳光，晒得我心上发毛。养精蓄锐，才能去考场战斗，可我不知到哪儿可以找到晚上睡觉的大通铺。我的衣袋里攥出了热汗的钢镚儿角票儿，只够住大车店的。

就在我四顾茫然的时候，有人拍我的肩膀，热辣辣地叫"东北小老乡"！我回过头，看见一个尖长脸和一双热情得不能再热情的小眼睛。那人率先通报是哈尔滨东北林学院大学生，迅速而坦诚地公开了他来京是要转学到北京林学院的；坦诚而迅速地出示了贴着照片的学生证，让我验明正身。我就也迅速，也坦诚，公开了我的籍贯、住址、家庭成员、来京目的，还有年龄什么的。尖长脸知道我是音乐学院的考生，就弄出一个口琴来，放进嘴里呜哑，证明他极其喜好音乐，又是同乡，又是知音。

我简直喜出望外，立即和尖长脸成了好友。他得知我正找不到住宿的地方，就慷慨地推荐了北京甘家口黄瓜园徐工程师家去住，说只要通报他的名字，绝无问题的。

我当然去了。

我并不知道这是一个骗子让我去拧人家的门把手。

甘家口徐工比我更了解尖长脸。后来知道，徐曾托尖长脸将老母护送回哈尔滨，尖长脸勒索要挟，骗了徐工的钱物，并且把老太太旅途用的钱也攫为己有了。再后来，还知道尖长脸终于因多次诈骗被判刑八年。当然，这些，在我以骗子最亲密的朋友的身份儿去拧人家门把手的时候，前后因由一概不知。

我叩开了黄瓜园人家的门，徐工把我让进了屋子。

在徐工的眼镜后面，我只看见了和善。那时候我还是个浑身牛犊子腥气的毛孩子，不懂得分析人眼色中的化合成分。我开门见山说是某某某（可惜记不起尖长脸名字了）让我来住的。

徐工面无表情，不说话。甘家口黄瓜园人家的老母亲，还有徐工的夫人，北京友谊医院护士长马承莺，小女孩青青，都不说话。

我就尽力渲染我和尖长脸的关系：同乡，好友，还有知音。

还是不说话，他们。

当大人们上下打量我这个不速之客的时候，四五岁的小青青好奇地碰了碰我的琴囊。

老太太叫了一声："别动！"

我吃了一惊，但不知这是为什么。我忙把衣兜里能证明自己的东西，都翻给他们看，是音乐学院准考证、进京住宿介绍信之类。同时我打量了一下房间：两间小屋，里外都摆着床，那些床铺都是早分配好的，母亲，夫妻，女儿，都有主儿了。我想，也许地上可以放下我这个穷小子？

徐工又来追问我和尖长脸的关系，我就咬定是很要好很要好的朋友。徐工问，你们认识多久了，我脱口回答：今天刚刚认识的。说罢，我"聪明"地意识到，"刚刚认识"这句话，把我在这间屋子地上住宿的机会砸了。也是急中生智，我不再扯什么"尖长脸"，只请求他们听听我拉琴，我拉一首曲子给你们听吧，我说着，活像一个乞食街头的流浪艺人，立即解开琴囊，抻出胡琴来。我的手有点儿抖，我的额头爬出了成群的汗珠。

老母亲说："别着急。"

我调理了琴弦，让自个儿静下心来，权当黄瓜园人家的老小，是我应试的第一批"考官"。

哦，二泉，月亮，阿炳……

哦，《二泉映月》……

我的琴弓开始锯动琴弦，仿佛决心锯开陌生人的心灵之锁。我那神经质的指尖开始叩动音乐之门，起初有点儿毛躁，我必须分出心来观察"考官"神色：老母亲定定地只看我的娃娃脸。小女孩的眼神儿里有几分新奇。徐工夫妇蹙着的眉头解散了，渐入境界。……我梦一般地跌入音乐之谷，开始自己感动自己了。我颤抖的心，被二泉之水化解着，荡漾着，我的指尖在琴弦的高把位滑动，感觉、触摸、寻求、回还，通过每个小巧的装饰音，捕捉二泉水滴的聚散，水中银链般的月光的闪烁。乐曲回旋，层层叠玉，挂在指尖的泉水冲波逆折，从千仞高崖跌落，从幽谷蜿蜒而来。月光，在我的心上铺开。我的心里清凉得很，干净得很。泉流，一些儿流在我的心上，一些儿涌上我的眼睛里。我的眸子有点儿湿，也有点儿酸，回荡的泉流似乎是水又并非泉水，而是淡淡的哀婉、叹息、伤情和无奈的求助……

曲子结束了，四壁悄然。

徐工夫妇还在泉流和月光中流连。

小女孩也那么温柔。

老母亲说："孩子，去洗把脸吧。"

这就是说，他们，黄瓜园人家收留我这个借宿的北方穷小子了？

我真想哭。

谢谢。

谢谢音乐。

谢谢《二泉》！

谁至聪至慧地说过音乐是"上帝"的语言呢？音乐，岂止是"上帝"的语言，简直是"上帝"的抚爱！她顷刻间抚平了人心灵上的褶皱，顷刻间让一个人心灵的泉水流入另一颗心灵。音乐，让人善良，让人豁达，让人慈祥，让人高尚，让一个浪迹在外的穷小子有了安身的雀巢了！

黄瓜园人家给我腾出了一张床，老母亲只好在燥热的夏夜和孙女儿挤在一起了。我给他们添了很多的不便，早晨要他们来唤醒，晚上要他们等门，而且，在窄小的厕所洗澡还弄得满地是水。……徐工夫妇还专门带我去北海公园看灯火桨影，让我领略都市的月色。他们那如二泉一样明澈的心，偎着我，滋润着我，使我在初试复试中一路过关斩将，终于考取了音乐学院。至于尖长脸，我在住进徐家后的第三日，在街口巧遇了他。他将我除了归程路费之外的一点儿钱全部"借"去，便杳如黄鹤，害得我回家时在慢车上一日一夜没吃一口东西。可是，这些小损失比起黄瓜园人家给我的巨大的爱，实在不算什么。

　　我在黄瓜园一共住了三宿，临走的时候，我又演奏了一遍《二泉映月》，算是答谢。

# 天堂有没有书店

恩师李大士，不在我就读的中国音乐学院民族器乐系任课，所以直到 1965 年夏，我们受命到江苏扬州参加社会主义教育和艺术实践，我才结识了副队长大士老师。

李老师，山东青岛汉子，瘦高、肤黑、平头，竖着一片花白。挺爱笑的，无声一笑，眼睛就没了。不论冬夏，大士恩师日复一日穿着旧蓝布中式对襟褂子，衣服前脸儿缝两个大 32 开布袋，里边也缝两个，大 32 开，能随身装四本书。这种"时装"，纯属私人定制，硬邦邦的很像铠甲，其实是行走的"小图书馆"，得空儿便可读书。大士是民族资本家的女婿，随身带四本书不算奢侈。据说，"文革"初始，他把家里的钱敛了一柳条箱子，提了去，上交党组织。不料，柳条箱子担不起"真金白银"的沉重，哗然落地解散，人民币随风乱走，跑了一地，人说是 26 万！26 万哪，那年头足可买半条街。大士老师面无表情地噗噜噗噜钱款，收好，提了，去上交，没事人儿一样。他并不在意，他只在意他的书，每本书都用厚牛皮纸包得见棱见角，绝无折损。因为他家底殷实，遇到特别好的书，他总要买三本，一本自读，一本赠人，一本珍藏，哪一本书拿出来都新崭崭的，一尘不染。如此说来，他的衣服前襟儿弄四个口袋就不算多了。后来，他家虽然被抄了，可"缝"着口袋的衣装没变，总是偷着装几本不知怎么藏掖下的好书。

我有幸和恩师大士在一个文化工作队，一是工作队需要即时创作演出，我在学校就得陇望蜀，心有旁骛，一个学二胡的，爱听作曲系的课，也写点什么；二是本人生性桀骜，举止反常，是系里为数极少的非共青团员，需要"特别的爱给特别的你"的不安定分子。因为这些历史的机遇，大士老师和我摽在一块儿，住进了瓜洲古渡老乡的家，体验生活。

那老乡是等待审查的大队会计，心存芥蒂，把我们放进装粮食的库房住宿。夜里，常常是月透墙隙，雨漏草棚，风声鹤唳，十面埋伏。一日，忽然静下来，借着油灯，我竟然看见一只硕大的老鼠，东张西望一阵，肆无忌惮地从大士老师的脸上爬了过去！我惊得叫起来，老师却道"没事儿"，说哪里有大老鼠见了人还不逃窜？之后，他每晚都要细致地给我掖好蚊帐的边角才去睡，口里念叨"没事儿"，手在微微抖动。等到白天开饭的时候，大士总是用身体挡住我，不让抢饭，只能等"会计们"盛完了饭，才去探路。他的小眼睛清清楚楚地看到锅里只剩零星米粒和几片青菜，便扯扯我的袖子，拉我离开。我正年轻，21岁，肚子里没食儿，饿得像"狼"，出门就想和老师"理论"。他却无声地笑笑，到街角买了两块烤红薯，一人一块。那块热腾腾的烤红薯，外焦里嫩，形神兼备，香气弥漫，炙手可热！我两手倒腾着，牙就上去了。大士老师嗔怒地"嗯"了声，严肃教导我吃红薯的三要义：一是在没人的时候上嘴；二是食不露牙，别嚼出声；三是吃一口便迅速将红薯遁到袖子里，总之，在人来人往的街上，吃了和没吃一样，若无其事。那些天，瓜洲古渡，我们一高一矮，一老一少，一师一生，相跟着"变魔术"，手中的红薯神出鬼没。有时候，大士老师不吃，笑着看我吃，像大人看个孩子。起先看得我发毛，后来看得我感动，觉得头发花白的大士恩师，真像久别的老父亲！

瓜洲古渡的日子里，我几乎成了大士老师的贴身"研究生"。他是教文艺理论的，博览群书，有数不尽的精神大餐供我咀嚼。队里急召我们回去创作节目，他坚持好好体验生活，为此在领导层还引发了"战争"。战归战，和归和，我们有条不紊地去戗河泥，掼稻子，访问老乡。他从容不迫地把音乐美学、艺术史仑讲给我听。大士老师特别钟爱尝尽人间悲喜的巴尔扎克，说起《人间喜剧》，旁若无人。在古渡，在瓜洲，在傍晚，我们常常沿着长江散步。这时候落日滑入江尾，一钩新月斜出江头，几叶小船自顾自地扯起帆篷，咿咿呀呀在江上走。我听着大士老师娓娓而读，心里总会萌动一种诗情，那种感觉永远难忘。若干年后的一个晚上，我出差镇江，凭岸向瓜洲方向远眺了很久很久。长江依旧，斯人已去，连我自己也让岁月弄老了。忽然想起唐人的诗句"潮落夜江斜月里，两三星火是瓜洲"，那年，那月，那瓜洲，那点点星火之下，是大士恩师和我吗？

瓜洲之后，我始料不及地迎来一次艺术创作"发飙"。我们社教文化队的一整台节目，文学部分全是胆大妄为的我干的，其中还有一个歌唱雷锋的组歌和歌剧《红马灯》。幼稚拙劣的歌剧在大士老师力挺之下，由樊祖荫作曲，中国青年艺术剧院胡辛安执导排演了。读剧本那日，我正热恋的女友王作勤意外驾到，在楼下喊了一个同学的名字，我就乱码了。激情喷发立即变成了磕磕绊绊，剧本读得七零八落。大士老师笑笑说"你休息吧"，就破例地放我去幽会了。那阵子的辛勤劳动险些打开了我人生的另一扇门。从扬州回来，院长关鹤童和院办主任张力告诉我，准备成立音乐文学系，只我一个学生……

　　"文革"猝不及防地来了，老师们纷纷被打倒了，"恭王府"门口的石头狮子也被推翻了。我和恩师的忘年交无关时局，更亲密了。也许是老天刻意安排，70年代初，大士老师在天津小站劳改的水田晕厥，没了劳力，送医北京；我在河北宣化部队农场做苦力待分配，溜回首都。劫后幸存，我俩相逢无言，苦笑了好一阵子。大士老师见我穷得买不起书，用白纸订了一些本子，自抄《唐诗》《宋词》《元曲》，唏嘘了一阵，说，明儿带个空书包到家里来吃饭吧。吃饭还带书包？"打包"也不必如此夸张，我高兴了好一阵，等到次日，我和爱人作勤早早地去"赴宴"。师母陈锡箴决心款待我们芹菜馅饺子。主动请缨去采购的我和大士老师跑到菜场，精选一番，抱了一大捆香菜回来。真个是"满眼翠色难分开，直呼香菜是芹菜"，我们尴尬地指着香菜说是创意，师母没说什么，将香菜切了、包了、煮了，我们吃了个不亦乐乎。饭后，大士老师命我拿来空书包，打开了抄家后剩下的旧书，对我平淡地说：

　　拿吧，喜欢什么拿什么。

　　我惊呆了。

　　碗柜大小的书橱，无声地立着。如今这可是恩师家里唯一的长物，最后的遗存！柜里有一百来册书，都是当时批判的经典"封资修"。在红卫兵抄家的疾风暴雨中，老师连偷带抢，又藏又掖，留下的每一本书，都有惊心动魄的"血泪史"。现在，站在书橱里的那些有生命的精灵啊，知道就要和亲密主人生离死别，知道就要跟我走吗？我，迟疑着，不敢动手。

还磨蹭什么？老师平和地说。

老师的手在书脊上轻轻地滑过，好像摸了摸每一本书的脸，做最后的道别。

终于，我开始掠人之美。

每把一本或一套书收入囊中，都偷看恩师一眼。大士老师扭了头，若无其事地望着窗外。毫不夸张地说，老师把书橱打开的刹那，好像有一束阳光直扑胸口，我一下子有些晕眩，又觉得无比侥幸和意外。我从来没有接受过如此珍贵和沉重的礼物，也许只有父亲才可能有如此馈赠！

我狠下心，下手了，残忍地将书橱差不多掏空了，这时候我才注意到，大士恩师还穿着中式对襟"图书馆"上衣，可那四个口袋都是空空的！

四个口袋，四个大 32 开，那么刺眼，像多余的补丁！

我真想哭……

师恩是无法回报的。我读着那些带着大士老师眉批和夹批的书，如同一次又一次瓜洲之旅。

只为多听听老师聊天，我和爱人在他家打地铺睡过，他也曾在我岳母家土炕上过夜。我们几乎天天可以见面，他还是很认真地给我写了千言万语的长信！嘱咐我好好学习"人间喜剧"和中外作家的创作，对自己要有信心。

大士老师昏厥症时好时坏，不大出门，我的特权是可以带他去六部口喝正宗的豆汁，配了焦圈和咸菜丝的那种。喝豆汁的时候，他满足地将小眼睛从碗边溜过来，望着我，显得孩子气。我也可带他去逛旧书店，最好是灯市口那家店。有一回，大士老师进了东四旧书店就赖着不走了，站了近两个小时，忽然自觉不好，出了门，"咕咚"昏倒在人行道上！我又惊又吓，乱掐他的所谓"人中"与"合谷"，都无济于事。最后，我跑到车来车往的马路中央，呈一个"大"字，拦截了一辆过往轿车，送老师回去，才算救了驾。

我怎么也想不到，恩师大士会倒下去，再也起不来了。

岁月弄人，老师晚年病得十分孤苦。师母匆匆地走了。唯一的女儿远嫁日本。家徒四壁啊，缝着四个32开口袋的衣服也无影无踪了，连那个空空的书橱也绝情地离开了。我和爱人接长不短地去看看恩师，送些米面油盐和水果，或是在他枕边掖点钱。他呢，把我送他的国画《曹雪芹》，用图钉钉在墙上，说有曹先生为伴儿，不闷。还说："那天我倒在旧书店，心可是明白的。你胡乱掐的什么'人中'，不是地方啊……"说着，笑着，大汗淋漓，喘成一团……

恩师大士走了。

就这么悄悄地来，悄悄地走了。

这就是老师的"人间喜剧"吗？

我和爱人，还有几位旧邻居给恩师大士办了后事。真不知道，天堂能否有个好去处——旧书店，可以让恩师安放灵魂。直到今天，我追悔莫及的一件事常常涌上心头：如果天堂也有书店，无论如何给恩师定制一件有着四个口袋的中式对襟褂子啊！

# 白梅无价

当代大画家李苦禅撒手人寰驾鹤西游的时候，我的老师许麟庐正在山东旅行。许老听到噩耗，立即咽泪登车，驰奔北京。到了苦禅灵堂，他跪倒就哭，人拉他起来，他又跪倒。许老也是满头白发的人了，六跪灵堂，长恸不止，哭得几乎背过气去。他和苦老，同是齐白石大师身边的弟子，手足之情，比一奶同胞还亲。师兄师弟，年轻时在白石左右，一个是左膀一个是右臂。处在逆境，一个烧饼掰作两半儿充饥。画画儿，画疯了，两个人一夜之间画一刀纸，一百张。这会儿苦禅一去不归，许老恨不能随踪而去。那哭是真正的撕心裂肺，哭得眼睛要出血，好几个年轻人才把他从灵前拉起来。第二天，许老坐公共汽车到海淀，到我家来，进门说："静霆啊，苦禅兄走了……"又号啕起来，这回是在"家"里哭了，而且当着我和我的妻子，当着晚辈的面儿。许老失去了大师兄，就像是孩子失怙一样，那种绝望和悲伤，真情的倾泻，让我永生永世都忘不掉。透过老人家迸溅的泪花，我能看见两位画家大半生相濡以沫，走过坎坎坷坷的路，感受到那种渗透着深深文化气息的知性的友谊，是何其珍贵。

那日，我的妻子做了老师爱吃的饼，弄了几样好菜，还有好酒，可老师吃不下饭去，看许老骨瘦形销的样子，我们执意请他休息一会儿，睡个午觉。谁知，许老刚躺下，又爬起来，大叫"拿宣纸来"。我那时经济不大宽裕，哪里有好宣纸存用？翻箱倒柜，才找到两张半生不熟质量低劣的四尺宣纸，两支和炊帚差不多的破毛笔。许老捉了笔就在四尺宣纸上横扫。他哪里像是作画，简直是要划破阴阳之界！他笔笔中锋，带醉带泪写梅花。只听见宣纸沙沙地响，力透纸背，情透纸背。毛笔直冲斜行，犹如剑器在许老手中挥舞。他把痛悼师兄之情，倾洒在纸上，朵朵梅花都是泪！老师画枝干的时候，一言未发，该点蕊了，说了四个字"泥里拔钉"。梅蕊虽"拔"了出来，可他却无法从情感中自拔。

这张四尺白梅花，干湿浓淡，墨色淋漓，疏影横斜，笔意纵横。笔墨狂放霸气，直追写意开山祖师徐青藤。不仅世间难得如此珍奇，就连许老自己也绝对不可能再画第二张。就像人不可能诞生两次一样，这幅佳作不能克隆，不可重复，甚至不能临摹。那个年代，那个下午，许老那种横扫千军的运笔速度，那种大悲大恸之后，寻觅到的唯一的恣意宣泄情感的方式，也绝对没有第二回。

白梅，已经成为我的传家之宝。只有在夜深人静的时候，我和妻子才会小心翼翼地把这张画儿展开，来一番精神饕餮。我不敢拿到裱画店里去裱褙，怕裱坏了。仔细想想，它昭示了一个道理：在中国画界，松竹兰梅笔情墨意，难免重复，可至珍至宝的神品，不是百无聊赖时的遣兴，不是吃得太饱了做的消化运动，也不是文人的游戏，而是在笔端凝注了浓烈的情感，集人生和艺术的体验，在某一个特别的时间流程中创作的东西。公元5世纪著名书家王僧虔说"书之妙道神采为上"，是深知其中三昧的。"妙"只能"妙"在"神采"，而文人墨客飞扬的神采，并非呼之即来，挥之即去的，必得集人气、情采、天时、地利诸多因素为一体的时候，才可得其"神"。所以王羲之只有一部《兰亭集序》。写意大师梁楷给我们留下的绝佳作品寥寥。齐白石也不是张张画儿都是"绝品"。所谓"意与灵通，笔与冥运"，"书道玄妙，必资神遇"，古人早已为之感慨万端了。正因为如此，神在，许老的白梅在。开卷总有一股真气扑面，那种感觉，常常是唯见神采不见梅花。白梅，似乎是另一种文字，一种情感的符号，从这个角度认识，文人书画的确是十分个人化的行为。中国画中的泼墨大写意，因为宣纸毛笔的特质，因为水墨色在刹那间的碰撞、冲杀和交融，好作品的诞生有些偶然性。那些神来之笔，甚至画家自己也始料不及。

那天，麟庐老收了笔，兀自对着那张白梅看了好半天。戎大气也不敢出。心里痒，想要这幅画儿，可是不敢说。沉吟半晌，许老说，带上，到我家盖上章子，给你了。我张着嘴喘气。戎不知道说什么好。

记得白石老人赠给我老师的一幅画上题了一行字，大意是：是许姓好子孙，当宝之。许老没有在这幅白梅上题这些字，可我会珍藏好的，因为，至情无价，灵感无价，白梅无价。

# 烟　鬼

　　本人不敢自夸抽烟的历史悠久，我是 30 岁那年沦为烟民的。那阵子还在闹"文革"，闹红卫兵，我刚刚写点儿诗歌和儿童文学什么的，还没出道儿。忽然，我发表在天津百花文艺出版社的《接班人》上的一篇小玩意儿《俺的老师》，被指控为大毒草。天津出版社的院子里，一夜之间贴满了我的大字报。我在那一天早起一下子就出名了，一点儿思想准备都没有，甚至都没穿好衣服。于是，批判，审查，调查，坦白交代与停职反省，呼呼隆隆而来。我完全被搞蒙了，越想越是当之有愧。我是山东血统，满族后裔，关东汉子，生性暴烈。一时，愤怒，激动，委屈，通通涌上心头。心里火旺，全身配合着出现了心动过速，嘴角起泡，小便赤黄，大便干燥等项目。妻子瞧着我烦闷难耐，扑闪着大眼睛，弄出一包"大前门"来，说："抽抽烟，许能好过一点儿。"我想也是，就开始抽烟了。不料，就像是前世早已结下了孽缘，我与香烟是一见如故，抽上就爱不释嘴！彼时，因为我是批判和严打对象，熟人一下子生了，朋友也不友了，连小孩子都经家长再三恫吓，也不到我的门前玩耍了，除了我和妻忐忑不安地等待处置，形影相吊，偶尔有几只鸟雀跳到窗台上议论我一番之外，没有什么人来说话和解郁。这时候，香烟迅速奋不顾身地来做伴，而且近在指缝，接触的又是吻部，我自然感慨万千，称香烟是不会背叛的"红焰知己"。

后来，我侥幸被定了个"严重错误"，才没被推上军事法庭。警报解除以后，妻望着腾腾烟雾中我那轮廓不清的脸发呆，担心我把身体抽坏了。系铃人想要解铃，妻就开始运作她的聪明才智。她一边劝我把烟戒了，一边想方设法不用票证去买那些要票证的花生、瓜子、糖果、杏脯，还有二锅头烈酒一瓶。我也拟同意戒烟的动议，如数收下了这老大一堆零食。于是，一场香烟与零食对我的争夺战在我自愿的原则下迅速开始。争夺战的主战场在两唇之间。开始我绝对倾向于零食，要用吃零食的我打败不吃零食的我，自然，花生瓜子糖果烈酒就率先占了地盘儿。我不停顿地往嘴里"填鸭"，以免香烟乘隙而入。"战争"的结果，在半个月之后出人意料地结束：零食全军覆没，香烟失地复得。香烟们一支接一支，一包接一包地增援，裹着锡箔而来，举着烟焰而来，前面的烧成了灰，后面的又跟着上，真个是矢志不渝，前仆后继！也难怪，零食虽好，不食也罢，没了烟卷儿在嘴里叼着，我竟然一下子变得没着没落儿，满地转圈儿，转着转着就转到了烟摊儿上，冒着家庭支出已现赤字的风险，还是要买了香烟回去。这会儿，我真格地明白了，我们写作这个行业的祖师爷李白为什么"五花马，千金裘，呼儿将出换美酒"了。李先生嗜酒和鄙人嗜烟，情同此情，理同此理啊！倘若李白先生也染了烟瘾，唐代长安也遍地烟摊，他会不会把裤衩儿也"呼儿将出换卷烟"呢？这可说不定。就这样，我人生旅途中的戒烟风潮平息了，戒烟第一次宣告失败，后来又戒过，又失败。妻是我吸烟史上拉大幕的人，始作俑者。她开始劝我吸烟是雪中送炭，要我戒烟是未雨绸缪，最后无奈，只好为我尽量找点儿好烟来，终于是鲜花着锦了，我这么想。

吸烟而且成瘾，被人看作"瘾君子"，我知道不是什么好事情。可是，如此不可救药的，我绝非独一无二。敬爱的中国画名家，我的老师许麟庐先生也在其列。我和他一起乘公共汽车，不料就有"瘾"不约而至，车上又不准吸烟，许老师就摸出两根烟来，一人一根，他教我两人面对面，把香烟放在鼻子和嘴唇之间，来来回回出溜儿，以获得满足感、踏实感。一支香烟尽显麟庐师如儿童般率真的天性，也正是这种率真，使他的泼墨写意画总是有一种扑面的真气。还有，我在音乐学院读书时，系主任黄国栋先生亦堪称"瘾无可忍"。我亲眼见黄先生在"文革"中，被揪到批斗台上大批特批。他在红袖标与唾液齐飞，文斗与武斗并用的攻击之下，右手食指中指依然弯着，大指抵着，做成了夹一支香烟状。对他夹烟的手姿所透露出的旷达和不以为然，红卫兵大光其火。几次掰他的手，可是，那手掰直了，又回到了夹烟样子。或许，这夹着烟的姿态，能使黄先生自慰？或许是一种惯性？或许是他默默表达着对烟的想象与渴望？不知道。香烟当然是含有尼古丁毒素的，而我等烟民又欲罢不能，我真不知道如何比喻吸烟的人和香烟的微妙关系。可以比喻成多情男子有了外遇么？是那种痴情难舍而又危机四伏的外遇？是外遇了那种火一般热烈，雾一样缥缈，定时炸弹般危险的女性？

吸烟的人，难免会遇到老鼠过街人人喊打的尴尬场面。忽一日，办公室变成了无烟区，抽也不行，不抽也不行，椅子上坐不住，好像椅子咬屁股。列车车厢禁烟，只好跑到两车厢接合部去抽。夏天倒还可以，冬日太冷，两车之间如峡谷风口，吐口唾沫都成冰，只好把头缩入衣领，吸着烟，也吸着冷气，吸车厢挂钩处冷铁撞击的噪音。快吸猛吸几口，再回到"人间"去暖和暖和。在大街上抽烟也不顺，你一划火，卫生监督的老太就用眼皮把你夹住了。路边有果皮箱还好，烟蒂有归宿，没有果皮箱，就只好捏着烟头到处乱找，一不小心丢在地上，罚款，罚！不付出价值半包中上等香烟的罚金是走不掉的。因此种种，心里不怂，几年以前，在广东电视台的直播室里，当女主持问我为何抽那么多香烟时，我就顺口胡诌，竭力为香烟做了可以自称雄辩的答辩：

　　香烟，是我的心爱。我爱其通体色如黄金。植根大地，得日月之精华，出于工厂，汇能工之智巧。二十支为一班，二百支为一营，裹白衣之素甲，披锡箔之银装。头簪红缨而来，腾云驾雾而去。相见何必曾相识，一支香烟就沟通了关系。冬天它多少是个火儿，黑天它大小是个亮儿，饿了它总归让嘴里有个营生，寂寞得不行，它还是个伴儿，穷到极处有了它就还有奢侈享受。陌生的，因它熟悉。尴尬时，得它掩饰。激动时，用它稳住。劳累了，请它解乏。无聊时，拿它来排遣，接触最敏感的吻部，吻多少回，吻得多重都不犯忌，老婆不管。

　　嗟乎，香烟！我的"红焰知己"，不可一日无此君！

我这番信马由缰的胡言乱语，也不知听众有何感想。世上没有无缘无故的爱与恨，一支香烟确乎可以透露出许许多多很有人生感的意味。我的吸烟史，前面已经说了，和我的爱情、家庭，以及人生际遇有关。因此，我开始喷云吐雾时，在烟里吸出了许多苦味。在我出生的那片关东大地上，老太婆爱吸长长的烟袋。天冷，窗纸在冬日的风里索索抖颤，蜷在火炕上的老奶奶，守着烟笸箩、针线笸箩，想抽了，喊一声"二丫，点个火"，四五岁的姑娘就接了烟袋，含在嘴里，到锅灶下边，歪了头吧嗒几口，取了火，点了烟，孝敬老奶奶，自己也有了瘾。这便是"东北一大怪，十八岁的大姑娘含着大烟袋"的由来，与那些东北姑娘的出生地和家庭成分有关。时过境迁，东北那些泼辣火烈的大姑娘们，已经不再叼着老长的大烟袋了。可是，不仅在关东，还有沪上，咖啡屋里，歌舞厅中，常见有女性吸烟，红指甲在白雾里时出时没，据说被称作"灰色风格"。女性吸烟与否，与开放程度无涉。但我可以断定：吸烟的女子，吸烟的起因都很复杂，大都有一番经历，而且是难言的苦闷的只有自己知道的经历。我认识一位女导演，她老人家还是在农村插队的时候学会鼓捣烟儿的。回了城，结了婚，工作也累，常闹烦闷，烟戒不掉。每晚回家，进门之前，如狼似虎地绕楼吸一支，再嚼上一块口香糖，才敢回家以唇对老公。后来此女因种种原因离了婚，有了新伴儿。一日，变得又温柔又大方的她对我说："真幸福啊！每天早起一睁眼，我和他坐在被窝里对着先抽一根儿！"再后来，她的男伴儿舍她而去，那位男伴儿还不如香烟！现在她简直就是拿香烟煞气了，抽起烟来，一支接一支，真称得起风风火火，云遮雾罩……

如此这般，也许是想到烟雾后面的各色各种人生遭遇，再加上香烟毕竟不像鸦片那样祸国殃民，世界刑警组织才没对我等烟民下手，而取了一种宽赦和忍耐的态度。

吸烟到底有害健康！

被动吸烟者比主动吸烟者受害更甚，因为吸烟的人把大量的烟雾吐给了不吸烟的无辜民众。

天理良心！我可没有幸灾乐祸！

我惭愧万分。

检点形骸，我确确实实对香烟是爱得可以，也恨得可以。我开始自动加入烟民部落时，就有人替我算过账，一年抽掉一辆自行车。20 年算下来，至少也抽掉一辆北京吉普了。如此说来，我昨儿抽的是轮胎，今儿抽的就是车轴了。经济投入可以不计，最小气的烟民在吸食香烟这个问题上也大方豪爽。关键是因为嗜烟如命，我那肺腑恐怕是已经成了蜂窝煤了，黑而且有眼儿。我每天早晨咳嗽得声若犬吠，又呕得翻江倒海。我的衣服上千疮百孔，几乎没有一件没眼儿的衣服了。我也曾经为烟瘾大作而弄得狼狈不堪，被空哥从波音客机厕所里揪出来，并且广播示众。人们常说某某羞愧时，恨不能有个地缝儿钻进去。而我，机舱底部就是真有个地缝儿我也不能钻，钻下去就是竖直下抛！我只好觍着脸，捏着烟蒂，在一万米高空出尽了丑儿……

忽然说政府要颁布戒烟法。

我下意识地脱口而出，这是对烟民的种族歧视。

玩笑自然是玩笑，我心里十分明白，这是对如我这样的病入膏肓的"瘾君子"的临终关怀，更是对从来不吸烟的大大小小

"好孩子"的爱护。我们生存环境的能见度会因为戒烟法的行世而清亮些。

有记者问:"你能遵守戒烟法吗?"

答曰:"我从来走人行横道,上收费厕所如数交费。我一向遵纪守法,以后决不在公共场合抽了。"

记者问:"你戒烟吗?"

答曰:"不。"

记者问:"为什么?"

答曰:"我之所以不戒烟,说法有两种。一是鄙人生性执着,执拗,矢志不改;第二种说法是,我意志力顶不住。"

记者问:"你知道吸烟是慢性自杀吗?"

答曰:"知道。好在是慢性的。"

记者又要问。

我摸出一根烟,递过去:"请,抽根烟吧,求求你,告诉少年儿童,千万别跟我学。"

**注**:本人已于 2014 年大病之后光荣忌烟,这里收录这篇文章,仅为"自嘲"而已。

# 论 "呼噜"

本人善"呼",属生理缺陷,后天的。年轻时不打呼,也睡得很香很香。年纪大了,不"呼"不睡,无"呼"睡不香,真是一不小心染了打呼噜这老年病,常见病,休闲病,且治不了甩不脱丢不掉,如影相随,没辙,很痛苦。打呼噜属男科,属雄性。看中国古典小说,染此疾患,打呼噜打出水平的,当推鲁智深、李逵、张飞、焦大、猪悟能,都是粗鄙鲁莽之徒,没有一位有学历证书的。我是大学本科,偶尔也混迹大学讲坛,睡觉还打呼?实在是堕落。想想也是,大家都知道的辞赋家司马相如,以琴声挑动了绝代红粉卓文君的芳心,如果卓文君隔帘听的不是袅袅瑶琴,听的却是山呼海啸的呼噜,后面肯定没戏了。退一万步说,假如《红楼梦》的笔锋一转,写到宝黛合欢,玉枕纱帐之中,贾宝玉和林黛玉一定同是气息如兰的。反之,假如宝玉一夜狂"呼",黛玉夙夜难眠,熬红了杏眼,拧紧了黛眉,早起不吵架吵成"热窑",也得提起离婚诉讼。

不过,咱们打呼,也是时常注意着要打出道德水准的。有时候与一行人到外地出差,分房的人时常冒坏,专将打呼噜的圣手分到一处,以毒攻毒,让我们同室操"呼"。打呼的专家虽各怀绝技，见了面未免要互相谦虚一番，这是江湖上的规矩。打呼族彼此谦让的情形十分动人，甲说：你先呼，我后呼，先呼后不呼，我呼了你就不好呼了。乙说：我呼我的，你呼你的，各呼各的别客气。真有"同是天涯打呼人，相逢何必曾相识"的亲切感啊！礼让"三先"，让他人先睡、先梦、先呼。一般都是先打呼先得睡，后面的，在他人的呼噜声中，简直像遇到了地震，简直是在风雨飘摇之中，颤抖不止。偶尔后面的人奋力"呼"上来，后发制人，可真是《孙子兵法》中的"善之善者也"了，这不多见，凤毛麟角。不呼的人，很难了知"呼"人的苦心。我若与人同住一室，总是想听到同志哥喘气喘匀了，不像烙饼似的趄个儿了，真睡熟了，我才开"呼"。我肯为他人着想，舍己从人，他人未必知道。可我已把头放在枕上，睡意袭来，困得要死也拗着自己，先不睡，够难受的。至于同屋的人睡着了，到了夜半又被我大"呼"特"呼"呼得惊醒，非我所愿，完全是始料未及。

夜里无话，"呼"到天明，我睁开眼睛的第一句话，总是深怀不安地问同室的室友：没睡好吧？

同室的人不愿打击我的情绪，回答几乎都是一样的：还可以。

看样子也没把同室的朋友"打"得怎么样，我也就放松了约束。次日，咱放心大胆地"随意"了。随意一"呼"不要紧，这位朋友被打得抱头鼠窜。前些日在会议上，空政文工团团长仅被我午觉一"呼"，一个钟头，就心服眼服口服耳服，被"打"跑了。他老人家，夜里宁愿到厕所去待着，也不敢躺下听我嘹亮豪迈的"呼声"了。

听人说，打呼噜这歹症候，原因是上颚处有一块什么东西掉下来了，被人呼出的丹田之气吹动，一颤，就呜噜呜噜乱响。我揣度，这就是说，打呼的人喉咙出入口处，比常人多了一块哨片，使人成了一支葫芦笙，不想吹奏也发声，或者说，就像窗户纸破了，又不值得大动土木装修，老房子常常这样子。电视里介绍过一种治"呼"的药，叫"立鼾停"，不知那药是不是某种类似黏合剂的东西，能把上颚掉下来的东西黏住？

我打呼虽然够"段位"，但是，在深尝我"呼"之厉害的人表扬我的时候，我总是注意保持谦虚。人曰，你的"呼"打得真不赖啊，差点儿没把房子震塌了。我曰，打不好瞎打，瞎打。这也并非虚伪，我打呼打到国外，也确实受过挫。那是莫斯科至列宁格勒的特快列车上，一个包厢应住四人，先住了我和我所敬仰的老戏剧家胡可老师。德高望重的胡老师亦善"呼"而且是谦谦君子。我们睡两个下铺，躺在铺上就互相谦让，请对方先"呼"。长者先，幼者后，是古训，我死活坚持等胡老"呼"起来才"呼"。深夜，在摇荡的列车中，在车体与铁轨接触的轧轧响声伴奏下，我睡得很沉，状态极佳。不料，半夜却被一阵又一阵，一浪高过一浪的"狂呼"打醒了。坐起来一看，原来，胡老师也被"打"得睡不成，那上铺，不知何时爬上了一位黄头发，暗暗地和我们较劲，不宣而战，开始了一场"国际呼噜大赛"。这位外国"呼"族，呼噜果然很凶狠，犹如重机枪扫射，"突突突"个没完，偶尔卡一下壳，又接着"突突"。我和胡老试了几次，想以"呼"还"呼"，都告失败。原因是那一头黄毛的家伙不但有声，而且有味儿。配合呼噜，他腋窝下同时放射出难以言状的气味，真叫人"唇焦口燥呼不得"！这一夜，"土呼"没打过"洋呼"，原因是外国人在呼噜大战中使用了化学毒气，严重地违反了比赛规则。我们常常慨叹，这也不如人家，那也不如人家，也就算了，独有打呼噜怎能不如人？我心里十分不忿，回国后，呼噜的专业水平循序渐进，自觉魔又高了一丈。可惜没机会出国了，也就无缘去争"国际大师"了。

我打呼的最好成绩，是"打"跑了老婆。我一夜"呼"到天明，才发现，老婆抱了枕头，跑到外间沙发上去睡了。我很惭愧，也苦口婆心劝她：我打呼，你睡不着，可我哪天突然永不再"呼"，你可就成小寡妇了。还得请您尽量包涵，随遇而安。天知道我老婆是怎样适应到临"呼"不惊的水平的，大约也是一种无奈和远虑，她才情愿容忍了呼噜。我"呼噜"起来如狼似虎，我知道，她这就叫作"伴君如伴虎"。

有一回，她以坚决的行动，反对我的"狂呼"，把我整得够呛。那是十年前，老婆动手术住在北京海淀医院的日子，大夫们对我特殊关照，允许我躺在一个吱吱乱叫的破竹躺椅上，夜里陪床侍候。病房里共有九个重病号，到了夜深，全部结束了呻吟，暂时入定。我没什么话茬儿了，躺在竹椅上乏困难耐，就打起了呼噜。不料，我一呼，病号们就醒了，就叹气，妻就用她在手术中唯一还可施加影响的手捅我。我自知理亏，便用尽精神去撑眼皮，两眼狠瞪着黑沉沉的天花板。我可真是又累又困到了极致，身子成了一摊烂泥，心里迷瞪，精神发黏，上眼皮不听指挥向下坠，下眼皮不计后果向上飘。上下眼皮一合，又开"呼"，病人们开叹，妻就又开捅！为了监视我，她竟然通宵不睡！如是再三，折腾得我死去活来。我知道我老婆完全是为了同室病友的安宁，才牺牲我的。我只好站起来，出了病房，出去清醒自己。大街上，人迹皆无，冰冷的风肆虐地直来直去，我这回可真醒了，打着冷战，抱着双肩，坐在马路牙子上。

人们不是夸赞别人睡得好是"鼾睡"吗？

大路如青天，我却不能"鼾"！

我的老婆很善良。她一向息息相关他人的苦乐，现在，是"呼呼相关"了。

我完全是在无意识状态下损害他人的，难道人活着就难免给他人带来不快和不适吗？你"呼"了，别人就不好"呼"了，你吸烟，别人就要受烟雾的毒害。我不敢说"他人是地狱"这句话，可是，人生旅途中，除了那些好的风景，也有伴人行走的穷山恶水，大师们要不怎么会教导我们说"以群魔为伴侣，以病苦为良药，以患难为至交"呢？你写了一部历史小说，他也写，自觉永无出头之日，就要"谋杀"你；你占了一个位置，虽然如骨灰堂下面的一个小格子，你想进骨灰堂，就中伤你。老天在上！我打心眼儿里是不愿意参加那些公平的与不公平的竞争的，可我一息尚存，还是要打呼噜，卫星可以上天，世上却不易解决这个打呼噜的哲学的社会的生理的伟大命题！

人之初，性本善，人之老，要打鼾。我是个鼾人，呼噜族。我为我改不掉的打呼臭毛病痛心疾首，敬祈诸位原谅！

# 1987 · 和儿子一起高考

## 一 是老君炉前，不是天堂门口

高等学校招生考试的第三日，中午。

儿子把所有的衣兜全掏出来，向外。他的浑身就挂满了小口袋，可以用袋鼠来比喻了。他的两眉搅在一块儿，满脸写着焦急。在铺满小桌的钢笔、尺子之间寻找什么，又抖起书来，哗哗响。忽然无声，呆呆地立着，让思绪顺着上午走过的路、坐过的考场爬。忽然又跑出去，到院子里，转了一圈儿返回，像碰到了"鬼打墙"。

"怎么啦？"他的妈妈问他。

"您甭管。"

"到底怎么啦？"

"您甭管。"

"什么叫甭管？"

他看见母亲似乎要发火，又把火气强按住，忙着将绿豆稀饭和各样儿菜碟布满小桌。听见母亲说，跑这么大老远来侍候你为什么？还不是为了你考个好学校？他听见母亲的声音有点儿抖。

他知道，高考考场距家足足有 30 公里，母亲请了假，找了这间小房子，来为他补充碳水化合物、高蛋白、牛劲儿和自信心。母亲的耳边悄悄儿地出现了白发，那白的，可真刺眼。他知道，母亲为他能否考中重点大学着急。母亲越为他着急他就更着急，他更着急母亲就急上加急，着急成为平方，不停地升级。母亲还是憋不住，问：“到底出了什么事，告诉我？”

“准考证丢了！”

天哪！

他从母亲翕动的唇间辨别出了那无声的惊叫。“不要紧，先别着急。定下心来，想想”，母亲的声音绝对柔和，平静。那平静之中的不平静，柔和里含着的尖厉和不稳定，使他身上似乎有了汗。汗像小虫子在爬。“吃饭吧，一定要多吃点儿。然后吃点西瓜。别着急，你怎么不到考场看看，准考证是不是忘在那儿了？”

“考场去了，退出考场就不让进了。”

“有人把门？”“是，有人。”“别着急。”

着急，这个字眼儿，被加上否定的意思，不停地重复。

他的妈妈给他准备好了饭，便出去了。回来之后，发现儿子并没吃什么。儿子满脑门子官司：“妈，您给我爸爸打电话去了？您干吗要给他打电话？下午我到考场门口去问问，也许落在那儿了。要是找不着准考证，我不考了！我不考了！”

儿子直了脖子叫，忽然无声。他看见，母亲那美丽的大眼睛红了，盈满了湿漉漉的东西：“韩剑，你怎么能这么说？撒什么脾气？怎么可以说不考了，你跟谁斗气？”声音很冲动，随即又尽力平和下来：“别着急。想想下午的考试。就这一门了。

二十四拜都拜了，就一门了。"

"您到底还是给我爸爸打电话了啊！"

"是的。"

我接到妻子的电话，听见她说："儿子的准考证丢了，可能会被监考老师拒之门外"，心里立即着了火。儿子的六年中学生活，特别是近一个寒暑拼命准备复习所付出的劳动可能付之东流，使我惶恐。我撒丫子就往外跑，赶公共汽车。我气喘吁吁，紧张得满脸的肉抽动，像被人追赶的贼。孩子的母亲说，如果找不到准考证，须奔向高校招生办去补办，约好她在公共汽车站等我。我向车上挤，不顾一切。我吸着气，提着小腹，把自己弄瘪了，塞入公共汽车里的人群中去。

12 点 20 接到电话，1 点 50，我跳下公共汽车，出现在妻子面前。我们互相安慰，互相掩饰着内心的焦虑，拟定到时候由她守在考场门口，我跑向高考招生办。如果儿子问起我怎么来的，妻子教给我撒谎：就说从机关要了一辆小车，很方便，很舒适，很痛快。我答应，内心感到一阵悲哀：虽然我在外面被人尊崇为知名作家，在本单位一向自卑，个人的事儿，哪儿敢张嘴要车？

可是我一定得这样儿撒谎，装得在单位很受宠。

我感觉到父辈的担子、责任、庄严、神圣和力量。虽然那庄严，那神圣和力量里包含着假，包含着虚。

考生们，缕缕行行向北大附中考场进军。

一路走一路看着书的；低着头咕哝着试题答案的；满眼茫然在寻找什么的；紧张得自行车不敢骑，推着的……

听说就在高考三日之内，一个女高中毕业生，正是如花似

猫
之
祭

玉的年龄，只因为精神紧张，被汽车撞死了。她被碾成了一团血肉，没能走向考场。

我紧张。

满街烟尘。所有的大卡车、小汽车全是南北走向。所有的人，老的少的，几乎全都横穿过车隙，由西向东直奔高考考场。乱纷纷。

儿子终于走过来了。

迈着方步，有心无心地翻着书。

他这些天就这么撑持着。他请求母亲别当着人面儿问他考得如何。别人若问，他把自个儿的脊柱拔高了，总是说非常之好。他尽量装得漫不经心，若无其事，其实他紧张得三日高考只喝了一点儿粥，吃了几角西瓜。

"爸，您用不着来的。"

"没事儿，我没事儿。你别紧张。"

"你爸爸要了辆小车，没费事儿。来看看。"妻撒谎，脸已经红了。

我们约定，韩剑先去考场，若找不到准考证，不准应考，立即下来。然后他妈妈向监考老师哀求。我呢，立即长跑去招生办。我想我行。虽然我至少20年没有长跑和短跑，到时候我会像兔子一样跑得飞快的。我相信精神力量。

我和妻子互相依靠着，否则，不是她倒下就是我倒下。我们彼此都听得见胸膛里心脏在擂动战鼓。

我们走向北大附中考场。

我顿时惊呆了！

院子里黑沉沉，到处是人。凡是有考生的地方必有考生的爹娘，这话不错。挤挤撞撞的人群里，家长没有一半儿也有三分之一。溢着油的年轻的亮堂堂的脸旁边，常常有一张爬满皱纹褶的黯然无光的脸陪衬。使我想起荷塘，嫩的荷花和老的残叶。一头白发，又一头白发，如会蹒跚行走的积雪的山峰。有一个戴眼镜儿的，鼻梁上如架着两个啤酒瓶底儿，左手举着"三明治"——面包夹肉，右手擎着汽水儿，颠颠儿地跟在正背书的儿子后面；有一个拿毛巾给女儿擦汗的，自己的额头和脖子上爬满了黏稠的发黄的液体；有一竿竹马在敲地、行走，大约是盲人？这会儿，也有许多孩子不肯和父母在一块儿，他们自己聚在一起。可是，我可以通过他们各自父母的眼睛里放出的线和钓钩，轻易地指出谁是谁的孩子。

铃声尖利地响起来了。

考生们蜂拥向考场而去。所有的家长全部垂手而立。他们目送儿女们在考场门口消失，这些操碎了心的中老年人，这些伴读，侍者，老母鸡，大袋鼠，依然面对那庞然大物肃然，没有人敢贸然说话，敢贸然动作。氛围严峻而且——悲壮。

考试的时间变得凝滞，慢得折磨人。

"这是连家长一块儿考呢！唉唉……"终于有人悄声自语，叹息，活动手脚。距考场100码外，人们动起来了，真像热锅上的蚂蚁啊！

这就是中国，北京，1987。

高等学校招生考试的决胜日，最后一天，7月9日。阴。傍晚有雷阵雨。

仅北京市，1984 年考生 3.8 万；1985 年考生 3.4 万。

1987 年预计报考人数激增至 5.8 万。

大学录取比例：3.52∶1。

据云，就是这个日子，全国，每年高考的"举子"二三百万。几百万大军，陪考的又有多少？本年度北京市自然淘汰数将高达39200。这个高额人数，咄咄逼人，无疑，摆在家长面前的形势是严峻的。他们的子女已经度过了漫长的六年中学生活，当然渴望一蹴而就。无论经济生活发生了什么变化，特别是在北京，这些家长都希望子女能够接受高等教育，最终得到选派留学、科研中心、国家级机关、外事外贸单位的选择。物竞天择，适者生存；信息时代，知识爆炸，这些尽人皆知的口头禅，使得人们的心理状态变得紧张、惶惑，青年的和中年的父亲母亲们，早就参与了下一代的竞争。竞争几乎提前到了母亲的妊娠期。从早期学前教育，选择幼儿园，到重点和非重点小学、中学的投考，家长们在拼智力、经济力、应变能力，当然也包含社会活动能力和关系网的面积、密度。

我知道，高考考场并非"天堂"的大门口，即便考中名牌大学，儿子还有好长的艰难的路要走。事实上，这简直是太上老君的炼丹炉。事实上，我和孩子的母亲早已在那炙热的炉子里烤着呢。

我两眼直勾勾地盯着考场的窗子，眼睛要流泪了。我知道，并不全是玻璃晃的。

儿子，是否找到了准考证！我的神经紧绷着，随时准备起跑。

## 二 巨大的投资和幻想的设计

从来没有人像这一代做父母的这样，对子女干涉得过多过细。他们（我们）执拗地为子女设计着未来，并试图使子女就范。家长们心血与物资投资之巨常常超过自己的负荷能力，呕心沥血。

中国人民大学一位女讲师，因丈夫有外遇而离婚。她把 5 岁的孩子送到北京海淀区少年宫学习音乐。她以自己的衷肠和眼泪赢得了老师的同情，儿子破格被收下，插入小学高年级合唱班。半年后她又将儿子带到中央音乐学院办的器乐学前班。这时她惊讶地发现，眼泪和衷肠并不能叩开儿子成龙的龙门。学前班的考场上挤满了家长，谁也不理谁，互相较着劲，用目光搏击。她十分精明，归后，四方借贷，为儿子购置了钢琴，聘请了钢琴教师。教师授课的月收费，已由 16 元增至 30 元以上，她也不吝惜。

钢琴已成为紧俏物资，数度提价，仍不能缓解。

当然，莫扎特、施特劳斯这些驰名世界的大作曲家都有良好的学前音乐教育。在中央音乐学院附中，15 岁的盛原已经在全国性的珠江钢琴邀请赛上夺魁；17 岁的提琴手郭昶，已经两度于梅纽因国际比赛中获奖；11 岁的马向华，一支二胡曲在香港赢得四座赞誉。

而今，似乎安排幼小的子女学音乐被看成一种成才捷径，既可使子女早期进入竞技，又可逃避高考的煎熬。

可是，音乐未必适合所有的孩子。

父母亲为子女设计的蓝图，未必能够成为现实，特别是那些对子女期望过于急切的父母。

报载：一对年轻的父母，勒紧裤带，省吃俭用，并借贷为儿子购置了一架昂贵的钢琴。从此，他们如监狱的看守那样看守孩子练琴，剥夺了孩子一切游戏时间。弹琴成为苦役，钢琴成为仇敌。孩子为了摆脱痛苦，用刀剁了手指。

另一个孩子，则趁父母不在，用锤子狠狠地砸碎了钢琴键盘。

我也差点儿把儿子逼疯了。

他刚呱呱坠地，我就拿了口琴，吹给他听。希望从他混沌未开的脸上找到陶醉。我把收音机的旋钮开到最大，放音乐，希望能看到他的喜悦和音乐感受。其实，那会儿，我的儿子除了懂得吃奶啼哭，往褓褓里拉屎撒尿，什么也不懂。儿子7岁时，我和他妈妈认为他具备了学音乐的条件。他对音乐有很好的感应与记忆能力。可以初步用固定唱名唱简单的谱，唱变化音，升F降B转调儿，都能唱得准。手指的条件也不错。于是我们商量，让韩剑学钢琴吧。于是我和妻都希冀并深信不疑儿子会成为钢琴家。想到深紫色的大幕升起来，黑雾弥漫的剧场里浮着的成千双如痴如醉的眼睛，全盯着我们的宝贝儿子。他坐在乳白色的光圈儿里，十个手指把那架钢琴，那个老大的大黑盒子弄得叮咚响；他苍白的脸上带着神经质的笑，谢幕；他会说话的手指捧着花儿……我可真他妈的醉了！

我们给韩剑找的钢琴教师是我们读艺术院校时的老师，非常慈善又富有教学经验的老太太，徐非。

从此，每天晚上，我和妻挟着儿子练琴。儿子居中，我们一边儿一个，虎视眈眈。两个小时一丝不苟，像挟着一个小犯人。

儿子坐在板凳上，扭。

妻说："屁股长草了?"

我说："凳子咬屁股哇?"

妻说："坐好。"

我说："不许动!"

在黑沉沉的钢琴和黑沉沉的父母之间，7岁的儿子像一只小甲虫——可怜虫。他把屁股钉在凳子上，两手在键盘上爬行。

妻说："手指立起来。"

我说："让你把手指立起来，听见没有!"

妻说："立!"

我说："立!"

我和妻子王作勤，毕竟是音乐学院毕业的。两小时陪练时间，尚知道该弹什么，怎么弹。那些与音乐绝缘的家长，往往懵懵懂懂陪坐，只知督促孩子重复已经大错特错的指法，不是F没升，便是B没降。他们以持久战取胜，每日让子女练琴四小时甚至六小时，连续不停。

我说："节奏越弹越快。赶什么?"

妻说："别赶，稳一点。听节拍机的。"

我说："怎么还赶? 赶鬼呀?"

妻说："赶集呀?"

我气愤地将儿子的右手抓过来，"别赶"!

儿子哇的一声哭了。

哭得我和妻心乱如麻，惶恐。

可是，我们是绝不会让他离开钢琴的，尽管有点儿心软，心疼。

其实，我知道，长春有一位技艺娴熟的著名钢琴家，听说他小时候被父母终日捆在琴凳上，能动的只有手，能砸的只有琴。后来他练就了两手好功夫，却得了"钢琴症"，无论什么场合，犯了病就弹琴不止。国际比赛选拔的时候，他占住了琴凳，弹得昏天黑地，弹得主考官们瞠目结舌，最终弹掉了比赛资格。在监督孩子练琴的时候，往昔的借鉴全忘了。我们巴不得儿子突然在一个早上看透了音乐的禅机，十指全都生出灵魂。我们操之过急。

"放松，胳膊紧张什么？"

"别紧张。听着，别紧张。"

"两只手怎么配合的？两只手咬牙切齿呢。"

"左手弹旋律，右手干什么呢？"

"练不好，别想下来。"

"今儿豁出去了，陪你到大天亮。"

我们一唱一和。

我们发现，儿子笑声没了，歌声失落了，天真活泼可爱全都丢了。面对钢琴，他充满了仇恨，望着黑键白键，眼泪汪汪。当我们指出他错误的姿势和指法时，他无声地流着泪。

后来，他坐上琴凳就哭，成为条件反射。

完了！

失落，失意，失望，怨天怨地也怨自己，我甚至怀疑自己的遗传因子不佳。我们无法使 7 岁的孩子懂得并看到我们为他设计的未来是何等壮丽辉煌；也无法替代他坐在琴凳上修炼成正果。有一点，我们还是清醒的：艺术家成功的最重要的基因是热爱艺术。未来的和现实的钢琴家都必得视钢琴为自己生命的一部分。而我们的儿子对钢琴却只有仇恨。

不学了！把钢琴谱全部送人！

这一抉择对于我们是痛苦的，对于儿子是极大的解脱和欢乐。我们意识到，我们的设计连同实施方案全都不可避免惨败的结局，决心让悲剧早些落幕。

不学钢琴学什么？

琵琶。

因为血缘，因为责任，因为自信，因为憧憬，因为幻想，身为父母不甘失败，开始了第二设计。这一次采取了比较温和的怀柔政策，循循善诱。哄着，请儿子练琴。经济上的投资日积月累，不值一提。重要的是生命的投资。一年 365 日，52 个星期。每日一至两小时陪练，每周六下午教师前来授课，我得好生侍候，陪着。每周六的晚餐都得为教师准备佳肴。凡此日，王作勤就得抱着热锅，闻着油烟，大干加巧干。我在颤抖的琴弦声里度日如年，妻子则简直是自己被油煎，被蒸煮，被熘炒。不能说儿子不用心，他毕竟在枯燥的夹弹、轮指、扫弦之中渐渐长大了。他的基本功比较扎实，音乐感觉不错，曾在区与市的比赛中名列前茅。转眼就是该报考音乐学校附中了，我和妻踌躇满志，跃跃欲试。带着韩剑去母校，想到儿子可能成为校友，心情与鸟儿齐飞。初试，复试，孩子发挥不错。就在这时候，音乐学院有位熟悉的老师警告说，不要乐极生悲，恐怕预后不佳。教琵琶的老师自己有两个私人学生应考，本年度只收一至两名。

又完了。

果然。

我费尽了心机为儿子进行了第二次设计，进行了经济投资、智力投资与生命投资。然而，父母给子女的未来设计，无法抵御命运对子女的抉择。

我的设计是海市蜃楼？

我的投资全是打水漂？

也许，父母根本就不该为子女做如此设计，更应该随遇而安？也许，父母越是牛不喝水强按头，牛越是不喝水？记得龚自珍曾有文章贬斥"病梅"，对于那些以人工之力，强扭着将梅花枝条捆绑蜷曲成各类形态的人表示了极大愤慨。儿女并非可随意蜷弄的梅花，父母也不应该当作制造"病梅"的花匠。那么，这次韩剑的落榜，是对我的惩罚？记得，小时候看过一本叫作《初升的太阳》的书，写的是苏联的一个孩子，父亲是画家，母亲是音乐家。父母协同作战，逼着儿子弹钢琴。孩子被锁在房中，却无意于十二平均律，偷偷地画了很多画儿。画稿藏在钢琴共鸣箱里。父母见他不肯好生练琴，怒不可遏，管教甚严。忽一日，那孩子爬窗子逃到了大自然当中去。他的生命中涌动着愉悦的大潮和艺术创造的欲望。他在地上，用树枝勾画着他心中和眼中的世界。父亲悄悄地来了，惊讶地发现：这孩子，竟然自己发现了人类曾摸索多少代才总结出的透视规律。

后来，这孩子学画儿了。

后来，这孩子的美术作品在莫斯科、列宁格勒展出了，成功了。

后来，14 岁的小画家随小伙伴去打猎，为了救别人，自己的胸膛误中了枪弹……

14 岁的太阳，夭折了。

但是他的短促的生命史和艺术简历说明了什么？难道不是说明他的潜质拂去了灰尘，得到了弘扬吗？

这一日，1987 年 7 月 9 日，我想起这些事是不足怪的。

一阵轻雷，催下了淅淅沥沥的雨。海淀小镇错落的屋脊，瓦片儿如闪闪发亮的鱼鳞。高层建筑的阳台真洁净，盆花儿，红的黄的绿的。路边，树叶儿柔了，风儿湿了，鸟儿的叫声润了。街上纤尘不起，柏油路面儿上滑过一层水，晶亮了。

我的心里轻松些了。儿子走过考场，没有中途下来，准考证一定是找到了。

这时候，我的肚子发出了孤独的咕噜声。

去吃了一碗冷面，辣的。

狗肉要了一碟，不新鲜，黑的，又干。闻着腥，扔了。

云，还在天上涌动。

韩剑从考场回来了，没有淋雨，却像水濯过的小公鸡。高考准备阶段开始瘦下去的脸，成了窄窄的一条。两腮也塌进去了，这会儿挂满了沮丧。那人，好似一副空壳，走了髓。

我问："考得怎么样？"

"完了"，他说，"这回全完了，全砸了。"

他的妈妈惊得眼睛更显大了："不是说挺好吗？"

"我，那是硬撑的，硬撑着！"

我一时说不出话。也许，我不该采取任他自由发展的战略？也许，应该逼迫他继续学钢琴，学琵琶？也许，我们帮助他选择的志愿（第一志愿填写的北京大学）太冒险，全错了？

任何 1987 年普通高校考生的家长，都在 6 月 15 日至 18 日紧张地为子女完成了几乎是最后一次设计。为数不少的家长可背出一类二类三类学校的去年的录取分数线和今年的招生人数。在为子女填写志愿草稿的时候，无不感到笔的沉重，无不再三斟酌。所有的人都清醒地意识到竞争的激烈和形势的严峻，于是，渴望提前录取，或者，至少可以碰碰运气，早些得到解脱，多得到一次机遇。

在北京，提前单独录取院校的第一志愿报名情况，出现了新的变化：

中国青年政治学院，计划招收 3 人，报名人达 628。录取比例 207.3∶1。

北京电子专科学校，计划招收 7 人，报名人达 1327。录取比例 189.57∶1。

空军政治学院，计划招收 7 人，报名人达 937。录取比例 133.86∶1。

并不排除家长与学生焕发了对于政治工作的新的热情的可能，同时也必须承认那些不言而喻的诸多心理因素在起作用。

这一年，高分数段的许多考生（以外语为例），把外交、外贸、外经放在第一位。这可以看到新的经济形势在人们心上的投影。

一个非常有趣的现象，显然显示了子女对家长的悖逆心理，一些考生背着家长，改填志愿为外地的高等院校，甚至在填写的时候宣言：离家越远越好！填报外地院校的原因当然不仅于此，也许绝大多数青年学生志在四方。但如下数字却包含着一部分考生希望自立、自强的愿望。

北京考区，文史类，第一志愿：南京农大录取比例 32∶1；长春地质学院 50∶1；哈尔滨建工学院 41∶1；厦门大学 14∶1。而北京的院校：北京大学（外语类）2∶1；中国人民大学（文史类）4.7∶1；北京师范大学（文史类）10∶1。

可惜的是，相当多的学生家长并没有意识和顾及子女的自立愿望。孩子们在 80 年代大都早熟。事实上 16 岁的孩子已经相当有主见，在心理学上称为"第二次断奶"，力图摆脱父母的羁绊，挣断脐带。我并不是说家长们用心血为子女设计的蓝图全不可取，但往往忽视了孩子的潜质和自立意识，教育方法不当。大多数父母仍然以自己的人生经验和一厢情愿，强制子女向东或者向西。于是，出现了所谓"代沟"。我们不能一味地责怪下一代。很多青年学生既要求自立，也在自强、自证。作家韩少华的女儿韩晓征，是《北京青年报》推荐的 87 届高中毕业生的希望之星。中学时代已发表许多诗作和散文。中篇小说《夏天的素描》刊于大型文学月刊《十月》。一日，在首都剧场，我看见韩少华买了束花，给女儿拿着，满脸写着幸福、慈爱和得意。

我走过去，与少华握手，寒暄。

"少华，这是你的千金?"

那晓征却背了脸。听见问，匆匆回了一下头，笑了笑，又把目光抬起来，注视着茫茫人海。

我用目光问少华：您的女儿，这是？……

少华靠近来，附耳道："我的女儿难得和我一起出来。她最不满意的，就是别人说——这是韩少华的女儿。"

"噢？为什么？"

"她说，有那么一天，我和她一起出来，要让别人说——这是韩晓征的父亲。"

这可以说是自立意识的一种表现方式。

我的儿子也有他的表现方式。高考总复习开始不久，家里忽然接到一封香格里拉饭店服务员的录取通知书。我很吃惊，问韩剑：

"这是怎么回事？"

"我去考了一下，还参加了复试。您同意吗？"

"现在来问我？——你可以去，假如你愿意。在大饭店当服务员也不错嘛。"

"我只是想证实一下自己。"

是的，我心里有些不快，这，大约也是对家长的揶揄、挑战和漠视？我感到了他在暗示自己独立的力量。事实上，他在钢琴凳上哭泣，在音乐学院淘汰后无动于衷，都是对我们的挑战。

看到他高考结束时失魂落魄的样子，我想，第一志愿报北京大学，也许又是我们的错？不。这次是充分尊重他的意愿的。依了我，也许更希望他学中文，可是，志愿表上填写的是外语。

## 三　成功者手中的魔方和各种解法

比起在高考期间备受煎熬的考生和家长，那些捷足先登的少年大学生们似乎要轻松些。

我这儿有一份将在西德慕尼黑举行的第十届国际自控联合会世界大会的材料，登载着一位少年大学生的简历：

方黎平：

1964年3月出生于浙江慈溪，1982年7月毕业于天津大学。1985年5月在加拿大滑铁卢大学系统设计工程系获科学硕士，现攻读博士学位……1985年10月参加在葡萄牙、里斯本举行的国际自动联合会水陆资源系统分析会议，宣读了《冲突图形模型》论文。今年10月在西德慕尼黑举行的第十届国际自控联合会世界大会上又将宣读《国际投资冲突的图形分析》的论文。这种图形分析方法具有直观、明显、易于理解交流，便于在社会—经济领域的现实应用，以将产生重大的社会经济效益。这个领域属于诺贝尔经济奖的范畴，具有极大的前景。

方黎平的确是这一代青年中的佼佼者，14岁入大学，18岁大学毕业。年方21，已经在国际性的会议上侃侃而谈。他的父母如何教育他的？是否诸如许多家长一样，严厉地监视监听外加每晨供应一个蛋一杯奶以及"人参蜂王浆"和"青春宝"什么的？可惜无法跟踪他到慕尼黑、滑铁卢，我只知道他的父母大约是普通的乡镇干部。

好在有他的同窗好友可寻。

我来到中国科学院研究生部的英语培训中心，这里有方黎平的同学李小坚和二十几名攻读博士学位的青年。我向首先碰到的同学问起家庭情况：

李小坚，16 岁考入大学。早年丧母，父亲毕业于北京工业学院，命运多舛。

张珩，17 岁入大学。父亲在省里搞经济工作，知识分子。

忽然想到戴着红领巾的研究生谢彦波，11 岁进中国科技大学，15 岁成为中国科学院物理所所长、著名学者何祚庥的研究生。他的父亲是大学物理教师。

也许这里可以得到什么概率？

从科技大学少年大学生的家庭条件看：第一期 21 名学生，16 人的家长是知识分子；第二期 67 人，48 人的家长是知识分子；第四期 28 人，竟然有 24 名家长受过高等教育。五期统计，知识分子家庭占总数 69.6%。很显然，受过高等教育的家长，在辅导子女超前学习上有着明显的优势。社会背景的文明程度和家庭的文化氛围对于孩子成长是重要的。比方说，少年大学生张方在学到算术中的"面积"时，他的父亲便适时地给他做了一块"数学钉板"。那是一块画着许多正方形格子的木板，每两条线的交点钉上一个铁钉儿。父亲让张方用彩线围格子，围出了矩形，围出了平行四边形，围出了面积等于底乘高的定律。彩线继续围下去，牵引着他幼小的心灵去领悟对称轴、对称中心、等差数列……

这就叫作得天独厚。

然而，这并不能说明"龙生龙，凤生凤，老鼠生儿会打洞"是这个世界的遗传法则。

《光明日报》1985 年 4 月 20 日头版头条刊登了一条新闻：
"老农李本常的四个儿子全部考入大学中专。"黑体字赫然入目：
"李本常对孩子们说：'日后国家需要人才，你们应当刻苦读书，
我累死累活也要供！'李本常，五世扛活，五辈文盲。褐脸，泥
脚，灰突突的汗褶儿，在旱烟锅里升腾的青烟中显得混沌，独有
一双眼睛亮得出奇。他以远见卓识将儿子们一个个送出了荒僻的
甘肃皋兰县的小村庄。1977 年高考制度刚刚恢复，大儿子便捷
足先登，考入开封黄河水利学校。后面的弟弟紧紧相跟，全部考
入大学，一个学冶金，一个学畜牧，老儿李积宪 1979 年考入甘
肃工业大学，四年后考入哈尔滨工业大学研究生班，1984 年东
渡日本，赴日本筑波大学留学。"

这样的例子并非绝无仅有。

世界著名的物理学家李政道带的研究生吴彦（少年大学生），
父母亲都是江苏省射阳县的乡村小学教师。

赴美物理研究生阚晓波（17 岁），父母亲都是工人，小学文
化程度。

还有，少年大学生张宝国，父亲在乡里工作，母亲是文盲；
王海达，父母亲都是农民；刘军，母亲是工人，文盲，父亲是年
迈的木匠。砍木头的斧子，是怎样修斫出少年成材的大学生呢？

我和中国科学院的博士生们讨论了这个问题。

江苏淮安来的鲁明之，17 岁升入大学。大气物理所的博士
生。父亲是职员，母亲是工人。他说："我攻读博士生，当然是
想探索科学的奥秘，不虚此生。可还有另一个原因，当初我在大
学和辅导员关系不好，很压抑。我一定要离开原来学校，一定要

报考研究生。报了名，发现我们三个挺要好的同学报的是一个导师周明玉，录取名额只有一个。当然，我们三个都不肯退的，决一'死战'了。"

他笑，很自得。

班长朱宗林，35 岁，插过队，声音沉郁浑厚："我觉得我们读博士生，也有偶然因素。或许有些影响，还没明确地意识到。一些同学从农村来的，家庭环境背景和文明程度都差。开始难免有自卑心理。可是终于干得比一些城市知识分子出身的同学更好，我认为这是用这种方式证实人格的力量。如鲁明之说的——证明自己不是弱者。"

李小坚："我同意这个说法。我们这些人大部分是 60 年代经济困难时期生的，饥饿中生的。我们歪歪斜斜站起来了，还经过了'文革'，但毕竟证明自己是有力量的。我是 1962 年生的。"

张荣华："我家在浙江绍兴，农村。种稻子，要插，要晒，要收。我考上大学，父亲反对。可我对科学有兴趣，16 岁考上大学。我是走一步看一步，考研究生，碰碰运气。我觉得机遇很重要。"

哦？农村来的，博士生？

请谈谈你们的启蒙教育，我说。

"小小子儿，坐门墩儿，不想爹娘，想媳妇儿。"

有人学着老奶奶漏风的嘴里发出的咕噜声，屋子里哄堂大笑，我也笑。这地老天荒的古老的"摇篮曲"，使我想起油灯，纺车，辘轳，柴烟味儿和年画儿。又有人说，当然还有"车胤囊萤""孙康映雪""匡衡凿壁偷光"。是的，也许还有"牛郎织女""白蛇许仙";还有二十四孝里的"郭巨埋儿"和"老莱娱亲"……民族古老的传统文化积淀是个复杂的多面体,千百年的积淀里既有富于浪漫色彩的启迪一代代人想象的故事,又有封建保守的糟粕,也有勉励人自强不息勤奋学习的历史演义。当然,启蒙教育不只来自家庭,还有学校。教师和书籍教给孩子们懂得爱迪生发明白炽电灯用的是六千种材料,居里夫人提炼一克镭烧炼了八吨沥青;懂得"小布头"怎样奇遇,"匹诺曹"怎样历险。

力学所的博士生刘树军在想什么呢?

他来自邯郸县农村,父母亲都是文盲。

启蒙教育有有声的,也有无声的,他说。我们那儿,到处都有古迹,一弯腰就可以捡到一个故事。传说神仙吕洞宾的拴马树还在。常常有方圆百里以外的人还抠神树,取仙药。大脚,小脚,解放脚,全奔神树而来,跪着,哆哆嗦嗦的,抠树,把树都抠死了。邯郸秀才做黄粱美梦的大槐树也在,我在那树下边坐过,只想也做个梦,可是睡不着。还有蔺相如廉颇顶牛儿的地方。邯郸有蔺相如的"回车巷",到那儿就知道"完璧归赵"是怎么回事儿了。"毛遂自荐"的毛遂住处也会有人指给你。还有"学步桥",喂,你们看我走路的姿势怎么样?

这说的大约是环境了,大约是"人杰地灵"这个词儿里的"地灵"了,我想。

那么,你考上大学的时候多大?

16 岁。

你的父母亲有什么不同凡响的教育手段呢?

我父亲一个大字不识。我跟他推一车白菜去卖,七分一斤卖七斤，七七八角一，人家拿九角，他找人一分钱。人家笑他只往里拐，我也笑，笑得父亲大红脸。他原来是马车夫，挺辛苦，风餐露宿这话不谬。到了领补助费的时候，看那名单上的黑道道，哪个都像自己的名字，哪个也不像。小学的语文算术他都帮不上忙。

你怎么确立人生目标呢？

我一直梦想当飞行员。邯郸发过大水，眼瞅着房子泡倒了，冒几个泡儿，成了泥浆。人全跑到山顶上、树顶上，这时候飞机来空投救灾物资。我想当飞行员，检查两次身体，都有零件儿不合格。我后来考大学的第一志愿是火箭发动机。

请你谈谈父母亲对你的影响。

农村人，40多岁，人生目标差不多都是望子成龙。子女行了，他一辈子就圆满了，心理上得到满足。这个，逼迫你去奋斗。还有，农村来的博士生，老大居多。长子总要起掌旗兵的作用。我们那儿，家长都特别看重老大，这对我的心理上也是一种压力。

他，刘树军谈的也是这个：自己的内应力。他要证明自己是个有作为的老大，是强者。

那么，我是否也唤醒了儿子心中的内应力呢？

记得，我16岁初中毕业，母亲已视我为巨人了，可是当我的儿子16岁的时候，我还是把他看成奶味儿未消的孩子。那年，他迷上了集邮，放了学就混迹在邮市。与那些黑市上的邮贩子们攀谈、交易，功课迅速向下滑去。我怒不可遏，抽了他一个耳光。

他一动不动，冷漠地看着我。

我又狠狠地将老大巴掌扇了上去。

他挺住了，脸上毫无表情。

我在这一刹那间，惶惑，愤怒，同时也意识到他在"勇敢顽强"地用脸来迎接我的巴掌，16岁的儿子并不那么容易对付。

我在极其愤怒而又无计可施的情况下，把他珍爱的集邮册撕给他看。他哭了。我并不怀疑自己是无上威严的父亲，是正确的化身，也不怀疑有朝一日他会懂事，会送给我一个歉疚的、可爱的、亲亲热热的笑脸儿。我打了他，我的心却在痉挛，痛楚。当我把巴掌呼扇过去的时候，真想告诉他，打是亲，骂是爱，儿子，你瞧这生着五个叉的巴掌全是爱。

我们之间出现了深深的隔阂。

不但不能企望他送给我一个可以抚慰我痉挛的心脏的有益无害的笑，而且，他很少再同我谈话了。

我这才注意到他的上唇生出了细细的毛，注意到他的喉节大了，声音变粗了。

我这才意识到，必须承认这个事实：儿子，16岁，要挣断连接他与父母的"脐带"了。维系两代人关系的，不可能是什么威严、训话和巴掌。只有感情，只有理解。

于是我渴望找到个机会，重新开始。

一天，韩剑一个人在房里把吉他弄得很响，唱流行歌曲。

我推门进去。

他把琴弦用手捂住，懒洋洋地看着我。

"唱啊，韩剑，怎么不唱了？"

他好像没听见。

"再唱一遍，什么歌？我听听。"

他用目光往门外推我："您可不一定喜欢。"

"说不定我会喜欢呢。"

他看看我，目光很陌生。

我看了看乐谱："这支曲子？来，我试唱，你弹伴奏。不，还是一块儿唱吧。"

妻来了，看看我，看看儿子。

我忙可怜巴巴地向妻丢个眼色，请求援助。

我先挤到乐谱前面，用我那苍老生涩，没有一点儿韵味的声音抢先大唱。这支曲子是当时风靡一时的《迟到》。天哪，什么鬼歌词？"你到我身边，带着微笑，带来了我的烦恼。我的心中，早已有个她，噢——她比你先到。啊温柔又可爱，啊美丽又大方……"谁？谁温柔可爱？谁美丽大方？谁来了？谁迟到？我唱着，讨厌死了这个浅薄的曲子和没一点儿意思的歌词儿。我真不知道，这种东西怎么会征服了中学生们。可我得承认，这种东西比我要有力量得多，毕竟也征服——或者说俘虏了我的儿子。我还是使劲儿地吼，拼命地吼，让脏器和喉咙和鼻腔一起共振。我一边唱一边望着妻傻笑，越笑越觉得惨，笑得要流泪。我的声音总是够着儿子的声音，生怕慢了一拍或者快了半拍。我真是个可怜巴巴的老头儿。我有一肚子的损词儿可以贬斥这首歌。可这时候我必须妥协，必须唱"你到我身边"，其实我的身边谁也没来。我一边唱一边琢磨，不知道到底是谁来到了儿子身边，这小子心里早已经有了谁。

我唯一的愿望，让儿子知道，我承认他长大了，我们平等，我们可以像"哥们儿"一样谈谈心，唱唱歌儿，来点儿玩笑。

父子间的裂缝不是一块儿吼叫就能弥合的。

我征求他对海明威《麦康伯短促的幸福生活》的看法；

我主动热情友好大方地建议他把同学邀来玩玩；

我和他心平静气地商量，来点儿摇滚乐，可是，也不妨来点老贝（贝多芬）和老柴（柴可夫斯基）；

我和他讨论《图腾与禁忌》，我和他一起逛书店，我和他一块儿在街头大嚼羊肉串儿。我，他，还有他的母亲，我们三个人组成个小乐队，在空政机关文艺大奖赛夺得冠军；我们三口之家在《福建文学》上开家庭笔会，每人抛出一篇文章。

即使在他面临人生重要的抉择——高考前夕，我也没摆父亲的架子。我只说："韩剑，你已经是大人了，我还是那四个字：好、自、为、之。"

我看到在高考复习期间，他屋子的灯，常常子夜不熄，这时候，我心里热、酸，还有点儿疼。我常常去劝他关灯，早早安歇。

我以为他的内应力不但醒了，而且在膨胀。

可是现在是怎么了？高考一毕，他好像是灵魂出了窍，一点儿自信也没有了，满嘴是"完了，完了"的。他的母亲给他找到了高考标准答案，他说他不敢看，他说他的卷子明摆着错得一塌糊涂。

我说，韩剑，不妨一看，知己知彼。你尽心尽力，考不上大学，咱们可以明年再考，太阳每天都出来。

他塞给我们一张纸条，上写：

中等分（公平分）533.5；

最低，520。

我不信。若达到这个分数，可以毫无阻拦进北京大学了。我对妻说："瞧瞧，韩剑这小子，这份自信，恐怕自我感觉全错。"

人的自强、自尊、自信心的唤起，当然有不同的契机和方式。我真不知道那些目不识丁的父母，是怎样使儿女的自我意识苏醒和证明的。我也不能肯定，18岁的儿子是否已经走向成熟？只知道在高考之后，他全乱了方寸，我们也是方寸全乱。

瞧，我的儿子高考刚刚结束，精神上就有点支撑不住了，甚至不敢直面考题答案。

## 四 链状结构与约翰·丹佛

实在是很难找到使子女成材的捷径。也许，现在找到，已经有点儿晚了？

前面讲到的幸运儿，滑铁卢大学的博士生方黎平，还有他的同学李小坚、陈毅松、廖晓钟，被当时的天津大学称为"四〻小天鹅"。他们早晨，中午，周日，节日，摽在一块儿学习。方黎平的思路敏锐，开阔；陈毅松强迫记忆最佳；李小坚常常有诗人的冲动，热情坚韧；廖晓钟细致周密。他们超前学习，立论，讨论，辩论，有时候也打桥牌。四个人捆绑在一起，就成为一个向前滚动的球体，一个群体、集体和沙龙。他们影响了班旦三个30岁以上的老大哥：张则年、张家璈和宋铁弼。这三个经历了上山下乡的后期青年的沉稳、韧性和人生经验，又反过来影响了四个孩子。他们被统称为"三老四少"。后来，四个年纪轻轻的全部报考研究生，并全部考中。当然，他们刻苦学习的精神是可钦可敬的——所有的少年大学生、青年大学生都会有刻苦学习的鉴定评语，这不须我来重复论述。我只是想证实一下，这，可不可以称为链状结构？有人做过分析和统计：第二次世界大战中，在王牌飞行员的名字里，属于世界首位的是三个德国飞行员。他们是击落352架飞机的埃里希·哈特曼；击落301架飞机的格哈德·巴尔克赫内和击落275架飞机的京特·勒尔。令人惊奇的是这些王牌飞行员均属于德国空军第52战斗机联队。如果仅此一点，人们也许会认为纯属巧合。但苏联空军第16航空团P-39"飞蛇"战斗机大队与某部"施乌德"飞行中队，在第二次世界大战的空中战斗中，也都分别产生了20名和21名获"苏联英雄"称号的王牌飞行员。于是得出结论，即世界各国的王牌飞行员都是呈"链状结构"出现的。

如果王牌飞行员不足以证实链状结构理论的话，可以推广到文学界。中国历史上建安七子、三苏、三曹可做佐证。还有世界文学史中的"梅塘晚会"——6名法国作家聚集在梅塘探讨文学问题，他们约定同以普法战争为题材写一篇小说，1880年6篇小说问世，题为《梅塘之夜》，一次就推出两篇世界名作：左拉的《磨坊之役》和莫泊桑的《羊脂球》。甚至辉煌的中国革命史上也不乏其例的200名声名赫赫的将军同生于一个故乡——湖北省红安县。

老农李本常全部考上中专大学的四个儿子，是否也可以称为"链状结构"？"链状结构"的形成，既有社会、地域因素，也是人为努力的结果。那些出类拔萃的少年大学生，13 岁的宁铂声闻遐迩，13 岁的安徽庐江中学的干政（后来成为李政道的研究生）看到了宁铂学习事迹的材料，才立志要上科大；14 岁的湖南湘潭的中学生郭震，听了 11 岁的少年大学生谢彦波的报告，决心向少年班进发。1982 年，科大少年班 47 名学生提前报考研究生，38 名被录取，录取率 81%。

要是早点儿理解这个"链状结构"就好了。

我却只想着让儿子成为钢琴家、琵琶演奏家什么的，到头来全空。他倒成了个唱流行歌曲的能手，一抽屉磁带，全是美国歌星杰克逊和约翰·丹佛。

我沮丧。

1987 年高考，外语类口试的日子到了。

早起，天就阴得沉沉，黑灰的云一团一团的，把天塞满了，又向地平线垂下去，就像要把人的生存空间全填死。我憋闷得很，心慌。瞧见妻早早爬起来，预备饭，预备伞。母子俩一个乘公共汽车，一个骑车。妻催促韩剑带上伞，要下雨了，带上。儿子说没事，表情轻松，就蹬车走了。妻无可奈何，紧跟着上公共汽车站。我心里莫名其妙地想起那句歌词，男孩子雨天也不带伞……

他们在路上就遇到雨了。

那雨下得邪，竖着泼，斜着泼，横着泼。雨连成了片，多大的天就有多大的瀑布。雨砸到地上，地上的积水立起来。擎伞的，伞被雨打得左右倾斜。骑车的，只见两脚轮转，车在水里不走道儿。汽车司机小心翼翼，到了路口，瞧不清路灯是红是绿。

儿子浇成了落汤鸡，儿子的妈妈浇成了鸡落汤。

他们先后来到北京大学口试考场，那儿早已站满了人。青年考生，中老年家长，全是水淋淋，头发贴在额上，衣服黏在身上，脸白，唇紫，到处是磕牙的咯咯声。口试开始了，家长被留下，等待。房檐底下，排了一排，似在等着分果品的幼儿园孩子，满脸都是盼望。抱着伞的，拿着雨衣的，提着书包的，一群圣母玛利亚。

后来知道，儿子浑身哆嗦摇进了考场。

地上一汪水。

口试按程序进行。韩剑的嘴在抖，上牙磕下牙。他灵机一动，用英语说："老师，我走了很远很远的路，身上湿透了，我冷，声音有些发抖。"

老师们笑了。

气氛融洽了，聊起天儿来，当然用英语。

"韩剑同学，你留恋中学生活吗？"

"不。六年了，我一直盼望着毕业，升学，或者走向生活。"

一个年轻的老师："我也有同感。"

韩剑的眼里闪着亮晶晶的东西。

"你的英语，得益于谁的帮助？"

"约翰·丹佛。"

"请重复一遍，谁？"

"约翰·丹佛！"

哈，著名的美国歌星！听流行歌曲？唱流行歌曲？你？

歪打正着！

韩剑口试之后，回家，对我学舌。我哈哈大笑。我连声叫：

歪打正着，真是。没想到。看来不必为他未成演奏家遗憾，看来音乐还真有点儿用。音乐作为一种素养，当然会使人的品格上升到新的层次。而且，音乐使人联想，使人敏感，使人感情丰富，可以泣，可以怨，可以怒，可以抒发微妙的感觉。演奏乐器可以使右脑发达，可以促进微循环，可以有益于身心。这些都是不易看见的。我知道，俄罗斯文学巨匠托尔斯泰钢琴弹得不错，爱因斯坦常在提琴弦上诉说他的欢乐、郁闷和孤独。我知道，我现在弄文学，得益于不少过去在音乐学院得到的营养，我的师妹刘索拉左手是音乐，右手是文学。我还知道，少年大学生之中，谢彦波在科技大学的晚会上能来点儿节目；陈永聪对音乐、诗歌全都偏爱。中国科学院的博士生里，迷恋音乐的也不少，那个女的，屠硅明，能在琵琶弦上说相思。人的生活应该丰富多彩，感情不应该是单颜色。人应当开阔视野，多方面锻炼身心，这些我知道。可是，姊妹艺术可以产生通感，音乐与语言也可以产生通感？这个我可没想到，没想到歌星约翰·丹佛会成为儿子的英语教师。

韩剑说口试考完之后，有个年轻的老师——再不就是研究生追出来，对他说："你，地道的小美国人。"

"如果口试有 6 分，我一定是 6 分。"

他又得意。

我却摇头。我总把事情想得更严峻。

## 五　本文没有结束语

有消息说，高考分数已经出来了。

我和妻焦急地等着"揭宝"。

这情形，有点儿像等待魔术师扬起的手里那一声枪响，紧张，焦虑，疑惑，屏神凝息。

因为妻在区教育单位工作 13 年，人们认为她可以在分数到达教育局后，在决不违反一点儿政策、纪律、规范的情况下去查个分晓，而她，平素又极爱帮别人的忙，包括照顾老人，排解纠纷，济人之困，救人之危。这天，我家门庭若市，朋友们人来人往。

可怜的家长们哪！

病急乱投医。

学生家长×××，这日显得痴，显得呆，叫她半天才可能"啊"一声。她的女儿临场发挥不好。她害怕女儿想不开，万一出个好歹，她也难活。招生办公室在南，她懵懵懂懂向北走。考生××的父母和姐姐抓了一辆车，倾巢出动。那父亲，患有麻痹症，这时候，一路摇头，摇得让人心酸、心碎。他担心去年落榜的孩子，今年再度名落孙山。一位考生家长的朋友，生着病，脸跟眼白与昼一色苍白。为了帮助朋友了解文科大学录取分数线，踩着雨水奔走，贴身的衬裙在疾走中扭结上去了都未感觉到，几乎是光着……考生的家长×××，一位年过五旬的老太太，前几日脚腕被车撞得骨折，这时候，让儿媳用自行车推着，来到招生办公室。她的儿子的考分偏低，她一定要单腿立着，直到办公室的人同意她在成千上万的卷子里把儿子的每一门考卷都查看一遍。

在我们家里，正在"密谋"。韩剑的一个同学平素学习和竞

猫
之
祭

技状态甚佳，分数查出来，竟低于预考摸底分数 50 多分，恐难被一般大学录取。我们商量，第一，通知他的父亲；第二，抚慰他的母亲；第三，暂时不告诉本人；第四，再重新查询他的分数；第五，安排人轮流在那考生左右值班，看守，免生不测……

韩剑的分数呢？

533。口试成绩 5 分。

他与自己评估的公平分仅差 0.5 分。看来，考入北京大学没什么问题了。

儿子笑了。

他的母亲哭了。

我半晌说不出话。我当然知道，文科，外语类，六门功课，533 分，不是偶然所得。可我总是想找出点儿偶然因素。忽然思绪驰骋，想起儿子呱呱坠地到高考完毕这漫长的 18 年，桩桩件件往事。我说不清楚在培养和教育下一代这个问题上，有多少得，有多少失。在儿子的天赋发掘、智能启迪、品识教育和思德培养，这四大因子团中，他哪一项是弱项，潜在着危机？尽管目前的高考有许多弊端，承袭着科举形式，如填空题即"帖经"，概念题即"墨义"，论述题即"策论"，命题也似科举考官的"入闱"。但是，一方面高考在逐步走向标准化和科学化，另一方面它到底是迄今为止的选择和检验考生的统一方法。儿子虽然闯过了这一关，必须让他知道以后的路还很长，很艰难。也许，到时候，他的弱项就会暴露出来了，就会成为他继续发展的阻碍。人生不能重新开始，我懂。可我真想把 18 年教育孩子的得失、甘苦、经验、教训总结出来，告诉 1988、1989、1990 高考考生的父亲母亲们。

这太难了。

所以，本文没有结束语。

开学了。儿子检点行装要到北京大学西方语言文学系报到去了。这回，我和妻都没有去送。可是我们知道，此时此刻，所有高校的门口，一定聚集着疲惫不堪的我的同龄的朋友⋯⋯

猫
之
祭

# 幸福的家庭不相似

## 上篇 理 解

托翁说，幸福的家庭是相似的；不幸的家庭各有各的不幸。我以为，幸福的家庭并不一定相似，幸福这个字眼儿，原不是能合所有人口味的一盘中西合璧的大菜。在不同的家庭里，幸福内涵的变异极大。就说我吧，家居斗室，四季如晦。冬天称之"抱冰堂"，卧室温度恒定在四至八摄氏度之间；夏天谓之"漏痕堂"，棚壁漏痕如蜗吐涎，到了汛期，门缝吐水，只好用些画过的宣纸及旧裤子塞住。春秋呢？"风涛馆"是也，风撼小窗，其声惊心动魄，令人立卧不安。窗棂已如脱骨扒鸡，不得不用石头顶着……斯是陋室，幸福吗？曰："是"，窃以为十分幸福。哦，幸从何来？福从何来？这可要寻根究底了。

我与我的爱人，是在音乐学院读书时的同窗。我们同在一个琴房，同是一个主科老师，论起来，我是她的"师兄"。她活泼挺秀，双目美在其外，慧在其中，曾在音乐学院"报幕"。人们都说她"漂亮"（不知别人是不是奉承，反正我是这样认定的）。记得，那是 60 年代，我从北方小镇携琴进京，一身寒碜，臃肿不堪的破棉衣裹着我瘦弱之躯，目光却是桀骜不驯。我背着琴，也背着"清高""骄傲""资产阶级成名成家思想"的"包袱"。我身在民族器乐系，却闯进作曲系去听课；我主修民乐，却常常心猿意马想着写些歌词之类，渴望发表。我在理论课上的笔记如蛇灰蚓线，似神仙符咒，但记得甚详。同学们纷纷借阅、传抄。偏偏有位民族音乐概论老师有检查笔记之癖。结果我的笔记得二分，"文抄公"抄了我的笔记却得五分。少年气盛，我与老师力争。因此导出一场批判的风波。批判会上我慷慨陈词，唇枪舌剑，毫厘不让，却也有点"英雄气概"。会后，我一头钻进琴房，门一闩，哇哇地哭了起来。哭得像个孩子，其时我也真是个涉世未深的大孩子啊！

她来了，悄悄的。

她悄悄送来了午餐，悄悄地又买了些被称为"大学生水果"的西红柿，洗净，放在我面前。她劝我别哭坏了身体，她知道我怕别人听见哭声，关了门陪我坐着。女性的柔情是可以成为男子汉心中内应力的。我擦了泪，我为我自己辩白。谢谢她耐了性子听我语无伦次地同不在面前的批判家论战，我想我那时大概像同风车作战的"堂吉诃德"一样。倾诉，发泄，辩解，使我得到了满足。胸中郁闷没有打结，也没有憋出病来。

就这样，我发泄、辩解，她在惊讶、疑问、理解、同情。就这样，谈话内容超越了琴房，超越了时空……两颗心在一起飞翔了。天知道，少男少女之间感情的种子萌出的叶芽怎么会比友谊的苗儿硕大！我只知道每天都需要见到她；她只知道能在熙熙攘攘的人海里一下子发现我。

朝夕相处，未必看得见爱情根苗在长大；离别反而会使情感之树疯长！就在这个时候，我们音乐学院决定分成小队到二厂体验生活，为期十日。我在热工仪表厂，住在学校，每日早出晚归，她在地毯厂，吃住在那里。

当天晚上，她突然一个人跑到临时宿舍，扑倒在床上呜呜地哭了一场，为什么？不知道。

当天夜里，我突然觉得辗转难寐，失眠了。在我刚过 20 岁的人生经验里，那是个从未经历过的最漫长、最折磨人的夜啊……

第二晚，她借故回学院拿什么书，我却像事先有心理感应，在等她——

哦，你！

我终于找到了你！

她对我这样无声地说，我对她这样无声地说。在这漫漫的大千世界里，在这脚步纷沓的人海中，互相寻找，相逢，默契，结合，凭的是什么？

理解？

理解！

事业上的理解，人生的理解，对于幸福、痛苦、坎坷、贫困、富足的理解！

就在我们开始热恋的时候，为期十年的浩劫席卷中国大地。音乐学院被打成"庙小妖风大，池浅王八多"的修正主义温床。教授们一夜之间变成了牛鬼蛇神；贝多芬塑像从五楼坠下，摔得粉碎；柴可夫斯基的唱片打成一小块一小块碎片；瞎子阿炳用心灵谱写的乐曲付之一炬。我清楚地记得，我的学友们，在砸了一个年轻女教师的香水、雪花膏瓶子之后，突然觉得再也难找到可以造反的对象了，于是把目光转向了我和她。一张大字报醒目地贴上学院布告栏，说我和她躲进琴房"卿卿我我"，是典型的资产阶级，小资产阶级。末尾有一句很俗气但颇有分量的话：

"我们要棒打鸳鸯两分离！"

### 下篇 患 难

黄标语纸写的大字报明晃晃地张贴在教学区与宿舍区的接合部。我和她几乎全被这张大字报震怒与震慑了。她那双盈满了泪的大眼睛张皇地望着我。我忽然产生了一种犯罪感，感到无地自容。我和她——是"文革"中音乐院最先被点名批判的学生，而且是为了这种事！而且是本班的同学扑将上来，而且是《横扫一切牛鬼蛇神》的社论发表不久，而且每个到琴房或宿舍去的人都必先撞见"它"。我们的自尊受到了无情的打击。那些天，我们两个像偷了人东西一样，大清早溜出学院，在街上游荡，在别的大专学院游荡。直到天黑才溜溜儿地钻回学院。那时候我们多么盼望世界上永远没有月亮啊，那时候我们多么害怕别人的窃窃私语啊，那时候，哦那时候，她在荒郊野外，在北京太平湖畔流了多少泪?!

这是她为我们的爱情付出的第一笔昂贵的代价。

我们突然感到我们两个人的小舟只有向前划，退路是没有的。1966 年 12 月我对她说，"我们走吧，串联去。"她点点头。从那时候我就明白了，她把自己托付给我了，托付给了一个又倔强又狂妄的穷光蛋。后来，我们是音乐学院学生中结婚最早的。

不久整个音乐殿堂在大批判的噪声中到处都响起"婚礼奏鸣曲"了。这是大学生对那个时代厌倦的写照。企图"棒打鸳鸯"的同学纷纷做了"莺"或"鸳",没有谁"百年孤独"。我们的婚礼避了同学,在 1968 年 5 月 1 日举行。她很讨我母亲欢喜,同时也以她的聪颖接受了封建家长式的"过门儿"考试。诸如"纳鞋底儿""打蒜瓣疙瘩""包馄饨"之类。

我们就这样儿缔结了姻缘。在封建习俗与现代宗教式的偶像崇拜的气氛中翻开了"罗曼史"新的一页。

我能给她带来幸福吗?我忧心忡忡,喟然长叹。

那个昏天黑地的时代,颠倒的世界!我不可能给她带来幸福。个人幸福是系在时代的绞车上的。不久所谓的毕业分配开始了。我们被送到部队农场去劳动改造。清查"5·16",清查"反革命",弄得人人自危。我们毫无例外被禁止"串联",相见只有把目光彼此赠予。到后来,形势稍缓,监护我们的部队大施仁政,特许每逢"八一"、"十一"、新年,夫妻可到十里之外年久失修的"空防"去过节。我们用铁锹柄抬着行李,疲惫不堪地到那昏晦的破屋子去和老鼠做二十几个小时的伴儿。记得,那是个风雪搅天的春节,我们把行李扔在囚牢似的屋子里,我们去打水,我仰面摔倒在冰水中,扁担木刺将破罩裤子从裤脚扯到腰带,哗啦啦在北风里飘扬。连日超负荷的劳动"锻炼",使我们连扯动嘴角哭笑的心气也没有了,就那么回房各自和衣迷瞪过去。当我们在除夕的鞭炮声中醒来的时候,铝饭盒里煮的"处理品"——有骨无肉的鸡已烧成黑炭。同时,用二两肥肉炼的油腥也不翼而飞,丢掉了。晦气,烦躁,懊恼,冷酷的现实与迷茫的未来……百感交集。哦，除夕，除夕，除了老鼠咬牙切齿的声音，只有眼泪伴这漫长的一夕！我问自己：是不是她为我们的结合要付出一辈子痛苦的代价？不知道。她原本可以生活得好一点儿——在我们刚刚走到一块儿的时候，她的姐姐给她介绍过一个营职军医。我看着她泪汪汪的眼睛，心里叫道，你这倒霉蛋！你的抉择是错了。你这倒霉蛋！

然而现在，我想，生活确实奇妙，简直像吃苦瓜，食则苦不堪言，回味却似有一点点甜丝丝的余味儿——

那时候在大学生连，她是炊事班长，她做饭；我是烧锅炉的伙夫，我烧水。夫唱妇随……

那时候，她会从十几里外抱一块黄土回来，让我捏泥人儿。当多姿多彩的小生灵在我手里拈转诞生，她笑了……

那时候，我写了两本自己称之为"诗"的东西。她陪我坐在大学生连猪圈前边的木堆上，听我像疯子似的朗诵……

那时候，我们俩一块儿手抄诸如《管弦乐配器法》《民族调式及和声》等书籍，一块儿做和声作业……

那时候，那时候，我们年轻！

记得，1973年我被分配到北京军区炮兵做干事。我被强扭着告别了音乐，开始向文学创作这条坎坷的路开拓。1974年，我的一篇习作发表在天津《革命接班人》杂志上。不久被指责为《三上桃峰》的姐妹篇。天津派了两位专案人员驰骋而来，我所在的机关首长惊惶不已，抽调专人联合对我审查。我完全被打蒙了。昼夜之间唇起燎泡，口不能言，两目生泪。唯有她寸步不离我之左右，安抚我，劝导我，和我一块儿诅咒宇宙、社会、人。

她显示了女性的力量，挨门挨户去讨还我借出去的书，如《复活》《红与黑》《罪与罚》之类，免得因为"贩卖精神产品"而加重我的案情。她还给我买了一条牡丹烟。

"我不会抽烟。"

"听说抽烟能解闷儿。抽吧，不难学。"

我被烟呛得直咳嗽。起初是一周一包，然后是一天一包，现在是一天近两包烟。现在她出尔反尔，一再劝我戒掉，一面尽可能给我买好烟。这就是女人的心！我终于在缭绕的烟雾中挨过了受苦受难的时光。当我成为一名作家，艰难地爬格子爬到如今，竟被袅袅的烟雾熏得白发杂陈。她付出了多少艰辛？我有多少对不起她的地方？一次我出差在外，她给我的信说："我嫉妒那些漂亮的姑娘们，我看到白头发就伤心。我们都老了。我以后不管你叫'老头子'了，把人都叫老了……"

不！亲爱的，你不老！

爱情是不老的，要永远年轻，有新鲜感。那么爱情和幸福的定义究竟是什么呢？

患难。

是的是的，患难是爱情的同义词，是爱情不竭的源头。而幸福么，它似乎必须与爱情结伴。你幸福吗？你住在冬天的抱冰堂，夏季的漏痕堂，春秋的风涛馆，你有你自己的苦恼、忧愁和艰难。

是的，我幸福。

幸福不是单行道；

幸福的家庭不相似。

# 婚礼奏鸣曲

（1986 年初，《福建文学》别出心裁地要我们一家三口做一期"家庭散文笔会"。于是，就有了我妻子王作勤的《抻面戏谑曲》、我儿子韩剑（雪村）的《冰雪摇篮曲》和我的《婚礼奏鸣曲》。）

谁能忘记自个儿的婚礼呢？

不，

不能。

婚礼，其实是家庭这本书的封面儿，谁不想装潢得精美些？翻过这一篇儿，生活的具体内容可就因人而异啦。或许是用甜得腻人的糖写的文字；或许是每一段逝去的时间都变成陈酒，回味也醉人；或许是带着硝烟味儿的惊心动魄的"战争史"；或许从家庭的第一页就开始节蔓横生，演义出跌宕起伏的故事，中间不免又杀出些人物来，于是有爱有嗔有嫉妒有愤怒有生有死有笑有泪有含泪的笑有含笑的泪有希望有绝望有绝望中的希望有希望中的绝望还有的有结局还有的没有结局还有的结局并不是什么结局，不是什么结局亦算结局——噢噢，每家的男人和女人，用自己的甜酸苦辣涂写每家的书。就这样，各自写各自的书。作家们呢——那些小书记员便把人家的生活拿来抄袭。拼凑，横加干预，硬塞入自己的好恶，然后躲在铅字后面去赚人们的泪和笑、时间和稿费。

可是婚礼毕竟是

家庭

这册大书的

封面。

咀嚼这一段生活怪有意思，大脑也会生出舌头来试试味觉……

我和她在大字报的席棚间穿过，把头缩在脖腔里。我们不敢抬头，因为已经有一张大字报赫然贴在布告栏了，那上面历数我和她的罪状是：卿卿我我，属于砸烂的小资产阶级之列。工军宣传队那个有好几个孩子的头儿早就教导我们说——革命还要媳妇做什么？我们的大学三年级的同学们终于找到了新靶子。每次看到大字报，我总是慌得咽唾沫，想撒尿。我怕再有一张黄表纸上写出我和她的名字，她的精神就要彻底崩溃。她已经瘦成一条儿啦，她已经患了失眠症啦，她已经在音乐学院外面躲了许多时日啦。也许她真的认为自己是罪孽深重？也许她担心真会像大字报上俗不可耐的威胁那样——棒打鸳鸯两分离？

结婚！

除此之外没有别的疗救的办法，也没有别的抗议的方式。

大字报之间的胡同真窄真阴真长。

我和她终于来到学院办公室人事科长的面前。万幸，屋子黑，我们不敢正视那位老八路的眼睛；老八路也不敢正视我们。

他和我们各保一个院一级干部，对立。

我咽了咽唾沫。

"我想……我们……想开开……结婚介绍信。"

他竟然会听到这蚊子嗡嗡似的声音，而且战栗了一下，飞快地扫我们一眼，然后写了介绍信，不知从什么地方找出了木头红疙瘩，小心地把印泥的"圆儿"盖在纸上。

我和她"逃"出小黑屋，长吁一口气。我望望她，想笑笑，可她那双挺大的眼睛里似乎注了泪。我赶紧抬头去望大字报席棚之间的那一块天——唔，柳丝儿绿了。我想对她说，可是没张嘴。

结婚喽——！

我们结婚结婚结婚！结婚！婚礼只能回到我老家去操办。

刷房。

糊墙纸。

把双红纸剪成个扑克牌上红桃的样子，中间挖出个"忠"字。

像章。领袖像。红宝书。红宝画。"千万不要忘记阶级斗争"的语录。蓝色纸剪出的大海和红色纸剪出的太阳。大海航行靠舵手。应有尽有啦。只是红卫兵的袖章没有——因为已经成了她条绒上衣的兜布了。红喜字贴在临街墙上——贴得牢牢实实但绝不喧宾夺主。

发信。给我远方的七大姑八大姨。

母亲指挥若定，指挥一切。她老人家一辈子含辛茹苦，先做童养媳，又做续弦。解放后在矿灯房当工人，已经退休。她是高兴也哭，悲伤也哭，这时更是忙得喜得眼泪不断。她命令我们：

新婚大吉大利，不许有一根布丝是旧的，新袄新裤新袜新鞋——可惜到举行婚礼的早上发现旧腰带漏网了，马上打发人去买两条新腰带，要牛皮的。

婚礼如期举行。

1968 年 6 月 30 日绝对是黄道吉日。盲眼算卦先生把手指藏在袖子里掐算过。在那个年月，卜卦人还在进行"地下活动"真是不可思议。我想多半是因为他关节痛病没有犯，才判断出这日是晴天丽日，纤尘不动。随着客人和亲属和红礼和笑声不断涌来，我发现她有点忧郁。我知道为什么，我的姑表亲姨表亲都是倾家出动，她娘家一个人也没来，没法来。更可悲的是我的同学们根本不可能来点卯，他们在千里之外作何感想呢？不得而知。她有点儿觉得陌生、孤独了吧？看到来宾多是长辈，一张张脸全有点儿苍黄，晃来晃去，幻化成一幅巨大的打皱的黄绫子。没有熟识的同龄人，没有活气，就是笑声也如沉到深井的石子闷声闷气的。我的心里也有一种茫然若失的抛弃感。

我扯扯她的袖子："他们就来！"

"他们？谁？啊——他们。"

母亲在吼了："作勤哪！你干什么呐？不懂礼！给——装烟去！"

老人总算寻到婆婆可以发号施令的机会给人们看了。难怪，俗话说"千年媳妇熬成婆"，应该给点颜色看看。她忙到人群中去点烟，我随后去发烟。给长辈点烟叫作"装烟"，此时一袋烟价值不寻常，长辈要塞来红纸包，包里 30 元 50 元不等。烟雾刹那间便将我和她吞噬了，我忽然觉得今儿的婚礼不是为我们——

而是为了叼着长短武器、喷云吐雾的人们。烟雾充塞了每个角落，莫名其妙——我看那烟雾是紫的，随着烟雾的加厚变浓，我什么也听不到了，什么也看不清了。两耳里只有机器房的呜呜声，好像身边有大小齿轮在绞动在锉磨什么。我想对她说宽心话，她却只忙着划火柴，哧啦，哧啦，那样子像要烧掉什么可是什么也点不着。我想说，你放心他们就来了。你不必担心，他们全是我小时候的朋友，有一个是吉林师大的，两个是吉林艺专的，还有一个是会写诗的。你可以放开胆子同我举行婚礼仪式，他们已经同母亲正式谈判成功啦，不会难为你。你手别抖，别！你把火柴凑到那烟脑袋上，你别烧了手。我想去撒泡尿啦，又是老毛病！可是离不开。你划火柴别停，他们全凑了份子，送了礼。就是叼了两根烟躲来闪去的那个人也送了两个像章，你得把烟点燃了，让他神仙般地喷吐云雾。我想去撒尿，小肚子鼓鼓的，我怕手碰到小腹就会咚咚响，溅出骚东西来。

母亲走过来救驾："你别折腾人啦！你算是大伯子呢，我给你点烟。一边抽去。"

那人被后面的人揪出去了。人们瞧不起他，他只送了两个像章。怎么，竟敢认为送像章人情不厚？

来了！我童年的朋友，大学生来了。犹如杀出一支新军，他们的胸挺挺的，捧着几个大红包。

我忘了是怎么被弄到另一间屋的，现在全忘了。只记得当时婚礼的第一个程序，只记得她——新中国的大学生、分文无有的北京姑娘被弄到了炕上，坐在一床大红被子中央，脸朝着墙。这算什么？算是驾着吉祥的红云来做媳妇？算是她将给这个普通工人家庭带来红运？或者是——红色为了辟邪？我有点晕眩，看见这红颜色晕眩，红色是穿透力最强的。学院里贴过"红色恐怖万岁"的大标语。可是红色热烈，豪放，悲壮。我知道不该想"悲壮"这个词。她正任人摆布。小妹妹扯住大红被子的一角使劲儿拽，她就势下了炕，脚踏实地。一切按照古老的程序——小妖妹用拳头擂她两下，她得任小姑子打，今天打得不疼，是象征。这意思是说日后小姑子可以打嫂子，可以打疼些，她不能恼，永远不能恼。她掏出母亲给她准备的五元钱，给了小姑子。今后就这样儿，挨打也得给钱，给笑，给好言软语。我听见母亲对她说——这就当成你的娘家。她眼里有亮晶晶的东西一闪，然后就出门啦。有人在指示她：先看老阳儿后看地！她的头在俯仰，我的头也俯仰，我晕眩得更厉害了，在天上看到的是黄土和屋宇，在地上看到的是老阳儿和很宽很宽一块蓝，我花了眼啦，而且我在

腾云驾雾。

我们又慒慒懂懂被裹挟到了隔壁，这里另是一番天地！唔，开始典礼啦！笑声和叙谈声顷刻间如被刀切的一般断掉，喜庆的典礼一下子严肃起来，司仪宣布啦——现在做三件事，首先敬祝……然后敬祝……人人手里突然亮出个红彤彤的小红书，挥舞起来，恰似舞动证明身份、立场、阶级成分的红色腰牌。小红书翻动得很齐，就像人们为了我的婚礼专门排练的团体操。那红光闪着，没有人挪动脚步。下面是唱《大海航行靠舵手》和读语录。这些都使人饶有兴致，可是我怕下面的程序轮到"请罪"，一般情况是在这之后要虔诚地反省自己和"请罪"的，我

怕。我侧眸看了看司仪和来宾，他们全不遗余力地歌唱，嘴都张得极大。我从那些张着的嘴分辨出了没牙的老太太和刚长乳牙的孩子，我知道这是为着某种信仰，我知道这很神圣，我知道这首歌的头一句是号称副统帅的手书，我奇怪他那些字为什么全像被大风吹得斜着。与此同时，临时搭起的厨房里刀在砧板上急骤地敲起来了，有如京剧锣鼓"急急风"。笼屉上的蒸汽也滚滚腾卷，起初乳白色的蒸汽在纸棚上滑动，紧接着向墙角和人脸上冲撞，一会儿唱歌的人就全都在蒸汽里浮着啦。这很像是

仙气。

对，仙气。

下面是赠送宝书。下面是致贺词。

我的同龄朋友煞费了苦心，贺词极合时尚。"最红最红"与"最最敬爱"应有尽有。可是我有点走神儿，那个"最"字有个不好的谐音。我听到了铿锵美丽的一大揽子辞藻，"万里江山红烂漫"，"万里东风扫残云"，以及"日月经天江河行地"大概是都有的。可惜我记不住，想记住来着没记住。因为我想的是另一回事儿。我好像听到了遥远的地方传来了关于婚俗的另一套词儿。大约是清平山堂话本《快嘴李翠莲记》里的句子：新人挪步过高堂，神女仙郎入洞房。花红利市多多赏，五方撒帐盛阴阳。记得那话本里说是在帐里撒五谷来着，记得帐子的东西南北上中下前后全要乱撒一气，全有一套铿锵入韵的词儿，我没记住，真可惜。天知道我怎么会想到这些陈芝麻烂谷子？可是天知道盲人算命、坐大红被子、先看老阳儿后看地，怎么会同"敬祝""贺词"天衣无缝地联在一块儿？纯粹的时尚与纯粹的封建传统是怎

么扯到一起的？现在，外面，正在

史无前例地"革命"。

繁文缛节的典礼结束了。

于是开始婚宴。

喝酒。

我和她是累坏啦。我们每人提着个大号铝壶，穿梭般给来宾斟酒。虽然没有唢呐花轿，可也算得上大操大办。我和她颇有点忐忑不安。外面的天地间，"文革""破四旧"的急风骤雨尚未到尾声，这小屋子里的婚礼简直是回潮与复辟，可是又巧妙地涂着"革命"的色彩。难道这个时代便是这样儿说不清？

乏极了，累

累极了。

这天夜里我和她都长长地吁一口气，心里踏实又不踏实。我们囫囵着就睡了。夜里，我撒癔症的毛病又犯了，迷迷糊糊地向炕柜上爬。

她吓醒了，摇醒了我。

"干什么，你？"

"啊——我到柜子上面——小鸡儿全上柜盖去啦……"

然后又睡。

早晨醒时，我发现自己竟然又撒了一次癔症，将枕头抱到炕角，颠倒着睡了半宿。

弹指间 18 年过去，结婚典礼那一幕历历如昨。直到现在，我和她还为那一天开心，也为那一天伤心。我觉得最有意思的是我的癔症，似乎很有点现代文学里的象征手法。

这就是

我的

婚礼。

它是一种生活的结束，一种生活的开始。

可是开始的将是什么？封面后面生活的书写的什么？当时是不知道的。甜欤？苦欤？悲欤？欢欤？我们将重返那贴满大字报的学院，我们一无所有，一切梦想还都是虚幻的，就连被大字报糊住的学院自身也像是虚幻的，假的。

不过，只要同舟共济，即使启航的港湾不那么美好，彼岸总是在美好的憧憬之中的。

不是吗？

生活

有时候也会

转调。

# 家庭记事

我狠狠地打了儿子一个耳光。就在这一刹那，我忽然意识到，16 岁的儿子并不容易对付。他，真格儿地长大了，一动不动地迎接了巴掌的袭击。他冷漠地瞧着我，就像彼此不认识。我的尊严和正义全被他的目光撕碎了。我感到从未体验过的恼怒。

把臂抡圆，我使足了气力又把一个耳光打上去。

手，酸，还有点儿麻。

儿子那一米七〇的个子，稍稍动了一下。

我是在抽打自己吗？心怎么在痉挛，隐隐作痛？

妻的脸刷地涨红了，就像那耳光抽在她脸上。我看到泪水呼地涨满了她那双大大的眼睛，又憋回去。她的嘴唇在抖："向你爸爸认个错。韩剑，你快认个错啊！"妻的声音是在哀求。是哀求我停止"武斗"，还是哀求儿子敷衍给我一句软话？

什么也没有听到，检讨、承诺、服软儿、解释、辩白，都没有。儿子脸上连表情也没有。

我最受不了的就是他那张毫无表情的脸。我发疯似的撕裂了那两本精美的集邮册——这曾经是我送给他的礼物。我拾起掉在地上的一套印刷精当的邮票，看到指缝里是留着小胡子的不可一世的希特勒像。我把邮票扔进火里。火苗闪了一下，几点纸灰飘起来，浮在半空。

这回他哭了，泪如雨下。

我差点也流了泪，莫名其妙。可是我想，你千万别当着他的面哭。你那样干可糟透啦。你得挺住，记住你是无上威严的父亲。你就是正确的化身。你不必告诉他你爱他。你让他仇恨好了。总有一天他会懂事，会毫不吝啬地给你一个顽皮可爱的"鬼脸儿"的。你知道准会有那一天。

儿子，儿子！他是如此让我恨，让我爱。恨得心碎，爱得也心碎。记得，16 年前，我正在塞上劳动改造，接到电报说他已平安降生，我星夜兼程赶回了北京啊！嘿，我他妈的当了爸爸了，想到这个我就笑。我掸去了一身的风尘，呵暖了手，足足俯身瞧了他四个小时。小家伙，小东西，小宝贝，小心肝，小伙子，小韩静霆，小坏蛋，我呵呵地叫。我拉风箱似的吹口琴，渴望他能从母亲胎衣里带来音乐感；我拿一个小铃铛在他头上晃，只要他灵动地转转眼珠，我就猜小家伙没准儿绝顶聪明。我用手轻轻地捏他的塌鼻子，确信塌鼻子可以趁小捏得鼓起来。我贪婪地用嘴巴拱他的脸，奶味儿、骚味儿、腥味儿杂和在一块儿，原来是世界上最动人的味道。他整个儿是一头小乳猪崽儿，浑身乳红，头上的茸毛又黄又稀落，流着哈喇子的嘴不停地咬自己的手，就像是在娘胎里饿坏了。我瞧着他傻笑，发现他左眼的眼白里，怎么有个针鼻儿大的小红点儿？

我慌了。

我忙问妻要不要紧。妻疲惫地给了我一个嗔着的笑。"要紧"，她说，"这是要你记着，母亲怀孕的时候，想吃什么没吃到，孩子眼睛里就有个记号。"我黯然神伤。妻怀孕的时候，我们虽已从音乐学院毕业，可因为处于十年动乱之中，无处分配，朽在学院里。正是冰天雪地。我这个人有点儿大男子主义，怕人笑话，不肯给妻去食堂打饭。我真是个混蛋哪！竟然让妻子挺个大肚子，滑滑嚓嚓踩着冰雪去学生食堂。那时候我一贫如洗，妻那些"伟大"的愿望——一口气吃上三个水萝卜；一顿嚼一大盘清炒蒿子秆儿；到校门口小吃店买两个发面饼……大部分没有经济能力去实现。我黯然神伤。就为这个，黯然神伤。

现在报应了。

母亲的愿望成了泡影，婴儿的眼白里便有了个小红点儿。即使这是一句笑话，我也相信。

虽然那个小红点儿渐渐褪色，消逝，可是我始终感到内疚，心里始终有那么一块"淤血"。不能满足妻儿最起码的生存愿望，你算什么男子汉？我发誓要使妻子儿子幸福。我省俭和积攒十个钢镚儿，忙去给儿子买一牙西瓜，咽着口水瞧着儿子大啃。我当兵之后，在山西平遥连队锻炼，饿得头晕目眩，狠狠心买了半斤黑蛋糕充饥。我觉得自己吃"独食儿"了，奢侈了，自责了许多时日。我把省下来的薪金寄给妻子，填写汇款单时觉得幸福到了顶点。我请求爱人让儿子学琵琶，每星期请她陪着儿子和琴师，听四个小时枯燥无味的夹弹、扫弦和轮指。我把儿子胡涂乱抹的牛、马、车，当成珍品收藏。我让他随便揪我的胡子，随便骑上我的脖子，就是一泡尿淋在头上，我也不会恼。早晨，我们一家三口躺在床上，妻提议每人来一段口技。妻直着脖子——鸡喔喔地啼鸣儿了；儿子咩咩地学小羊叫了；轮到我，我说我只会学猪叫。

那么，就来猪叫。

只要讨儿子高兴。

儿子到东北老家去度寒假了。除夕早晨5点返家。我们住西郊，乘最早的头班车到北京站，也来不及接他。我和妻便在头一晚上到了北京站。那个寒风料峭冰天雪地的大年二十九之夜啊，那个最漫长最难挨的北京站口之夜啊，街上一个人影儿也没有，我和妻在昏黄的路灯下抖成一团，在冰凉的台阶上偎着互相取暖。在牙齿的咯咯颤抖中天色微明了，我们扑向月台，只要看到儿子的脸，冻僵的心就能温暖过来……

儿子，儿子，你知道我怎样爱你吗？

你应该知道我本是赞成你集邮的，我给你买了集邮册。我觍着老脸向那些从埃及、坦桑回来的朋友讨邮票。我和你一块儿为一张小小的邮票惊喜、赞叹。可是我怎能容忍你去混迹邮票黑市？你把买早点的钱全"省"了，你甘心情愿地去受"邮贩子"的骗，买那些真真假假的东西。你从学校直奔邮票市场，我想象得出你那羡慕、渴求、天真的眼神里，藏着遗憾和不满足。我和你妈妈都为你担心，害怕你没钱买邮票的时候，会不会想出什么不正当的"辙"来。我们说不会，可是我们心里都打鼓。我警告你多次，你全当耳边风。于是，一触即发啦，这一天来到啦。一个好心的陌生朋友——北京外语学院讲师，把你送回了家。他悄悄对我说——这孩子挺好的，可千万别让他再到那个黑市去受骗了。

猫之祭

我想象的远比事实还要严重。我想我必须预料到以后。为了以后，今天得好好地教训一下儿子。我检点他的成绩，成绩一路下降；我翻开集邮册，注意到多了许多邮票。我审问，他不答。我的心火忽忽地冲撞天灵盖。

我只好用巴掌来同他"说话"了。

当我把儿子心爱的那套邮票投入火中的时候，手悬在半空有一阵没放下来。我突然没有勇气再看一下他的眼睛了。我大声地吼叫：我要把这些邮票全都送给别人！等着，你等着，我说话算话，全都送掉！可是，完了事儿，我两手抖动着，徒劳无益地把撕裂的集邮册往一起对。我的手在邮票上空划过去，又划过去，像抚着什么。是抚着我破碎的心？还是抚着儿子心上的伤？我对妻说，把这集邮册藏起来，等儿子懂事了，不，等过了这阵子，再把集邮册还给他。

妻愣了一刹，忽然抱住我，嘤嘤地哭了起来。

这天夜里，妻、儿和我谁也不看谁，谁也不说话。熄灯之后，我在无边黑暗里瞪着两眼，听见蟋蟀断断续续地低诉着什么幽怨。

儿子在我的拷问下，曾流着泪发誓"从此永远不集邮"。这个家伙，真有点儿横劲儿，从此便绝了集邮的念头。几天以后，可巧中央电视台播放"集邮常识"专题。我一下子张皇失措，不知是否应该关闭电视。偷偷用眼角扫了儿子一眼，发现他把正扬着的头，深深地沉了下去，使劲地扭动着两只手的手指。我的心里不由升起一阵惆怅，还有隐隐的内疚。几个月之后，北京劳动人民文化宫举行盛大的文化咨询，我在作家咨询处为青年们签名留念。妻带着儿子去浏览书摊。据妻说，韩剑看到书摊上摆着一本《集邮图录》，愣了半天，妻立刻将那本书买了，送给他。这也许便是母性的温柔细腻与感觉吧？儿子和母亲的关系似乎要融洽一些。可是因为那次"武斗"，当然也包括目前必须为儿子保守秘密的另一件事，儿子和我之间却出现了隔阂。他对我敬而远之，不大同我唠叨学校的事儿了，也不肯依偎在我膝前羊羔似的咩咩叫了。我经常感到孤独和失落，怀疑自己是不是成了没人喜欢的"糟老头儿"。我在内心里一次又一次地拷问自己：假如随便让他涉足邮票黑市；假如他陷入邮市不能自制；假如他从此无心功课，成为一个贩邮迷，结果会怎样？假如我们之间没有发生那次冲突；假如我没有采取强烈的行动；假如我赞助他集邮，同时劝诱他注意"邮德"？假如，假如，假如……又将如何？我自己陷入了一种迷惑。父子之间的感情如何失而复得，我找不到最好的办法。似乎隔阂是非出现不可？似乎隔阂不一定会出现？我，作为父亲在这个问题上究竟有什么责任呢？16 岁，真是个危险的年龄。心理学上说，孩子这时候早已要求挣断"脐带"了，我忽略了这一点。

我这才注意到，儿子的上唇早已生出了细细的茸毛。

我想，我们应该重新开始。

那天，儿子一个人在房里弹着吉他，唱流行歌曲，很热闹。我推门进去，琴声戛然而止。

"唱啊，韩剑，怎么不唱了？"他有意无意地拂弄得琴弦嗡嗡响。

"再唱一遍，什么歌？我听听。"

他把眼珠翻上来："您可不一定喜欢。"

"说不定我会喜欢呢。"

他还是看着我。

我说："这支曲子？来，我试唱，你弹伴奏。不，还是一块儿唱吧。"

妻来了，在听。我向她丢个眼色。

我们三个人挤在一张乐谱前面，唱！

这是风靡一时的《迟到》。

"你到我身边，带着微笑，带来了我的烦恼。我的心中，早已有个她，噢——她比你先到。啊温柔又可爱，啊美丽又大方……"我可不怎么喜欢这支曲子。什么"迟到"？谁"迟到"？莫名其妙。根本没有谁到我身边来，根本没有什么温柔可爱美丽大方。怎么那曲调总是"都来米"，再不就是"索米来"？天知道，这种东西怎么会风靡和征服了中学生。天知道我干吗要唱得这样带劲儿，脖筋都噗噗地弹起老高。天知道我怎么一边唱歌一边望着妻傻笑，越笑心里越觉得挺惨，笑得要流眼泪。我的声音总是巴结着儿子的声音，生怕抢了拍子或是慢了节奏。我感到自个儿这时候有点可怜巴巴啦，我真是个可怜的"老头儿"，我们这一代人全是可怜虫。

全是自找！

我想我应该请求儿子原谅我的鲁莽和粗暴，然后再同他谈谈集邮，谈谈流行歌曲。可是我没有勇气，也不知道那样会有什么后果，父亲的自尊还会完好无损吗？父子的关系还会摆正吗？我一直认为这件事是够写一篇文章的，后来真的写了。写的时候却又没法面对自己伤了儿子自尊心这个事实。笔底下一滑——写成了一篇散文《邮鸟儿飞回来了》，发表在《中国青年报》上，转载于《八十年代散文选》。这篇文章没有写我们的冲突、隔阂等事，我自己也对自己不满意。让这件糟糕的事在心里烂掉吧，我想。可是这件事情一直在我的心里发霉，一直使我不安。

我想弥合父子之间的裂痕。

我说："韩剑，海明威的《麦康伯短促的幸福生活》读完了？你先讲讲这篇东西怎么样，然后我给你讲讲。"

我建议："把你的同学邀到家里来玩玩吧。"

我和他商量："来点儿摇滚乐？好。可是儿子，也别拒绝老贝（贝多芬）和老柴（柴可夫斯基）的交响乐。"

我问他："你读完爸爸的小说了吗？呶，谈谈高见。"

我启发他："学习不抓紧，16岁一晃就过去啦。我只说四个字，你懂事啦，四个字就够用啦——好、自、为、之。"

我和他讨论："不，不是全喜欢。你给我买的《图腾与禁忌》我喜欢；《青年社交大全》大可不必买。那里面还有什么情书？情书如果有固定格式，那感情大约是商店里公开出售的。"

许多天之后，许多努力之后，我试探地问儿子：

"韩剑，你认为两代人之间一律有'代沟'吗？"

"有。"

"哦？说说。我们之间——"

他不肯说了。

我的心里一阵失望、怅惘，还有些复杂的情结在交织。怎么，两代人的沟通是这样难吗？我们如此地检讨和审视自己，你们呢？你们做了些什么？你们对于我们，倾听和倾诉了些什么？两代人的差异何在？是过激与守旧？敏感与迟钝？轻率与沉稳？浅层思维与深思熟虑？热情与冷静？不计后果与瞻前顾后？一贯正确与一贯自省？迪斯科与慢四步？吉他与大提琴？铁路与金字塔？速记与字典？锐角三角形与多边形？……难道就没有共同的东西？共同的东西是不是"尊重"与"理解"？我和妻不止一次地商量，不是对付儿子，而是继续重建我们与儿子的感情大厦。妻在教育儿子方面比我更多柔情，更细腻，更宽宏，有时未免唠叨。在这之后，我们尊重儿子有自己的世界，允许他对我们有所保留——虽然这并不令我们愉快。我们决不私拆儿子的信件，不看儿子的日记，有空儿还一块儿玩玩，嬉闹，出怪声儿，学口技。去年春节，我们三口人联袂登台，儿的琵琶，妻的吉他，我的二胡，轮番主奏，夺空军政治部春节文艺大奖赛之冠；今年十月，我们仨在《福建文学》杂志上开了"家庭笔会"。妻的散文是《抻面戏谑曲》。我的是《婚礼奏鸣曲》，儿子的是《冰雪摇篮曲》。这小子！"冰雪摇篮曲"！他竟然在北去列车的车厢里感觉到雪花互相碰撞出钢铁般的声音。他看到雪原上裸露的石头，感受到那是父辈的凝血。他把北方的故乡看作坚毅的父亲，面对父辈的审视，他惊叫——

"噢，太严厉，太严厉了！"

他毕竟是用昂扬的笔调来写严厉的。

两代人算互相理解了吗？

不敢肯定。儿子，是一个世界。

儿子想随夏令营到长江三峡去看看，我和妻都乐意。他走后，我们便数着手指，计算他归来的日子。奇怪的是，当儿子远游，心里浮现的竟全是他的桩桩好处，我们的种种不是。回来时，他省俭了零用钱给我们带来一盒甜腻的酥皮点心。我素来讨厌甜腻，而且牙疼。当儿子把点心送过来的时候，妻不停地给我使眼色。我忙接过甜腻，吞下甜腻，牙神经受了刺激，疼痛难忍，我托着腮，咧着嘴叫"好吃"。妻笑得直流眼泪，那眼泪想必有点儿酸涩。儿子这次长江之行还写了一篇文章。长江，在他的主观感受中，是"躺着的瀑布"，而那"响亮的阳光"，像鞭子一样抽打出了山的褶皱……我把这些文字给一位老诗人看，诗人说：

"嗯，不错。"

是吗？

"说不定会超过你呐，后生可畏。"

我愣了片刻，望着诗人的眼睛。

但愿如此：后一代能超过我们。我忽然想到了那本撕裂的集邮册，总该找个机会还给他。想着，心里酸溜溜的，嘴咧开，却笑不出声来。

# 爱 的 岸

今年 5 月，我回到阔别多年的故乡，叩响了家门。隔门听到老人鞋子在地上拖沓的沉缓的声音，半晌才是苍老的问话。

"谁呀?"

"我。"

终于还是迟疑着。母亲，母亲，您辨不出您的儿子的声音啦。真个是"少小离家老大回"，而且是乡音已改鬓毛衰！我的乡音掺杂了京腔京调，母亲您猜不出是您放飞 23 载的鸟儿回窠么?

门，吱吱扭扭地欠开一条窄缝儿。

哦，母亲!

母亲的眼睛!

那双眼睛，迟滞地抬起来。老人的两眼因为灶火熏，做活计熬，又经常哭泣，还倒睫，干涩涩的。下眼睑垂着很大的泪囊。那眼睛打量着穿军装的儿子，疑惑、判断、凝固着。真是不认识啦。

"妈妈!"

我唤一声"妈妈"，母亲眼里的光立即颤抖起来，嘴唇抖动着细小的皱纹，她问自己：是？是静霆呵？眼里便全是泪了。

母爱就是这样。她是人间最无私的，最自私的；最崇高的，最褊狭的；最真挚最热烈最柔情最慈祥最长久的。母亲无私地把生命的一半奉献给儿子，自私地渴望用情爱的红绳把儿子系在身边；母亲崇高地含辛茹苦教养儿女，褊狭到夸大儿女的微小的长处，甚至护短。她的爱一直会延展到她离开人世，一直化成儿女骨中的钙，血中的盐，汗中的碱。母亲定定地望着我。我在这一刹那间忽然想到了在张家口，在坝上，在长江流域，在鲁东，都看到过的"望儿山"。大概全世界无论哪儿都有"望儿山"，都有天天盼望游子远归的母亲变成化石。

母亲还在呆呆地望着我。

那双蒙眬的泪眼啊！

蓦然想到了一周后如何离开，儿子到底是有些自私。我害怕到时候必得说一个"走"字，碎了母亲的心。记得十年前我匆匆而归，匆匆而去。临走的那个拂晓，我在梦中惊醒，听见灶间有抽泣的声音。披衣起身，见老母亲一边佝偻着往灶里添火，一边垂泪。

"妈，才4点钟，还早啊，您怎么就忙着做饭？"

"你爱吃葱花饼，你爱吃。"

如果儿子爱吃猴头熊掌，母亲也会踏破深山去寻的啊！回到家的日子，母亲一会儿用大襟兜来青杏，一会儿去买苞米花，她还把40岁的军人当成孩子。我受不住那青杏，受不住那苞米花，更受不住母亲用泪和面的葱花饼，受不住离别的时刻。

母亲原本是个性情刚烈、脾气火暴的人。她14岁被卖作童养媳。生我的那年，父亲被诬坐监。母亲领着父亲前妻遗下的一男一女，忍痛把我用芦席一卷，丢弃在荒郊雪地里，多亏邻居大娘把我拾回，劝说母亲抚养。为了这个，我偷偷恨过母亲。孩提时遇有人逗我说：喂，你是哪儿来的？树上掉下来的吧？我就恶狠狠地说：我是乱葬岗捡来的，她是后妈！理解自己的母亲也需要时空的长度，理解偏偏需要离别。印象里母亲似不大在意我的远行。我19岁那年离家远行，到北京读书。大学毕业正逢十年浩劫，被遣到农场劳动。那个风悲日曛的年月，我做牛拉犁，做马拉车，人不人鬼不鬼。清理阶级队伍的时候，人人自危。我足足有三个月没给家写信。母亲来信了，歪歪斜斜的别字错字涂在纸上——

"静霆，是不是你犯错误了？是不是你当了反革命啊？你要是当了反革命，就回家吧。什么也不让你干，我养活你……"

我的泪扑簌簌落在信纸上。

母亲，母亲，您的怀抱是儿子最后的也是最可靠的窠！您的双眸永远是我生命之船停泊的港湾！记得后来我回了一次家，您说："人老啦，才知道舍不得儿子远走。"说着声泪俱下。那年您才40岁出头。您从那年起就变得爱哭了。母亲在给我的信里有时淡淡地写道："又闹眼病了"，"眼睛不好使了"，"睫毛快拔光了"。读到这儿，我的心立即就会浮上那双几乎没有睫毛的眼睛和红肿的泪囊，全身不由得就要颤抖起来。

可是你总是得走。你总得离开母亲膝下。你是个军人。你告诉她：军人。你这家伙一定得刚烈，得坚强，得挺住，得忍住眼泪。你的眼角湿润啦，你这个没出息的汉子就要像小孩子那样嘤嘤地哭啦。你必须，你必须控制住，控制住汹涌的感情！嗯，你到底还是不错。嗯，你到底还是个军人。可是你到底还是不敢看母亲佝偻的背和含泪的眼。你没有看母亲的泪眼，可是你的心上永远有她老人家的目光。你记得还是在那年探家的日子里，你在十天假期中被童年的朋友十次二十次邀去饮宴。你记得那天半夜你在火炕上醒了酒。睁开蒙眬的醉眼，你惊呆了——母亲，母亲！她一直守在你身边，一直凝眸望着你。

那时候我懂得了：母亲的目光是可以珍藏的。儿子可以一直把母亲的目光带到远方。

我搀着母亲走进了昏暗的小屋。屋子里有一种说不出的气味使我感到亲切，感到自己变小了，又变成了孩子。年逾古稀的父亲呆呆地拥被坐着，无言无泪，无喜无悲。父亲患脑血栓，瘫痪失语了。我看见母亲用小勺给父亲喂水喂饭；看见她用矮小笨拙的身体，背负着父亲去解手；看见她把父亲的卧室收拾干净。母亲就这样默默地背负着家庭，背负着生活的重担，极少在信里告诉我家庭负担的沉重。

我心里内疚。

不孝顺，你这个不孝顺的儿子！

可是你还是得走。

转眼便是离家的日子！我不知怎么对母亲说离去这层意思，只是磨蹭着收拾行装。我能感觉到母亲的目光贴在我的脊背上。离别大约是人类最痛苦的时刻了。记得，上次我探家回归的时候，吉普车一动，我万万没想到年迈的母亲竟然顺着门外的土坡，跟跟跄跄跑起来，追汽车，她喊道：

"你的腿有毛病！冷天可要多穿点啊！"

后来，母亲给我寄了二十几双毛毡与大绒的鞋垫，真不知母亲那双昏花的眼睛怎能看见那样小那样密的针脚。

后来，母亲又寄给我一条驼绒棉裤，膝与臀处，都缀着兔皮。她哪里知道，北京的三九天也用不着穿这驼绒与兔皮的棉裤。它实在是太热了，只好搁在箱底。为了让妈妈的眼睛里有一丝欣慰，少几分担忧，我在回信中撒谎说——那条棉裤舒适至极，我穿着，整个冬天总是穿着。

谎言能报答母亲吗？

可是天下哪个儿女不对母亲说谎？

我对母亲撒谎说：我不久就会回来。我撒谎：您的儿媳妇和孙子都会来。我说也许中秋也许元旦也许春节一定会来……母亲默默地听着，一声不响。她的眼神却回答我：儿子，我——不——相——信！

相见时难别亦难，真是的。春蚕到死丝方尽，蜡炬成灰泪始干，真是的。古诗人真是将离别和思念琢磨透了。我以为，最难将息的离别时候，当是游子同白发母亲的告别。见一回少一回啦，不是吗？临走那天，我实在不敢再看一眼母亲的白发和泪眼。我安排了许多同学和亲友来安抚母亲。有人说，车来了，我便逃之夭夭，匆匆忙忙跑出门，匆匆忙忙钻进吉普车。在车门关上的一瞬间，我，一个40岁的军人，竟呜呜地哭出了声。我忙把带泪的目光向车窗外伸展，可是——

母亲没有出门来送她的儿子。

她没有用眼泪来送行。

我不难想象老母亲此时此刻的心境。儿子从她身边离开了，她经不起这痛苦；一个军人告别家乡回营去了，她必须承受这痛苦。哦，母亲，我知道，我还在您的眼睛里，您那盈满泪水的眼睛，永远是儿子泊船的港湾。可是您这个做军人的儿子，他那爱的小船，却必须远航到遥远的岸。

　　必须远航，是的。必须。

猫
之
祭

# 粉墨人生

那些天，画戏曲人物，着了魔。白天，执笔如同使剑，左右开弓，风生水起，好不快意。有时候，咿咿呀呀地边画边唱，管他有调无调，吼得出汗便好。如能模仿一点儿戏曲人物的动作，更是骄傲，忘乎所以，自己把自己笑个前仰后合。到了夜里，蘸满色彩的笔放下了，人却并没从戏曲人物画中出来，虽然像僵尸一般在床上睡着，白天画的那些戏曲人物却全来了。咱不知从哪儿弄了个"令箭"，举着，喊叫着在戏曲人物队列中间穿行。最后的结果是"扑通"一声，我摔到了床下边，眼眶磕青了，牙床磕破了，流着血，原来是梦。哈哈，我赤裸裸在地上呆了半天，那些戏曲人物全做鸟兽散，一个也没有了。绘画就是这么让人痴魔，戏曲人物画就是这么让你美，美个死；伤你也伤得狠，让你流了血挂着彩。

我从小就和戏曲结缘了。东北老家后院的栅栏紧挨着地方戏院。小小的戏园子是摄魂夺魄的地方。我经常趴在那个后台的小窗户往里面瞧，看那些画完妆的和没画完妆的红脸、白脸、黑脸、花脸来来去去。戏曲的悲欢离合也都在集合，走动。最让我醉心的就是他们那个扑脸的香粉。演员们画好了眉眼，定妆时拿粉去扑。香粉在后台飘起来，让眼前一切真实的人和道具变得虚幻，都飘到了半空，所谓浮想联翩，大概就是这种场景麻醉的结果罢。现在很难再找到、再闻到那种粉的味道了。演员们在后台飞腾的粉雾里打闹和说笑。前面演着戏，后台什么事都可以干得出来。

在后台趴窗户看到了初中一年级同班一个姓郝的同学，他的父亲在地方戏院门口检票。我就想办法去巴结这个同学，力争去看蹭戏。有时候他父亲不在那儿检票，我就"关云长单刀赴会"，往里闯。我引以为幸运的是，有一次帽子被人家抓去了，但是人却溜到戏院子那个最黑的角落里，足足看了半场戏，过了半场瘾。

那时候我绝对是那些"二人转"演员的铁杆粉丝。他们的唱功、他们的绝活儿和灵活多变的表演方式，包括和观众的密不可分的插科打诨，甚至打情骂俏，都让我倾倒。他们是真真正正的"角儿"，他们的名字，像姓李的三姐妹——梦霞、彩霞、晓霞，我永远不会忘记，也深深地记着他们在小戏园子小舞台上给我所讲的那些动人的故事。二人转，一般人以为它就是唱那么几个小曲儿，实际上不是这样，据说二人转有"九腔十八调"，有无数个"嗨嗨"，音乐是非常复杂的，后来在二人转的基础上发展起拉场戏和吉剧。二人转本身具有现代戏剧的最前卫的观念和特色，不是有布莱希特的戏剧观么，要观众和舞台有一种间离感，让他们意识到是在演戏，可以做更深层次的戏剧、哲学和人生的思考。二人转就是这样，两个人在台上，说说笑笑，忽然那边一说"去拿弦子吧"，这就开始动音乐、动弦子了，开始唱了，唱一段又说上了，人物忽进忽出，顷刻之间，他就是角色，顷刻之间他又是观众的朋友。这番功夫是非常了不起的。因此让人着魔。再加上我们那个小城市，最漂亮的女子大概都在地方戏院，所以那个地方非常吸引人。也许到那儿去谈不上什么思考，即使是去"找乐儿"也绝不会失望，每天晚上小戏园子里面到处都是"乐儿"。演员在说书人和角色中间转换，那种观剧的亲切感是让人迷醉的。

我还记得在二人转舞台上看过"单出头"《洪月娥做梦》和《王二姐思夫》。那简直是西洋大歌剧里才有的大段的"咏叹调"啊！委婉迷人的曲调，淋漓尽致的表演，可以说是撼人心魄。只可惜，现而今这样的段子很少能听到了。

毗邻我家后院的地方戏园子，每天晚上都施展着她那不可抗拒的魔法，不知不觉地对我进行了音乐的启蒙。甚至可以说，儿时我能见到的最大最神圣的艺术殿堂就是她，她把我领上了这条万劫不复的路！后来，我和郝同学决心自己拥有乐器，我们便一起到成人干活的工地上去做小工，挖土方啊、挑土啊，干了整整七天，弄得灰头土脸，每人挣了六块四毛四。我一辈子也不会忘记如此这般"巨大"数目的人民币给我们带来的喜悦！我们一人买了一个龙头的破二胡，一人买了一支笛子，迫不及待地在街边上就呲扭呲扭地拉起二胡，开始了我们的音乐之旅！

也正是因为那个小小的地方戏院，等我学会拉琴之后，他们邀请我跟他们一起去演出。坐在他们那个骡马大车上，非常骄傲地和演员们坐在一起，有时候还会很自然地碰到女演员的胳膊，我觉得自己高大了很多！我们那时候，在农村，在冬天，常常就在老乡的炕头上演，炕沿下边儿全都是观众，那种土味儿、葱花味儿、旱烟味儿浓浓的，可以说是鼻息相闻。演出结束了，农民朋友甚至会杀猪宰羊款待我们。热腾腾的猪肉粉条儿盛一满碗，我用两只手捧着，太香了！辣辣的高粱小烧锅酒，连我这小孩子也得抿上一口，真开心。这都是地方戏、地方音乐给我带来的恩惠和好处。而它更重要的恩惠和好处，是在我的血液里注入了一种东西叫作民间艺术、民族艺术。后来画画，画这个戏曲人物，也是我怀恋乡情怀恋童年，和地方戏结缘的一种后续吧。情之所至，夜里呜嗷乱喊，白天呲哇乱叫，非常鲜艳的各种颜色放在一起，求得这些原色的互相映衬和抵消，呈现一种崭新的现代绘画的效果。我将戏曲人物尽量地做一些变形，比生活还生活、比艺术还艺术，追求这样一种夸张的效果。如此这般，从床上摔在地下挂了彩受点伤，也真算不了什么。

　　地方戏院和地方戏把我和郝同学黏在一起，我们成了志趣相投的小伙伴、好朋友，共同分享那些有音乐的少年时光。可就在那些无忧无虑的日子里，灾祸不期而至。大概是因为郝同学生得一副讨女生喜欢的小白脸儿罢，或者是他和哪个女生说的话多一点儿。一日放学，我们班几个大个儿的同学纠集了一帮人，喊着让我闪开，我回头还没醒过神儿来，雨点儿一般的砖头就砸向郝同学了。他们狂骂着"色迷"，追着打他。我呆呆地站在路上，浑身发抖，觉得冷。这一番砖头和叫骂让我第一次意识到，原来人生还有这么残酷和丑恶的东西。还有一些人纠集一些人毫无理由地在背后准备着用砖头砸一个孩子。后来，郝同学退学了，到地方戏院去学习操琴。最后他成了我们那个城市的地方剧院院长。他的爱人是我们那个地方最漂亮的、最好的地方戏演员，姓于。地方戏慷慨地给了郝同学一个好生活。我呢，几经周折，考中了中央音乐学院，开始了音乐人生。

春去冬来，后来的生活就像一部连本儿的大戏，一幕一幕地撕开。我的老伴儿王作勤陪我走过了50多年，她常常感叹人生如戏，戏如人生。是啊，戏剧里那些宣叙、咏叹、铺垫、突变，那些大起大落大悲大喜大开大合，人生中都有啊。人生的甜酸苦辣，包括杂烩的那些怪味儿，戏里边都找得到。只可惜，再也不容易找到童年趴戏园子窗台那种天真，新奇，如梦如幻，如痴如醉的感觉了，老花的眼睛是不是也磨出了老茧？老家的旧房院落和地方戏园子全都铲光了。今年母亲病逝，我奔丧回家，真正又成了一个失怙的孤儿！老母亲和老家，老戏园子全舍我而去了……

我幸运地找到了一把让童年复活的钥匙，这就是画戏。比方说《牡丹亭》和《白蛇传》，都是拨动我心弦的好东西。还有《小放牛》和《跑驴儿》，多么开心的童年节日啊！画《跑驴儿》的时候，我就会想象到当年我跟在那个秧歌队后面跑啊，挤在人群当中啊，踩着鞭炮的碎屑啊，非常非常美好。

我把戏曲人物纠集到我的作品里，它们给我带来一种很美好的想象和追忆，调动起我对艺术和人生的这样一种爱、一种融入。正因为人生如戏，戏如人生，我们画出来的东西才是多彩的、才是多面的、才是多种情绪和多种角度崭新的对中国戏曲的理解和表现。这里面有《月黑杀人夜，风高放火天》，同时也有《一指禅》。戏里所能表现的，和人生中所能遇到的，不经意地糅在一起，用轻松的线条，洒脱的色彩，别有一番滋味，也许才会真正出现一种禅意。遵循这样一些艺术原则，既是本真的，又是夸张的。是生活的，但是又要比生活更加浪漫。或许唯有如此我才可能回归童年，回到去趴地方戏园子小窗户的美好年代，从少年开始的粉墨人生。

猫
之
祭

# 中年日记

## 四月二十三

晚8时半乘飞机到西安。

刚出机场，听见一辆"皇冠"里放音乐，是歌，《让世界充满爱》，就觉着夜也爱得朦胧，灯也爱得迷离。心里呢，酥。也因为爱。看到什么爱什么：古城，星，流淌着橘红的灯。兀自陶醉，禁不住全身摇晃。摇到止园，大众电视金鹰奖驻会在此。拙作《凯旋在子夜》侥幸夺冠。步入九层高楼，有登堂入室的自得。

代表和记者来得极多。生脸看生脸，没什么"戏"。分房，发饭票，嘈杂。吴侬软语，四川清音，黄梅调和秦腔，都来问最佳女演员朱琳到没到，都失望，都用眼睑把我推开去。我爬上楼，极想寻个熟人儿叫陈绥之的。问清他房号，便叩门，拧门把儿，180度。咯吱咯吱响，某导演显了影儿。他的眼镜儿里有我有益无害的笑，他胸口长着个代表证。我问陈绥之在——？他咕噜一声什么，便抓门。门呀地急叫一声，关紧了。门险些给了我一记耳光。

我立着，整个儿蒙了。如呆雁。

这时候，满楼道跑着趾高气扬的导演演员的代表证什么的。一律长方形，硬实，扁。一律带别针儿并且套着赛璐珞。跑起来一律有胶板纸的窸窣声。这时候，真怪，心里头《让世界充满爱》的歌声竟然没有断，可我隔着门，不知道他妈的怎么去爱。

## 四月二十四

授奖会第一项议程是茶话会，在晚上。这才想起发了我代表证，戴个端正。自觉身上硬实起来，腆着肚子奔辉煌的灯光去。门口四个警察，如临大敌。"票！""呃。"我忙挺胸。"这个不行。要票。"我萎了，忙撤退。碰到本届金鹰奖最佳配音男演员郑钧，也无票被拦，也和我一样"自认"混事由，乖乖退下。后来，主家闻讯跑来道歉，恳请参加。只好去了，刚好茶话会胜利结束，就跟着拍了一回掌。

## 四月二十五

早起便继续写我的小说《大出殡》。不管获奖新闻发布会开不开。我对他们说不去。我说男主人公的情人被花轿抬走了。我说我走不开。一会儿，有记者从会上跑来，问我《凯旋在子夜》获奖后的心情如何，我说什么心情，你指的是什么，我现在写到男主角的悲栗朝天吹出一曲悲怆的歌，那悲栗口里滴着水后来又淌着血。看这个怎么样吧，我说。《凯旋在子夜》是明日黄花。昨天证实历史，今天证实存在，我说。

授奖会在西安体育馆举行。乘车驰在长安的黄昏中。太阳已滑下铁灰色的城墙，纱灯在城墙垛口升起来，排成一字长蛇。想象中粼光金甲在那儿提刀夜巡。司机用喇叭叫红男绿女躲闪。我心里惴惴地觉得垛口和灯下有幽灵徘徊。满街是人的旋流，车的旋流。古老和时尚就这样在眼里心里交错。心想这儿也许就是历史与现实的坐标点。

西安人以古老的诚挚和当代的热情赞助金鹰奖授奖大会。体育馆座无虚席。我是场地最后一排无座号，愤懑不由泛起。一会儿授奖主家又来推搡我与"最佳"们坐在一块儿，又不安。心态总是失重，是跷跷板。得与失轮番翘起跌落，作家也不能免俗。看导演与最佳男女主角去领奖，分别成"大"字高擎"金鹰"，颇自慰。"江曼""童川"，成为朱琳和石兆琪的假名，又一次叫响。"王熙凤"也来了。这位邓婕，小巧，皮肤浅棕。看见过她的签字，极洒脱，有男子气。据说她原是不起眼儿的川剧演员，在红楼中找到了自己的坐标。她走向领奖台，故意慢腾腾，同朱琳、石兆琪拉开长长的距离。周围开始喔喔议论，说她真是个又聪明又有主意的姑娘。

节目一一登场。上海的沈小岑掀起轩然大波。她的歌可惜我全忘了，只见她手之舞之足之蹈之，请全体观众拍掌。观众便翻动巴掌，满场蝴蝶儿飞似的。她唱着走下舞台，贴着场地边儿唱，到记者们身后唱。记者们抬着家伙翻了个个儿。她走到哪儿，哪儿掌声雷动。只见几位大汉慌忙去擎话筒线，只见话筒线越过摄像机，擦过记者们的脑门儿。只见那话筒线在空中舞龙灯，鹞子翻身，甩出各种各样儿弧线。只见沈小岑身后，灯光忙不迭地追踪，观众的眼睛如痴如醉地追踪，乐队支棱着耳朵弄着响器追踪，话筒线大翻个儿追踪，镁光灯忽闪着追踪，好一个大乱，好一个痴迷，好一个沈小岑！

可是，如果没有掌声呢？

如果观众木然？

沈小岑还下得来吗？下来了又怎么上去？她是挺懂接受美学的，琢磨透了审美主体的心态。此时此刻她的心态又怎样呢？激动？冷静？预想实施？临场发挥？戏剧的生活？生活的戏剧？

我到后面抽烟去了，老是想这邓婕和沈小岑，一冷一热，自我意识都那么强。一位胖警官请我签名，还说请我到公安局去坐坐，吓了我一跳。

## 四月二十七

下午去省作家协会，有寻到同类的感觉。应邀作画，其实我也想发散发散。送白描兄一幅色彩绚烂的藤萝；给晓蕾画大写意墨荷。还画了些鱼儿。脸盆、盘子、屋地毡子和我的手脸全是墨。恨不能把天也泼了彩，地也泼了彩，好生发散，发汗，治感冒，治郁闷，治六神无主。

今日上午认识了吴，一个端庄的女性。吴从不那么直看你，敛眉只瞧着你脚步边一小块儿地，眼神儿朦朦胧胧。我觉着世界也蒙上了粉红色的滤色镜。吴偶尔把睫毛抬起来，刷你一下，满屋子就都打个水闪。只知她是某赞助厂家的，却极有艺术鉴赏力。她把从临潼买来的陕西民间绣品挂满了墙。大红大紫。小猫儿小狗儿小兔儿什么的，创造出一个鲜活的沙龙。我说最妙的当然是双头鸟儿。浪漫，夸张，抒情，大写意，象征，而且多义。象征忠贞的爱也象征爱得三心二意。她只是笑。我说还有小毛驴儿，也好。稚拙，大巧若拙，大智若愚。陕北婆姨回娘家，都得有毛驴儿做伴。她还是笑，笑得我发毛。

后来她上街购物去了。

后来我到省作协去了。

后来我回到寓所。听说她要走，去告别，瞧见墙上多了两个小东西。一个是双头鸟儿，一个是小毛驴儿。

给你的。她说。

我说你怎么知道我想要这个鸟儿和毛驴儿？你怎么知道怎么又能找到这个？我说谢谢啦，真不好意思。这时候，我像个繁文缛节的日本人。我把手伸到兜里抾钞票，吴的睫毛咔啦响，嗅着地睒一下，发出金属的声音。然后我就不提这个啦。

她匆匆地走了。也没有说再见。没有。

我立在一码远，瞧着汽车驶入暮霭。天渐渐地黑了，一切景物都模糊了。


心里有点惆怅……

还有一位武汉《文化报》的记者，与我同室。托他带来两个小兵马俑。一个是战袍俑，满脸凝固着忧郁；另一个是弓弩俑，无悲无喜，定定地等待总攻的时刻。我说战袍俑拖家带口，家有娇妻弱子，我说弓弩俑还没谈恋爱。大兵择偶不易，是"困难户"。秦代大约也如是。其实我更同情弓弩俑，没有悲哀才是最大的悲哀。

## 四月二十八

漫卷诗书。该还乡了。一切就这么开始而又结束，聚而又散。一切都会成为过去。心态无论曾经怎样欢乐，愤懑，郁闷，激动，自我感觉良好或者欠佳，都成为过去式。未来却扑朔迷离，未知下一部作品如何收束，人生如何收束。到底惦着以后了，所谓一波未平一波又起，心情颇不平静。行囊收拾得极草率。唯独"金鹰奖"唯一的纪念品——宜兴瓷鹰抱在怀里，想该捆牢才是。谁想到盒子是头朝下，谁想到那瓷鹰会遁出来，滑到地毯上？

叭！

瓷片飞溅，粉身碎骨。哈！

我哈哈大笑。

哈，完了。哈哈，他妈的全完了。哈，什么也没带到会上来，什么也没从会上带走。哈哈，真是妙极了。这是隐喻，是象征，是哲理，是东方的神秘哲学，是一句偈语。它的内涵足够我消受半生的。

"鹰"已经化为乌有，难道真有过什么"金鹰奖"值得流连、骄傲、自诩吗？我走了。我将乘飞机返乡，转了一圈儿又回到原地。我走得极轻快。

# 男人和男人的巢

　　家家是一部有悲有喜有笑有泪的长篇小说。诡诈的作家们都想变个小虫，从别人家门上的猫眼儿进去吸吮情节，掺进或者化合些自个儿的东西，然后倒卖。狄更斯、福克纳、巴尔扎克、托尔斯泰以及巴金、茅盾这些聪明的写家，都懂得这个生意经。这些"幸福的家庭是相似的，不幸的家庭各有各的不幸"之类惊世骇俗的话，赚得人们认同或眼泪。其实"幸福"也不相似，还是中国人概括得妙："家家都有本难念的经"，闭着眼睁着眼都难念。正是：《去年我们相识在马里昂巴德》，因为有你《孔雀公主》，才觉得这儿是《德克萨斯州的巴黎》，《爱情的故事》不缺少《生死恋》的《海誓》，于是我们不再是精神上的《流浪者》。我们结成《血的锁链》，举行了自己的《赫哲人的婚礼》。不管你那个家是《四世同堂》的《浮华世家》，还是《汤姆叔叔的小屋》，也许我们只能做《上海屋檐下》的《乌鸦与麻雀》，我的《灰姑娘》啊，我们也得走进这《两个人的小站》。因为《良家妇女》和《大西北人》，不能一生站在《三岔口》去《等待戈多》。

　　大意如此，大致如此。于是，男男女女的脊梁上背起了家。这个家庭，是归宿也是始发列车，是结束也是开始。是阴阳天地刚柔上下的平衡，也是联合劳动体。不管恋爱的浪漫延续多少和多久，琐屑的现实主义开始弥漫了。尽管我们的婚礼上没有神父那诡秘严肃的"以圣父圣子圣灵的名义"的黑色告诫，我们也都能感觉到肩上的沉重。即使在性比较开放的西方，婚姻也永远是神圣的。他们进教堂举行婚礼，本身带有了某种宗教的意味。也许可以说，家庭是一个认真严肃的承诺，是一个坚硬的孵化着什么的茧，是一种用岁月、身躯和幸福做抵押的契约。记得，我结婚那天，大宴北方小镇的亲朋，人们喝酒喝得纷纷疲软。新娘累得头沾上枕头就沉入睡乡。在灯的光影里，我望着她，幸福甜蜜之余，不由地感慨：你这家伙不是一个人了，你要让她跟你享得上福。是夜，我得一梦，梦见家里养的小鸡雏爬得床上和柜面上都是。我便撒癔症，边向柜面上爬，边喊梦话："小鸡上柜了，小鸡上柜了……"新婚的梦境尚且印满鸡雏脚爪的"个"字，日后漫长的行旅，更无可摆脱生活雏鸡的琐细，这是每个渴望有家和终于营造起家庭的男女的宿命。

　　我的婚礼之夜，没有喁喁情话和夫妻对唱。北方，水瘦天寒。惧冷，而集中居住的习俗和住房条件的限制，使那儿实行对面炕。隔一层轻薄的幔子，另一面炕上便躺着老爹老娘。出一口大气儿，也可将幔子掀起一阵轩然。这样的家庭本身便是对行为和声音的一种捆绑，一种约束。国人历来重亲情，重血缘，重宗法，所以，即使侥幸我得一个单独的巢的新婚夫妇，与父母同吃一锅饭，实行"三同"的，为数也相当的多。在一些家庭里，掀开封皮便可读到很多很多的孔夫子、董仲舒、朱熹，读到三皇五帝三纲五常，读到辉煌的历史或者贫穷的往昔。读到木制的家族先人牌位和石制的贞烈女子牌坊。这样的家庭或称之为家族，夫妻的爱必须限时限量限制以尺牍。同时，婆媳之间带着古老烙印和现实问题的重负难免磕碰，姑嫂斗法也屡见不鲜。夫妻关系在这多角关系中变得复杂，一个几代同堂的大家庭是一个东周列国。我说这话的目的绝不是反对孝道，天理良心！古老传统给予我们的那些温馨的和谐的东西当然应该发扬光大。这一点上你休想做我的文章。我的中心意思在于：家族的淡化，裙带的脆弱，才是现代文明的标志之一。为了爱情为了生存为了繁衍为了历史的延续这一伟大使命，我们需要家。但无论如何，"吕"字形的两代夫妻对面而居的状况应当废止了。看来家庭建设依赖着社会经济的发展，这毋庸多言。家庭，是一个单元，是一个挂着幔的船舱，是一个拉得上门的包厢，是一个太极图。

我拥有一个自己的家，一个 11 月中旬就给暖气、不算太冷的地方。幸好，我有一个自己的家。在我的家里和许许多多家里，都有一个不寻常的女人不寻常地劳作。在这里我向我的女主人致以十二万分的崇敬与感激。别人常说我被她惯坏了，说我的脖子如果能摘下来也要她去用搓衣板洗。我便就坡儿溜下来，在人前人后经常称她是"阿姨"。没有"阿姨"的家庭不是完整的家庭。现在通用的这个"家"字，意思是屋顶下养着猪，我看是搞错了。应该是"安"，屋顶下有个女人，便有了家所应当具备的温馨，安定，条理，清洁，小菜和咸鸭蛋什么的，拥有了最重要的那些东西。说到文字，我们可以从古文字中辨认古人对女人的认识。"妇"字，金文从字形上看，说的是女人就是执帚从事家务的那位。"母"字，甲骨文中从字形上看，是双乳显露可哺育婴儿的意思。"好"字，甲骨文中从字形上看，是说女人带着孩子就是好，很好，极好。列祖列宗们的遗训和认识，一直流传下来，渗入我们的血管壁。可是今天，男人的统治地位受到了严峻的挑战。在现代家庭中，女人也出去干活儿。职业妇女的风采使男人不能不去多做些家务，我在这一点上，理论大于实践，但已有认识和良好的态度。近来，有的都市在举行家庭中好男人大奖赛，有一位善舞彩线，打得一手好毛衣的男子得了很高的分儿。窃以为，男人不必都去打毛衣，就像女人不必整日拿着笤帚一样。男人这个词儿本身就是一种限定，比方说，男人可以喂婴儿奶粉，但终于不能生出乳汁，不会怀孕。中外神话中，宙斯撕开大腿的髀肉让酒神坐胎，鲧死后三年剖腹生禹的神话，毕竟是神话。男人的家庭教科书里，必有一章写到抚慰。有一回，我的爱人淋着大雨骑车回家，湿漉漉进了门，站在门口只等着，什么也没等到，就呜呜地吹起了"喇叭"，脸上也开始下雨，比外面更长久更大的雨。记得我当时忙着写什么东西，才有了这个闪失。所有的家庭里的所有的男人们啊，我把我的经验告诉你们：家庭需要男人和女人的通感或者是痛感，需要抚爱，需要安慰，需要温存软语，需要小夜曲，需要小提琴 E 弦上的揉指。男人有烧一手好菜的本事，当然应该提倡，世界十大名厨均为阳性。比烧菜更要紧的是在女人不适的时候你有感觉，有行动。做人不是自夸，当我的那位在医院动手术的时候，我把家扔了，只带了一个盛过烟草的硬纸板，随地而铺，和衣而卧，精心侍候。当那位从手术室出来的时候，一见她蜡质的脸没了血色，我哇地号啕起来。事后病房的女同胞说，我的号啕，令她们始而震惊，继而感动，随之陪哭。她们给了我一致好评。谁说《莫斯科不相信眼泪》?《野战排》里的《铁人》,《泪痕》也同样有效,要不人们怎会说《啼笑姻缘》呢? 或许是因为我的眼泪感动了她,她竟然谅解了我的缺欠。说来不好意思,我比我的夫人要矮几公分,视觉形象上有些阴阳倒错。可是,她,竟然以十分之亲昵,十分之怜爱,十分之同情的笔调在《大众电视》头条位置上发表了一篇名为《我可怜的矮丈夫》的文章。

这就是我的家。

这就是一个家中的男人和男人眼中的家。

我需要一个家,每当远行天涯,我常常带着羡慕和嫉妒,望着别人家里窗帘上的光晕;每当久别归来,我这《风雪夜归人》最踏实最欢乐的感叹就是三个字:到家了! 我的家,是我的病房,她可以疗救我心上的伤,在外面活得太累。我的家,是我的温床,我在这儿放心地安放我的躯壳,不再担心外面的人无端地碰伤。我的家,是我的暗房,不必担心随时会被曝光。我的家,是我储藏心灵安宁心灵抚慰心灵休养心灵的地方。我的家,是我读了很久也没有读完的有悲有喜有爱有怨有起伏有跌宕的平平常常的一本厚书。我在这儿须读我的妻子和儿子,也读我自己。我的家,不是轮盘赌不是生意场不是架上的藤萝不是风中的秋千,她是属于我们家庭三个成员的小小的实实在在的港湾。我对于我的家庭的理论,仅仅是一种倾诉,也许仅仅适用于我自己。

家家都有一本难念的经。

可是世上的人们,差不多都在营造自己的家庭,大家都说,哪有蜗牛不背着壳儿的?

想想也对。

# 拉　骆　驼

踏着冰雪，到省城长春寻师学琴，那年我 16 岁。

头上捂着一顶随时飘落狗毛的皮帽子，身上裹紧了又脏又旧的藏蓝棉大衣。大衣的前襟在烤火的时候，烧了一个脸盆大的洞，找了一块差不多颜色的布补上了。左肩右斜一个挎包，里面装的是硬得能够打得死人的窝头，怀里紧紧抱着二胡盒子，这就是我。

那时候，正是大灾大荒的饥年，成群结队的乡下人流入城市找活做，寻饭吃。这些人统称为"盲目流入城市"的人，简称"盲流"。我那时一张蜡黄蜡黄的脸上，几乎只见两只眼睛像一对儿铃铛在摇。我茫然地"流窜"到省城，整个儿一个"小盲流"。

我找到了吉林省艺专的教师宿舍。

一个老头把脸推出传达室的小窗子，问："找谁?"

"我找王恩承老师。"

"等等。"

老头匆匆忙忙地到二楼叫王恩承老师去了。不知道是什么力量在起作用，也许他把我当成王老师的乡亲了？其实，我只是听说艺专的二胡老师是王恩承，从来未见过面，也没有任何人从中介绍过。我自学二胡三年之久，苦于无人指点，这才闯入省城拜师学艺。

少顷，王老师在楼梯拐弯处出现了。

这就是从中央广播民族乐团下来的二胡演奏家？我仰视着这位老师，他瘦高的个子，脸色苍白，头发有点儿蓬乱，眼泡儿浮肿，眼睛显得十分困倦。

"谁找我？"王恩承老师问。

"我找您。"

"你？！"

王老师站在楼梯上，尽管宿舍楼空旷的前厅，只站着我一个人，他还是四方巡视了一遍。

"你找我，干什么？"

"跟您学二胡。"

说着，我就往楼梯凑。老头冲出传达室立即挡在了我和王老师之间。老头这才从头到脚审视了我的寒酸相。他好像做错了事，急于纠正，眼睛在叫着"小盲流"！他问我，谁叫你来的？有没有教务处通知？有没有安排课程表？老头一边审问，一边像赶鸭子一样把我向外赶。

王老师说了一句什么，转身走了。

老头说，王恩承老师刚动了刀子不久，一大半胃切除了，你知道吗？

我愣在那儿。

不管怎么说，我来一趟省城不容易。我是诚惶诚恐"朝圣取经"来的，不能轻易收兵。我想了又想，能够救我的，只有教务处的课程表了。

我从宿舍楼跑到教学楼，推开了教务处的门。教务处里的热气扑了我一脸，狗皮帽子不合时宜地掉着狗毛，沾在眼皮上下，看不清屋里几个人。我说我从几百里外的地方来的。我说我听说王恩承是二胡演奏家。我说王老师那里没问题，只要教务处排了课表他就教我。我说我来请教务处给我排个课程表。我就等课程表了。

一阵哄笑。

我没弄明白，这番应该感动上苍的话，怎么会引得教务处的诸位老师哄堂大笑，一副螺丝转儿似的近视眼镜就飘了过来，把我推出门去。

门"咣"的一声在我身后关上了。

我的眼泪刷刷地流了下来！

我一边不停地流眼泪，一边向艺专教师宿舍狂奔，冲过传达室那道关卡，直奔二楼。老头磕磕绊绊地在后面狂追，嘴里还叫着："盲流！你这个小盲流！"

也许是命运的关照，王恩承老师竟然闻声走出门来。

我哭得更厉害了。

王老师向传达室老头挥挥手。

我趁机钻进了老师的屋子。

坐在双人床的下铺，我打量着这间斗室，床上被子没叠，老师在养病。屋子里除了书，谱架，一把二胡，就是空空的铝锅瓷碗叹着冷气。

王老师站在我面前，像根竹竿。

"你这孩子打算干什么？"

我哭咧咧地重复一句话："您不教我，我就不走了，我不走了，不！"

王恩承的眼睛里透出一丝无奈，目光变得柔和了。他叹口气，摇摇头，又摊了摊两只手："把琴拿出来吧。"

我"噗"地一下笑了，笑得眼泪掀起了一次小高潮。

我脱了破大衣，摘了狗皮帽子，打开琴匣，我手脚麻利，像一个久经训练的杀手在掏枪。

可就是止不住抽咽。

陪我一块儿抽咽的，还有我的琴弓和琴弦。

王恩承拿过一条毛巾："擦擦眼泪吧。"

我擦了一把脸，毛巾立即变得黏渍渍的，带上了狗皮的腥味儿，粘着毛。

我没头没脑地说："掉毛，是狗毛。"

王老师不易觉察地笑笑："拉什么曲子？"

"《拉骆驼》。"

"唔，拉骆驼？拉吧。"

我开始锯琴，我这个来自偏僻矿区的"小盲流"，把"骆驼"拉进了本省最高的音乐殿堂。那时候，"拉骆驼"的我和我拉的"骆驼"，又笨拙，又蹒跚，又幼稚，又天真。用蒙古族音乐素材创作的这首标题音乐作品，在我开始自学演奏的那天，就尽力去想象它的音乐情境：沙丘，沙丘，还是沙丘，在那金色的沙线上，骆驼的蹄腕儿，陷进去，拔出来，再进去……拉骆驼的人，或者说就是我，心儿随着驼铃摇荡，摇出沙海一钩银月，摇出穹窿万点星斗，日月无尽无休，我喜欢演奏出这幅音画，喜欢用琴声表现出远途跋涉的困乏，饥渴，茫然，还有执着。

王老师认真地听着。

我尽可能地表现自己，可是，到了拉骆驼的人在沙梁上奔跑的欢快段落，快弓七长八短地不流畅，左手和右手闹不和了。我心里有些紧张，偷偷看了老师一眼。

王老师微笑着点了点头。

这是我第一次出门拜师，也是人生的第一回考试。老师没有嫌弃我的幼稚和拙劣。他耐心地听琴，指点揉弦、移指和揉指方法。折腾了好一阵，王恩承老师闭了一下眼睛，用两指掐了掐眉骨。我注意到老师累了，这才想起来，他的胃刚动手术不久！

离开艺专，我直奔长春胜利公园，我在冰雪皑皑的园子里找了一个没人的地方，坐在石头上锯琴，天知道是为什么，那样冷的冬天，我的手指不但没有冻僵反而奔腾跳跃灵活异常；我的牙齿也显示出非凡的锋利，饿了就啃冻窝头，啃得势如破竹；我的睡眠更是出奇的好，晚上到长春火车站，找到长椅就在椅上奢侈一觉，没有长椅就在候车室角落水泥地上把自己放平，睡个去病泻火。用湿漉漉的锯末拖地的服务员，总是给我留出一块干地，我这个背琴的"小盲流"已经和他们混熟了。

那个寒冷而温馨的冬天，陌生而多情的省城，怜悯和宽容了"小盲流"琴声的叨扰。现在想想，那时候我正是茫茫冰雪下面的小草，正企图用尖喙啄破冰壳，企图突围和冒尖儿。正是这种生命状态，几乎是本能，是无意识。我在大病未愈的王老师面前耍赖皮，也真够可恨的。感谢音乐，感谢琴弦，沿着琴声我才真正走近了老师。老师用他修长的手指，正在戳破我的人生封套，点化和指引我走向艺术殿堂。我是如此幸运！我怎么能不拼命地在冰雪里《拉骆驼》呢？

"骆驼"又"拉"了十天之后，我去向王恩承老师回课。我注意到老师对我的进步很高兴。后来，每一次回课，都没让老师生气。尽管在那个饥饿的年代，我们都吃不饱，上课的时候彼此空着的肠子都来凑趣鸣叫。那一阵子我没白活，真有一点儿像旱得要死的小苗，足喝春雨的感觉。冬天很快过去了。白天练琴的地方多了，晚上我在长春党校还找到了一个空落落的教室，爬进去在课桌上睡觉。我真是幸福得不能再幸福了！

王恩承老师在宿舍下的空地种了两棵南瓜，我眼看着南瓜吐芽，爬蔓儿，结瓜。有一天，我按约好的时间来上课，刚要操琴，王老师说："别忙，今天我要招待招待你。"

老师端出了清水加盐煮的一锅南瓜汤！

老师拿出了备好的两把铝勺，一把是他的，一把是我的。

我又要哭了。

看看王恩承老师瘦骨伶仃的样子，我实在不忍心分享南瓜汤。

"趁热喝吧，喝饱了，拉骆驼有劲儿！"

我只好遵命。我细细地品尝汤的滋味儿。

盐水南瓜的味道只有在那个年月，那个房间，才会散发出那种清香。我永生永世也忘不了在我长身体长知识的 16 岁，喝过这种南瓜汤。世上不会有第二个人有此体验：喝过几勺清水南瓜汤这顶级的人生营养液，让我不论遇到怎样的沙海都能"拉骆驼"，从一个要赖皮的"小盲流"，一直拉到两鬓花白。

# 遗书和太阳

男人在世上走一回，享用岁月，或长或短，一世都在赊欠、挥霍、品尝女人的情感。无论男人和女人朝朝暮暮厮守，还是天各一方，隔河隔海相望，男人总是欠女人的。

男军人欠的就更多。

军人总是要离家的，戎马倥偬，战争岁月是这样，和平岁月也一样。特别是在战事突如其来的时候，母子别，新婚别，夫妻别，柔肠寸断之别，来不及告别之别，都是"小菜一碟"，很平常的。军人走上生死场了，一别甚至可能是生死两茫茫，这绝不是危言耸听。军人在炮火硝烟之中，几乎来不及思念，战场拒绝儿女情长。人的生命极其脆弱，军人的牺牲甚至是刹那间的一声轰鸣，该想的，根本来不及去想。一切思念、忧虑、祈祷、期待，一切牵惹梦魂的痛苦，都交给女人去承担了。可又有谁知道她们如何承担？若干年前，一场小战，在南边，战争从排炮开始后，不到一个昏晓，我就接到命令，立即飞赴火线。走的时候，和往日出差一样，妻尽量多拿出些微笑来送行，为我打点干净衣裳，还备了佳肴，还有酒，她把眼泪和痛苦留给一个人时独自去尝。尽量不用眼泪来送行。战争对于我们这一代人来说，很陌生，尽管电影里的八路往往于战火中挺胸凸肚，立着射击而不倒，我还是知道枪子儿从不敲门待请，不客气的，而且，人的生命其实有时候真是经不起考验的，一个小小的弹片，钻到一个恰当的地方，就可以让人永远20岁、30岁。于是，我就弄了一封遗书，密密麻麻一万言，写些奉劝妻子在我"光荣"之后再嫁，让儿子好自为之之类的话。记得，那时候我们经济上并不宽裕，对于几百元存款，我还谆谆嘱托妻子做财产分割，希望她给两边的娘一点儿钱，给儿子买一辆自行车，留给她的几近于无……写这东西的时候，我的心里确确实实充满了悲壮感。我想，倘若我完整安全归来的话，这遗书恐怕赚了妻的泪，就把"万言诀别书"藏在抽屉夹层了。且不说妻如何如何在我去后忧思忧虑，且说我仍是完人回来之后，笑着提起了那封"遗书"，那个"玩笑"，妻便抢了去看，看了便哭，并且留着，随看随哭。不消说真的我没了、只剩了"遗书"在那漫长日子里会如何如何，她看那万言书，想象到生离死别，就止不住动真格的，泪如泉涌。我到底安然回来了，战争对我个人宽容了一码。后来，我又第二次到火线去，妻依旧每时每刻忧苦。这次我并没有写什么"遗书"，可第一封"遗书"大概依旧施加着影响。妻表现方式很特别，我走的那日，妻所在单位用"蹦蹦儿"三轮车送我去的火车站。我走后，那单位的"头儿"要几角几分汽油钱的时候，妻面对合理收费的"头儿"大动肝火，诘问人家，"如果韩静霆被打死了，你们要替敌人收多少枪子儿钱？"我上前边去的那些日子，她寝食不安，日夜不安，焦躁不安，就想找个由头发火。

　　对于军人妻子的情感牺牲和负重，我是深有体会的。后来，我写了一部小说（电影）《战争让女人走开》，写的是战争来临，命令女人们 24 小时内与男人做生死之别的真实故事。电影在我采访生活的部队放映时，团队家属一片哭声，团长爱人当场晕倒，被抬出去抢救。彼时，硝烟已尽，战火已平，可是，女人们依旧可以为往日的生离死别悲恸。由此可见这种"牺牲"的久远与绵长，由此可见男军人们欠下的这份儿情，一辈子是还不够的。

　　我又想起了 30 年前在《战争让女人走开》电影片头写的一段话：

　　"女人用瘦弱的肩膀承担起战争的重负，她们是军人生命的太阳……"

# 家在辽源

当年我穷困潦倒的外祖父母，率五女一子，走遍东三省打短工和讨饭。行至东辽河的源头，他们眼睛都亮了，说这儿地挺平的，就安家扎寨。彼时，冥冥中为一种缘分驱使，父亲也日夜兼程从山东高唐逃难而来。不久，我的父母亲经人撮合，经营起了一个兼容苦难和温暖的家，我也有了"投胎落草"的机遇，我的童年就生活在辽源一座透风透雨的老屋里。

老屋在小城城东，龙首山之下。那座龙头似的小山，是俯首吸饮辽河水的样子。小城坐落在龙角上面，很有点诗意。我家老屋可说不上什么诗不诗的，从根儿上说是一座"血碑"。这得追溯到哥哥韩伟廷。他在四平战役的枪林弹雨中背出了负伤的营长。四野南下之前，立了功的哥哥获假回家看看。伟廷回到家，父母均患伤寒，病倒在冷屋凉炕上。他只好下矿井去挖几天煤，换药换饭。不料，哥下去了就没上来。四平战役的连天炮火没伤着他，矿井巷道的瓦斯爆炸要了他的命。父亲领了矿上发的有限的一点抚恤金，盖了两间简陋的房子。我从小就睡在哥哥伟廷带血的抚恤金上。

天知道老屋为什么一直下陷？年深日久，屋地比外面要低下一尺半还多，我每天放学回家都要跳大坑。很难说这与惨死在地下的伟廷有关系，可现在一想，浑身的汗毛还要立起来，童年却不懂胡思乱想。老屋四季阴森森的，门总是关不严。最讨厌的是雨天，无论雨大雨小，家里都是水灾。外面的水破门入"井"，棚上滴水如注，鞋子和盆盆罐罐都在水里漂荡，这时候，母亲就率领我们用盆用锅向外泼水……我终于懂得父亲母亲为什么依恋那两间"水窖"了，他们看这破房子的时候，肯定看到的是血肉模糊的伟廷大哥。老屋没时没日地修修补补，墙塌了重砌，窗子散了重钉，纸棚掉了重糊，烟囱倒了扶起来……现在我想起母亲爬上房脊去修房的样子，心里就酸楚。我的母亲，老人家两手紧紧抓着摇摇晃晃的破梯子，脚颤抖着去找梯子横木。木梯吱吱乱叫，母亲和梯子一起颤抖。她那一头花白头发，一点一点地升到房脊上去。她太要强，一定要自己去苫草，糊泥，铺瓦，才放心。

故乡辽源，龙角上的小城，从前小到什么程度呢？人说，一家酿酒，满城皆醉；一人打喷嚏，全市流感，这有些夸张。不过，数得上的街道，的确只有三条，顺的一条，横的两条，最繁华的街面就属"大十字街"与"小十字街"了，这是千真万确的。我在那大小十字街头长大了，到了北京，念了书又当了兵。离家30余载，小城渐渐膨胀，探家看到的生脸越来越多。到了改革开放的80年代初，我家老屋不堪修缮，不行了，父亲母亲这才商议搬家。双亲看了许多处房子都不满意，折腾了很久，才搬了家。父亲在离开老屋不久，就撒手人寰，走了，到伟廷那里去了。新搬的家略有改观，一间半低矮的房子，外间漏雨，里间不漏。小房在半坡处，再没有水淹锅灶，浪打鞋子了，下雨天只听"飞瀑"跌落门前，轰然作响。一辈子含辛茹苦的母亲，在这里为我妹妹带孩子，很快就住惯了。我离家在外，夜里，一闭上眼睛就能看到母亲忙里忙外的样子。她老人家佝偻着腰，不停地剁鸡食，或是里里外外搬弄花盆。母亲在小院子里养了金盏花、指甲花、石榴花、茉莉花，还养着几只鸡。只要我探家，就有我爱吃的"小鸡炖蘑菇"上餐桌。

物换星移，龙角上的小城变化很快。立交桥架起来，坦荡的马路开出来，新楼群一不留神就噌噌地往外冒。转眼工夫，在家乡做事的同学和老友，都分到了供热的楼房，简陋的平房渐成"古董"了。去年和今年的夏天，我备好款子，两次回家乡，张罗为母亲买一套楼上的房子，同时为父亲扫墓。母亲似乎是依恋那些花草和炕柜什么的，又似乎是不愿意我为她花那么多钱，眼睛红红的，惶惑地望了我半天，嗫嚅说："这里住惯了，也挺好。"

我湿漉漉的眼睛里，母亲的白发在跳。我想说，儿子无能，不孝，从前让您到房脊上去修苫老屋。现在还能让您拎了水找不到下水道，在烧煤的炉子前边咳嗽吗？不，不能。您应该端坐在阳光里，您的住房条件应当"步步高"。当年的老屋，是用哥哥伟廷的抚恤金换的，现在用不着那样了，相比之下，何其轻松？刚好，小城的安居工程即将竣工，我就定了光线好的一套二楼房子。安居工程楼群的风水环境很好，门前东辽河的支流蜿蜒流过，窗后是龙山余脉。多大风雨母亲也不用愁了，依凭楼窗，隔着细密的雨，朦朦胧胧的半城风光在眼前铺开，看那些楼房正如春笋般地向天边拓展，很有意思。

终于在这个世纪的末尾，母亲快搬家了。

奇怪的是她老人家对于我和朋友们商议如何装修，定制什么家具，不大感兴趣。她佝偻着腰，只管去浇她的花草，白发在红的花绿的叶之间闪闪熠熠。

离开家乡小城的那天，我多喝了几杯酒，不由得泪眼模糊了。童年的朋友还以为提起了我初恋的情人，让我动了相思呢。其实，我又想起了哥哥伟廷，想起了用他血肉之躯换得的那两间老屋。老屋早就不在了，那儿是一片居民住宅楼群，楼前有一群孩子在跳橡皮筋。

第二辑

书生论剑

历史就是加减法，加了再减，减了再加。

# 病榻观叶

　　那时候，没有搬到楼房里住，没把自己收进"鸽子笼"里。那时候，我住独门独院儿，院子里有一排大杨树，四棵，年年疯长，老高老高的。

　　时常隔着窗子望那些杨树。每棵树的躯干上都不免有许多瘢痕，每块瘢痕都画出纺锤形轮廓线，中间一个黑色的圆。太像人的眼睛了，而且是纹了眼线的那种。我越琢磨越觉得奇怪，大杨树怎么不要鼻子喉咙和嘴，五官弃了四官，只长了浑身的眼睛呢？而且，那眼睛只知道木木地瞪人，傻傻的，从来不闭上。唐代朦胧诗人李商隐，丧妻之后无限悲伤，写了扑朔迷离的诗悼亡。诗开头说："锦瑟无端五十弦，一弦一柱思华年。"锦瑟，谁都知道只有二十五弦，五十弦是断弦之后的数目，用"断弦"来喻亡妻，可真叫"绝"了。元稹诗又说"惟将终夜长开眼，报答平生未展眉"，更是情绝痴绝。"长开眼"的，唯有那种孤苦伶仃的鳏鱼，诗人想念亡人，终夜睡不着觉，熬夜啊，人一夜熬成了鱼里头的光棍汉，一夜又一夜直勾勾瞪着眼，惨不惨？可是，窗外那些杨树，出了什么事？怎么了？干吗浑身的眼睛也是成天价瞪着？

白杨树身上的木眼徒有其形，真正可以展示杨树蓬勃生命力的，还是得看那绿叶。杨树枝条高高举着的绿叶，深深浅浅的，大大小小的，林林总总的，风儿一吹，欢快地翻动着，在阳光与微风里，这些叶子们可真是像闪闪烁烁的眸子，而且是灵动的，聪慧的，天真的，无忧的，最容易最容易感动和永远永远有益无害的那种。

话说回来，许是树干上的"木眼"闹的，其实，未必要把千千百百片树叶儿比喻成什么眼睛。对于大树来说，绿叶不只是一个什么季节，而是一个时代。绿叶出生了，大树就又是一回青春期了。叶子们出生的礼仪是十分隆重的。先是一阵春风，又是一阵春雨，树叶儿该生了却不生，要等着杨树的枝枝杈杈上都挂满了丝穗，结了杨花，有了那种清水泼街，黄土垫道，遮天蔽日飞扬着彩带和花絮的喜庆气氛，嫩娇娇的叶儿才出世，才伸出尖喙。绿叶们一见风儿，长得奇快，转眼就连成翠盖绿荫了。

把一片白杨叶子放在手里，感觉又光滑，又湿润，又柔软，又有弹性。叶面还有点毛茸茸的，是长了会呼吸的汗毛吧？还有纵纵横横的叶脉，可不就是血管吗？凡是青春肌肤所有的优点，它都有。我这么说，会有人反对：叶子和肌肤从根儿上说就不一样，谁的脸是绿的呢？当然，我说的是感觉，感受，感动和感喟，是神似。设想再过上多少多少年，没准儿人的生活习性全变，只靠吸吮水分空气活着，人经了光合作用，太阳一照就不饿了。那会儿，人人的脸都绿，人要攀比谁的脸绿得狠些呢，世上的人种，重新划分为墨绿种人、豆绿种人、橄榄绿种人、葱花绿种人，你的皮肤不绿，脖子上擎着的物件，是苍白的，暗黑的，黄唧唧的，才是出土怪物呢！哦，满世界，太阳底下，都晃着绿脸，是我有感于绿叶生命存在的瞎畅想。绿叶那种勃勃生机所洋溢的神采、神话和诗篇，简直是不可抵挡的。散文家朱自清写过一篇"梅雨潭"，只因一个"绿"字，惹得手中的笔骚动不已，也要长出绿叶了。什么时候读这篇东西都是绿意盈眼。我还看过印象派画家画的绿池塘，画布铺满了绿，醉醺醺的浓酽的绿，涉世未深的绿，嫩嫩的绿，天真明媚的浅绿，成熟性感的深绿，在光与影中颤抖着，张扬着，层层叠叠的绿色，又有着蓝的橙的黄的紫的暗部或反光。画家心中这说不尽的"绿"，也都在白杨树上。白杨举着繁茂的绿叶，就是举起了丰富峥嵘的生命，举起了蓬勃的春天和夏天。绿叶们在风中的私语才好听呢，早晨和晚上都不一样。每天早起，在那起于山谷和大地，带着棱棱角角的晨风掠过的时候，白杨树叶哗啦啦哗啦啦地说着，叫着，唱着，犹如金属的风铃在摇，特别提神。到了晚上，随着湿漉漉的晚雾，倦意的风行到了白杨的枝条之间，这时候可以听到叶子们喁喁私语，沙沙，沙沙，沙沙沙，轻轻的，柔柔的，如琴弦上的颤指，说的都是卿卿我我的情爱。绿叶这样放肆地，坦诚地，没有掩饰、做作和忌讳地说着一切生命的童话与现实，说着生命的向往、欢愉、调侃、爱恋和闲适。那些飞来的鸟儿呀，那些藏在叶隙间的蝉呀，有了绿叶的荫凉，多了绿叶的感染，也有了神聊海哨的空间和抒情吟唱的兴致，它们巴结着白杨的叶子们，也感激着这些叶子。它们和绿叶一起组合成了春夏两季的交响诗。

绿叶是春夏两季的旗帜。绿叶们一同缔造了春天和夏天。风天，雨天，早晨，晚上，我常隔着窗子凝视它们，心里一片绿茸茸的。它们，你挨着我，我挨着你，没有谁超然，格色，说不上谁出类拔萃。它们加在一起才可以说是蔚为大观。隔着窗子，看满树的绿叶翻动，如一千一万只小巴掌在为温润的大世界鼓掌，我的心也为之感动。仰首看硕大树冠上的一片又一片渺小而又平常的叶子，与站在摩天大楼上看街上如蚂蚁般蠕动的人群，感觉是一样的。世界的存在全在于渺小的个体的组合，分裂，再组合，再分裂；历史就是加减法，加了再减，减了再加；时间呢，也许就是不断重复创造和毁灭的过程。是呵是呵，听那肃杀的秋风，不打招呼就径直闯入了天地之间，绿叶在严厉的秋天的无情围困之中，耗尽了最后的汁液，枯了，黄了，挣扎在它们所在树梢，就要落了。要不了几天，隔窗看树，就难于找到枝头的青春色，难于找到那些绿衣灵物了。树枝光秃秃的，满眼的残臂断指。叶子们，全躺在了地上，显得萧瑟而凄凉。

　　这时候，我忽然想起欧·亨利的小说《最后一片叶子》。小说中那位在疾病中煎熬的少女，痴痴地望着常青藤上的最后一片叶子祈祷：如果经过一夜秋风苦雨，绿叶犹存，她就活，否则，她的生命就将从人世的大树杈上落下来，死掉。第二日，她惊喜地看到了绿叶犹存的奇迹——其实是善良的老画家以生命做代价，用油画颜料画上去的。也就是说，常青藤上的绿叶永不凋落，到底是浪漫的艺术想象。从绿变黄，从生到死，谁也不能拒绝。当然，叶子们在秋日，也有一段最后的华采，甚至在夕阳配合之下，枫叶们，黄栌叶子们，银杏叶子们逞示出一生中最繁复、最绚丽、最成熟、最深沉的色泽，可这毕竟是最后的辉煌了。白杨树叶也加入了这辉煌的合唱。"夕阳无限好，只是近黄昏"，古人在这两句诗中所透露出的真理，因为带着一点惆怅与哀婉，才传世的。当然，绿叶黄了，在离开大树的刹那，发出的绝响，在风中所作的最后的美丽的舞蹈，也许可以称之为大自然最精彩的杰作之一，但是，这到底也只是"天鹅的绝唱"了。

到了白杨树叶凋落的这些日子，我好像一下子就明白了，白杨树怎么生了那么多只眼睛，那些大大的眼睛又怎么终日终仒地木然地瞪着。

惋惜？

惆怅？

怀旧？

明年春天，又会有万千绿色的"小鸟"站上枝头的，不是吗？

今年落下的黄叶，落了就落了，没有哪一片叶子感慨万千，因为，它们，每一片叶子，到底都绿过。法国著名作家、哲学家萨特，在写作他的《辩证理性批判》的过程中搞垮了自己。当采访者米雪尔问到他对这种垮掉的感想时，坐在轮椅上的萨特笑眯眯地说："健康是为了什么？写《辩证理性批判》——我说这些并非骄傲——写一部长篇的、优美的和重要的著作，比好的身体更为重要。"

这番生命价值的阐释，的确应当使世上一切庸人震惊，让一切精英叹服。也许，这可以看作是一枚曾经缔造春日和夏季的绿叶——在它（他）作为黄叶飘零时的潇洒的独语？还有，那位温莎公爵，英国爱德华八世亲王，为了他和辛普森夫人回肠荡气的爱情，毅然放弃了王位，创造了 20 世纪最痴绝的爱情传奇。他自己著文说道："我决意逊位！——在我面对爱情与责任时，我终于选择了爱情，我要很庄严地走下王位。"温莎公爵为此再三思虑，心情起伏，在卧室里不停地走来走去。他最后决定向王室提出挑战，被迫摘下王冠选择了爱情，谁能说这惊世骇俗的爱情选择不也是一种责任？温莎公爵离开了金碧辉煌的王室，远走高飞，去做爱情树上的叶子，勇敢地去缔造自己和爱人生命的绿意，真是让后人一唱三叹啊！

　　说不尽世上有多少辉煌过的生命，在中国历史上，荆轲踏易水的咏叹，嵇康临终的琴歌，岳飞在风波亭的狂草，还有，林觉民的绝笔《与妻书》，都可以说是一日长于百年。还有那些小人物呢，种树的郭橐驼，青楼的李香君，等等，等等，都活出了自己的模样儿，有过自己的欢悦。也许，每个人都有属于自己的不同于他人的浓绿和圣洁。树上没有完全相同的两片叶子，生命之树也不可能常绿。绿叶总是要黄的，要落的，新叶的触须正在落叶的弥留之际寻找空间呢。如此说来，该绿的时候，一定要好好地绿，绿个淋漓酣畅，绿个浓情如酒，绿上一个春，一个夏，甚至还包括半轮秋，绿个够。

# 猫 之 祭

## 一

×年×月×日，央视一拨人马找到我，要我给他们一套写一部描写抗日时期，北平即将沦陷，故宫国宝避祸南下的长篇电视连续剧。他们准备好了充足的"粮草"——翻开历史的箱笼复印所有角落里的当年报道，又召开了若干幸存老人和故宫专家的座谈会，万事齐备，只等米下锅。

我当时的喜悦自天而降！大有"天将降大任于斯人"的样子：我根本没想到自己怎么那样浅薄，嘴角怎么一直忍不住向上翘？也没有好生瞧瞧，面前这块尘封的"大骨头"，上来就吃，一口下去，是否啃得动，便应了事儿了。

央视说，他们从一大堆作家里，挑挑拣拣，选了我。可是不要忘了，有好几位大咖写手摩拳擦掌要抢活儿呢！

立即，我的身边围满了好事之徒。各色人等，来来往往，让人眼晕。我分不清哪个是责任编辑，哪个是剧务，哪个是头儿。其实我只要懂得一点就行了：人们都着急等我快些"怀"上，快些下个"金蛋"。有人等着宣发"吹嘘"；有人筹备建组；有人干脆准备抢个角色，火速露脸……他们十分明确我的"工程指标"，两天写一集，二十天十集，两个月三十集。

真正的大干快上！

同志们严厉而又宽容，竟然没有审查我的剧作提纲。说实话，我也根本没什么提纲不提纲的，只有一股子宁死不屈的蛮劲儿。

剧组"天才"地找到了一个电视剧"滋生地"，是在北京西南郊的西南郊，大约是长辛店以外，一座废弃的军营。这里人迹罕至，设备老旧，差不多算得上废墟。有人告诉我，这个安静的地界儿，是构思写作的"天堂"。硕大的院子，除了老鼠，还有几位黑人，是做生意的。到了阴天，晚上，无声无息，静得可怕。即便那些黑人出没，不龇龇白牙，什么也看不见。

我就如此这般昏天黑地地干活计。

剧组给我的要求，类似于保密战线的口令，只有两个字，"揭秘"。我本人赖以生存的确是天马行空，浪漫自由惯了。我渐入歧途，任性地构思写作，我乐意写的，越走越远。这么走着走着，我开始"上火"，闹牙痛。

我被送到医院的这天，两腮乍起，牙龈暴肿，疼得叫不出声来。上来个年轻的牙医，姓温，眼疾手快，武艺高强，上手只快刀一闪，就给我放血，去了火，止了痛。我大叫：手中刀光剑影，怀里菩萨情肠，好刀法，谢谢温大侠！

温医生问：不疼了？

我答道：不疼！去根儿了！

温医生：去——什么根儿？

我说：我不干了！

我要回家。

## 二

我自己解放了自己，不再咬"钩"。

他们给我的压力太大，我的牙，我的牙龈，我的小体格儿，都受不住。

经过相当一段时日的沉迷，当初写作国宝南迁，接触过的那些旧事不时会在心中升腾泛起。其实，即便我是个傻子，也应该明白，这是个绝好的题材。我无法阻拦自己的心旌摇动，决定再去触碰"故宫国宝南迁"的主题。我开始写小说。

后来因为身体原因，小说中途搁置了。

时过境迁，不料，那半途放下的小说，也时不时地来搅扰我的心神，忽一日，又想把这个小说的个别段落拿来发表，留个念想儿。

生命中总有一些挣不脱解不开逃不掉的缠绕！

这里选了一段"杀猫"。

"杀猫"这段文字，并非闲笔。紧密围绕国宝生存的男人和女人，总难免要和"真猴儿""假猴儿"打交道。俗话说，"真金不怕火炼"，炼过"真金"的，自己才可能成为"真金"！

故事发生在国宝将要出发的前夜。

四个一块儿玩到大的青年，围炉聚餐。两只猫儿，来凑凑热闹。它们万万没有想到，当小青年们话头能到辨别真玉与仿造古玉的时候，会想到以猫的血肉之躯来一试真假。

唐俊是个当兵的，难得见到宝物，特别想踏过鉴定仿玉的门槛，为此杀死只猫，觉得物有所值。

溥芳是满清贵胄，因为男朋友骁腾不愿意她随队南下，想借杀猫以风儿撒野。

那骁腾发现溥芳和唐俊真要杀猫，想力挽狂澜也来不及了。

邹丽鹃是个小女孩，为情所困，喝多了酒，经不起杀猫的血腥场面，吓坏了。

猫有何罪？

猫是替罪猫！

## 三

小说写到"杀猫"这一节时，我正在澳门，为东亚运动会撰稿。我住在置地广场大酒店。外面濠江镜湖波澜不惊，安宁祥和。酒店有两层设了赌坊，赌徒穿梭，色子跳舞，输赢都是常事。

我尽力描摹那白猫变成血猫的情状，门外的荣辱悲欢都不关我的事。

下面就是那些文字的节选：

说不清邹丽鹃醉得多深。她哭了，哭得一把鼻涕一把泪，嘴里"呜噜呜噜"不知在叨咕什么，样子很凄惨。那骁腾说："好了好了，别哭了。我们就在这儿坐着，行不行？"两人扶丽鹃坐了，骁腾找来了军毯，给丽鹃盖好。丽鹃歪在椅子上，似睡非睡。唐俊养着一黑一白的两只猫，停止了捡食鱼骨，"喵喵"地叫，似乎在感叹。那只黑猫动了心思，悄悄地爬到丽鹃腿上，卧下。无限柔情。那骁腾逗弄桌子下面的白猫。

唐俊生怕溥芳又说什么不中听的话，忙叫"咱们接着喝酒，吃菜"，又说，"骁腾，我听说人家仿造古玉，仿得绝妙到家了，就像从坟墓里的死人身上弄来的一样。"

"当然，那得下功夫，要浸了血，埋在土里三年，才能有点意思。"

唐俊笑："总不至于要杀人吧？"

"你们当兵的就知道杀人放火，大可不必杀人。"骁腾说。

"不杀人，血从何来？"

"杀猫就行了。把烧红的玉缝到猫肚子里，在土里埋三年，血就都浸到玉里头去了。"

骁腾顺口说罢，扔了个鱼尾给那白猫。白猫似乎听懂了人话，不肯食鱼，抬起一双眼睛看着骁腾，颤颤地叫，忽地转身逃了，逃到窗台上却出不去，只好来来回回走着，向外面望。

溥芳说："唐俊，我看出来了，你想试一试。"

"我还真舍不得这两个小东西。"

溥芳说："你要南下了，能带着吗？不能。干脆做了，也省得牵肠挂肚了。"

唐俊说："这可是一公一母啊！"

溥芳淡淡地说："做了母的呗。"

说着，溥芳迅速地扫了一眼邹丽鹃。丽鹃在昏沉中抱着那只黑色的猫。

那骁腾看见白猫两只眼睛睁得很大，一只是黄玛瑙，一只是蓝宝石，很好看。白猫在窗台上呼唤它的黑猫，黑猫闭着眼睛，乖乖地睡着了，睡得很暖和，骁腾觉得浑身汗毛直竖：“你们千万别胡闹。要不，把丽鹃叫起来，我们走吧。”

“忙什么？骁腾，出远门儿之前，帮助唐大哥了却这番心愿吧。哪个是公，哪个是母？”

“黑的是公，白的是母。唉，母的，可是纯种的波斯猫哇，前不久还生了一窝小崽子呢。”

骁腾说：“那不都成了孤儿啦！不行不行，别乱来。”

“怎么不行？又不是杀人。杀猫和宰鸡剁鸭没什么分别，唐俊，你把玉准备好吧。”溥芳淡淡地说，就好像真和下厨房烹调佳肴差不多。

溥芳一边把一块馒头收进红唇，细细地咀嚼，一边用白嫩嫩的手指逗弄波斯猫：“喵——喵——过来，小东西，小猫咪，快过来。”

波斯猫通人性，漂亮女人叫它，它就乖乖地来了，它在溥芳脚前抬起黄的和蓝的两只眼睛，谄媚地看着女人。它的叫声很柔和，很好听，竖起的尾巴不停地摇动。那尾巴色白如雪，只有尾巴尖是黑黑的一团，刚够得着脑门儿的一撮里，俗话叫作“鞭打绣球”。

溥芳把嚼烂的馒头吐在手上，喂给波斯猫吃。不时亲昵地叫说，“小馋猫，吃吧吃吧，这可是最后的晚餐了。吃完了，就上路。"

骁腾苦笑笑："这算什么？死刑犯临刑加餐吗？太可怕了。"

那边，唐俊在炉子里加了煤，把九块假的长乐谷纹璧从口袋里抖落出来，砸碎了八块，说："假的都他妈砸碎，就留一块是真的。溥芳姐，粗活儿我干，细活儿是你的。"

什么是粗活儿？什么是细活儿？

唐俊把留下的唯一一块谷纹假玉，放在炉箅子上烤，又把围裙和匕首递给了溥芳。

溥芳没动匕首，只披挂了围裙，说："大男人，刽子手可不是细活儿。"

唐俊笑笑说："不是刽子手，是外科医生。"

他们就这样一句一句平淡悠闲地说着话，越是说得平淡，骁腾越觉得怪兮兮的，觉得恐怖。他不敢想象溥芳对这只美丽的波斯猫怎么下刀子；更不敢想象那雪白雪白的皮毛怎么变成血葫芦。他并不知道，溥芳今晚力主杀猫，不只是想了却唐俊造一块仿古玉的心愿，而是真正的"杀鸡给猴看"。她要让骁腾和丽鹃知道，她要南下，谁也不能让她北上，如果惹火了前满清王府的"姑奶奶"，她什么事情都做得出来。

猫儿舔净了溥芳手上的馒头泥。

溥芳顺势就把波斯猫抱在了怀里，大约是刀斧手行刑前总难免过于激动罢，两手掐得紧了些，波斯猫"嗷"地叫了一声，窜到地上，逃到了墙角。

唐俊叫了声"嘿，真贼"！

昏沉沉的邹丽鹃惊醒了。她懵懵懂懂睁开了眼睛，不知道正在发生什么事情。只看见溥芳血红耀眼的嘴巴又在嚼馒头，白嫩的手上又托起了伴着她香唾的馒头泥。听见溥芳柔声柔气地叫"猫咪，可爱的小猫咪"，那猫咪却不被诱惑上当，不肯上前一步。波斯猫的四腿叉开，浑身白猫皆竖，如一只白刺猬。它惊恐地叫着，叫得丽鹃怀里的黑猫也应了两声，浑身在发抖，大约是母猫和公猫互相通报了险情。

邹丽鹃抱紧了黑猫，缩成一团。

唐俊和溥芳开始联手抓波斯猫了，一男一女只对了一下眼神，就默契地从两边对猫儿发起总攻。唐俊一个饿虎扑食，扑了个空。波斯猫白光一闪，便从两人中间夺路而逃。唐俊还没缓过神来，猫已经到了溥芳身后。这时候，溥芳的脚长了眼睛，飞快地抬起脚向后一踩，踩住了猫的尾巴。猫疼得嗷嗷怪叫，这时的那骁腾可看不下去了，喊了声"算了吧你们"，溥芳下意识把脚一抬，波斯猫迅速地逃脱了。唐俊和溥芳毫不气馁，接着与猫周旋。溥芳围追堵截，唐俊碰翻了桌椅碗盏，酒水菜汤流得到处都是，一片狼藉。这位贵族大小姐有板有眼，眼到手到，很像一个武林高手，越战越有兴致。

那骁腾说，"算了算了算了，丽鹃，我们走吧"，就去开门。

"把门关上！"溥芳严厉地喊叫，声调都变了。

那骁腾吃了一惊，关上了门。

唐俊说："姑奶奶，你快拿出看家的好身手啊！"

溥芳从晾衣绳上拿下唐俊的一条裤子，把两个裤腿儿扎了个死结，就得了一个口袋，或者说是网。她什么话也没再说，努努嘴，示意唐俊继续。唐俊又一回向波斯猫偷袭，波斯猫又一次夺路逃命，没有逃掉，顺顺当当地钻进了溥芳以逸待劳张开的裤裆口袋里。

溥芳满脸是胜利的笑容，攥着裤腰的口儿，提起来给大家看她用超凡的智慧和勇武取得的战利品。裤子里的波斯猫在拼命挣扎，裤子扭曲变幻着奇形怪状。猫儿凄厉绝望的叫声，闷声闷气的，很难听。每叫一声，都有利爪穿透裤裆，撕破几条口子。很像是牢狱里的囚犯，发作了歇斯底里。

火炉上的白玉，已经烧得通红。猫儿已成俘虏，万事齐备，只等下刀子了。那骁腾和邹丽鹃大气儿不敢出，心惊胆战地看着这场"恐怖电影"，唐俊已从口袋外面下手捉住了波斯猫的前后爪，溥芳用匕首挑破了裤子，即将被屠宰的猫儿显形，活像一朵美丽的雪绒花。唐俊把波斯猫的肚皮立着，奉献给了溥芳。溥芳胖嘟的手指，把波斯猫肚皮上的又白又嫩的毛儿分了分，无意间碰到了这只母猫的两排红鲜的乳头。饱满的猫乳跳了跳，一齐站立起来，像红樱桃一样好看，可以想到，这是一位年轻的母亲，还应该是哺乳期。小猫崽子虽然都已分送别家养着，看那乳头瞬间的反应，就知道母猫心里装着那些幼小的生命。为此，溥芳的手指停了一下，但立即又动作起来，触摸到肉滚儿似的波斯猫，猫的肚皮在翕动，在发抖。当然，无论波斯猫怎么害怕，溥芳都无暇顾及了。这时候她独一无二的愿望，就是一刀划开这个小生灵的肚皮。

匕首是唐俊这个军人杀人用的利器，闪着蓝光的锋刃迅速而快活地在猫的肚皮上划了一条直线，速度快得刀锋上滴血未沾。顷刻间，猫毛像多米诺骨牌一样分两边依次倒下，白肉紧跟着向两边翻开，无声无息。忽然就渗出了鲜美火红的血浆，雪白如银的猫皮，一点一点地被晕染浸透，一直困在猫肚子里。塞得满满的东西，蓝的紫的黄的，开始不可阻挡地向外涌流，那是丰富多彩的大肠和小肠们。随之一股恶臭向四处喷溅，令人作呕。这一切，溥芳做得比外科医生还要利落简洁，不动声色，唐俊却撒手扔了猫，猫跌在地上，喉咙里发出一阵阵呻吟，四脚悬空挣扎踢蹬，雪白血红的毛却全都塌了秧，倒下了，顿失光彩。这时候又听见猫在惊恐地喵喵叫，十分瘆人。但这已经不是大白猫叫了，是黑的公猫，所谓兔死狐悲物伤同类，大约就是这个情景。

猫肚子瘪了。空空如也的猫肚子里，只有心脏还不肯一下子停下来，还在挣扎着胡乱扑通。这时候骁腾、丽鹃和唐俊全都呆呆地被定了格，惊得说不出话来。眼看着溥芳用火钳夹起了那块烧得通体红透的玉，准确而巧妙地塞到猫的空腹，又夹起烂肠子把里面塞满。猫肚子的裂缝中发出哧哧的声音，冒出一团团的烟和气。波斯猫的心脏扑通几下，不扑通了，四条腿在空中抖动一阵，不抖动了，连它母性的性征，哺乳用的乳头也一个接一个干瘪下去。可它一黄一蓝两只眼睛忽然睁开了，头还努力地抬了起来，好像最后在寻找什么。

溥芳这才说话："唐俊，找针线把猫肚子缝上，埋了，三年以后，拿你价值万金的美玉罢。"

唐俊没说话，忙去找针线。

"你们都愣着干什么，都是死人哪，给我打盆水洗洗手。"

没人动。

那骁腾还贴墙站着，直勾勾地看着死猫。

邹丽鹃早已缩到了墙角，毯子丢到了一边，怀里还紧紧地抱着那只黑猫，女人和公猫两个都在瑟瑟打抖。

唐俊拿了缝麻袋用的针和麻线，粗针大线将波斯猫的肚子缝合之后，在院子里挖了坑去埋那猫。他干得三分狂喜七分疯狂，顾不得别人了。宴席就这么散了。邹丽鹃兀自走自己的路，那骁腾和溥芳回家，各进各的房，各揣各的心事。彼此无话。

时间已经是后半夜了，天空开始飘雪。老爷子那孟和没睡，来到西厢房骁腾窗户外面，叫道："我以为你没这个家了呢。既然回来了，明儿到国子监给我装运石鼓去！"

## 四

我忘了告诉读者诸君了。第二天，在凛冽的风雪之中，邹丽鹃拉着那骁腾，悄悄回到了溥芳和唐俊掩埋白猫的地方。邹丽鹃用铲子铲了冻土，为猫的坟墓培了培土，还点了一炷香，双手合十，默默祈祷。邹丽鹃祈祷完了，见骁腾没有动作，嗔着地问：

你怎么了？

什么怎么了？

你不愿意祈祷波斯猫早日往生吗？

愿意。

阿弥陀佛！

……

猫
之
祭

# 《大圣前传》的前世今生

## 一

我面对着爬满了汉字的稿纸，一阵阵发呆，一阵阵自说自话。

这些东西，从何处来？向何处去？

这些不是"东西"的"东西"，塞进巨大的印厂，出来的，就是叫作小说的书吗？

我，"白头翁"，一个70多岁的老汉，竟然弄了一本叫作大圣前传的书。我总得交代清楚，神通广大的"大圣"，因何来在咱的笔下？

## 二

大约是20多年前的酷夏，我出差厦门，半个月后回到北京，推开家门，上海电影制片厂的兰之光一行四人，把我"捉"个正着。他们笑说，已经在北京"蹲坑儿"，"蹲"了四天，一定要俘获我。兰之光拿出两个电影题目约我写。一是《二泉映月》，二是《三万金猴》。《二泉》要写的是二胡圣手阿炳。我在音乐院学过二胡，一说这个题材，立即好像用胡琴的马尾琴弓"锯"我的心一样，痒得受不住。那么《三万》呢，当然要说的是中国动画先驱万籁鸣和他的两个兄弟，俗称"三万"。动画《大闹天宫》，是万籁鸣杰作。《二泉》哪，《三万》哪，都让我心旌摇曳，我索性闭了眼睛去抓阄，抓了"三万"。上影厂的伙计们全都鼓掌，都说就这么定了，立即请我吃火锅，麻辣烫，以示庆祝"开笔大典"。我不知深浅，一边被麻着，辣着，烫着，一边情不自禁地往他们设的套里钻。看吧看吧，万氏兄弟和动画儿！动画儿和孙大圣！我的胡思乱想一开台，就手舞足蹈没个边界。这时候，肠痉挛来配合了！火锅里的涮肉腥膻冲天，我的肠子七上八下绞痛。终于，我一头栽倒在肥牛猪血之间。"上影厂"把我抬出火锅城，送回了家，吸开了氧气。

我当然不知道肠痉挛是不是"大圣"作怪。这位"仙爷"，钻进钻出铁扇公主的肚子，乃是尽人皆知的"小意思"。

那天，真个称得起开笔便"大圣附体"吗？俺的肠子一阵又一阵扭曲抖动，变着花样儿整治我，好生隆重！

三

上影厂要的是中国第一部"人偶片"，人与动画共舞。从某种意义上说，万籁鸣是中国动画人物的"上帝""造物主"。他创造了一个丰富而又神奇的动画世界。他就生活在动画之中，甚至可以说，万籁鸣本人就是有生命的动画！翻开中国动画史：他们兄弟1930年创造了中国第一部动画试验片《纸人捣乱记》；1935年创造了中国第一部有声动画片《骆驼献舞》；1941年推出中国第一部动画长片《铁扇公主》，一切从无到有，一路披荆斩棘，多少可歌可泣而又浪漫动人的故事?!

我立即开始触摸这些奇特的素材。我刚从欠开的动画世界门缝里，闻到一点味儿，便被"电"到了，变得五迷三道。进入写作的季节，我亢奋无比，幸福得要命。只有进入创作时分，才能证明俺是个大活人！我一会儿全无自信，如一只丧家之犬；进而全盘自信，恰似天王老子，四顾无人。我在自信与自卑的交替之中，在稿纸的格子中横竖爬行。为了避免被对号入座，剧本里动画历史的沪上人物，如万籁鸣钟情的那个小女子，花费巨资支持万籁鸣动画创作的投资人，连万籁鸣自己，在我这儿也不得不用了化名……如此这般，在大框架历史真实的原则下，我自己给自己松了绑，获得了极大的写作自由。因此，我也就大摇大摆走进了万先生的"动画猴园"，甚至感觉着自己也成了一个动画，神奇地成了一个永远无关俗世的赛璐珞片儿！天哪！俺在这番写作过程中，羽化成仙啦！

那阵子，我所在的单位，赐借了一间小房子。此屋原是公厕，豪华到了白瓷砖到顶的地步。这个小闷罐儿，也可以说是个不透气的"保温瓶"，需不需要发汗都会沤出一身身臭汗。我无法错过动笔的时机，整个夏天，我已经混迹动画王国，回不了头了。我不得不把整个夏天拥入怀间，天天挥汗如雨。门外，向左五步，是男生的尿池子；向右五步，是男生女生都不来的地下室臭水坑。门口，堆满了男人女人的垃圾。不用说，这里是另一个王国——蚊蝇王国！很快，所有从不相识的苍蝇蚊子，一下子成了至爱亲朋。它们，不停地向我明送秋波，盘桓爱意。我无怨无悔和蚊蝇共舞；我把生活中任何龌龊全都丢开；我尽情享受创作的恣意抛洒。实不相瞒，我已经身在得意忘形的边缘了！

那一日，我干完了白天的活，躺下睡黑天的觉。我也不知道，自己睡了多久，只觉得忽悠忽悠飘浮起来，手捧"令箭"，闯入包括大圣在内的全武行戏曲人物之中。我吆五喝六，花拳绣腿，误打误撞，一下子从床上摔到地板上，把自己摔醒了。

我在冰凉的地上躺了老半天。

这时候我知道了：我刚刚经营的一切一切，全是梦。

我发现左脸和左眼睑下，各有一片青紫……

## 四

《三万金猴》出世了！

当这部打印的电影剧本传到该厂领导手上的时候，把诸位的手烫着了。

领导认认真真地算了算拍摄费用。在 90 年代末，电脑还是很耗钱的怪物，动画的每一个动作，都要电脑一帧一帧地制作，然后再与真人实景合成。好一个"人偶大片"呀，粗略估计投资要七千万元。

不要说什么上影厂，就是再弄个下影厂，也得后退，后退，退！

上影彬彬有礼地组织了讨论，并且给了我一个文字意见：大意是初稿认可，作品偏长，需删减修改，动画部分应占全剧百分之四十左右。同时，略付薄酬。只要我不犯肠痉挛，随便可以吃些火锅之类，以示有始有终。

后来我才弄明白：

俺的大圣，毙了。

毙了？毙了！

我默默地哀悼自己，并且告诫自己"节哀"。我消沉了一些日子，将"大圣"束之高阁，矢口不提这个东西。可是，这东西还是不断地闹事儿，从心里往外冒，犹如老牛倒嚼，无法阻止。

我的这一场心火，实在浇不灭呵！

于是，我又重新开进白瓷砖创作间，开始了将电影剧本改为小说的活计。

这一版小说的题目是《人猴共舞》。

出版社是"中国青年出版社"。

责任编辑为小说写了一段激情洋溢的内容简介：

> 被誉为"文坛奇人"的著名作家韩静霆，以其饱含才情的笔墨、精巧绝伦的艺术构思，潜心营造了一个植根于现实的奇特的童话世界。这里现实人物和动画精灵们相融互动，这里交织演绎着充满爱恨情仇的动人故事，痴迷于动画艺术的主人公万家鸣，跟狡诈凶残的川岛展开了惊心动魄的周旋与争夺；获得血肉生命、灵性真情的卡通阿娇，为护佑万家鸣和他制作的孙悟空，忍痛嫁给仇人并壮烈自尽……小说充溢着神奇的想象，浪漫主义的情致和神采难能可贵……

责编的这段文字，充满了班主任一样的偏爱和褒扬，我十分感动。

可惜这位责编没等这本书上架，就退休了。

# 五

时光的列车，开进 2018。

虽说是《人猴共舞》已经问世了，老汉依然心有不甘。我总是因为这个东西没能尽兴挥洒"猴性"，笔下的猴王没能随心所欲折腾出"本色"，郁郁寡欢。特别在夜里，俺冒着跌扑到地上的危险，揣摸着大圣的手段，没完没了……终于，我又一次痛下决心，伸开拳脚，再一次全面修订这本书。

任凭耗时，耗力，耗心血，耗精神，不管耗什么，我都不怕。正像戏剧前辈所言：你便是瘸了我腿，落了我牙，歪了我嘴，我也不能不在这条道上往前爬！

这本书稿又一回出世了！

书稿刚刚草毕，还冒着热气哩，俺想找个"槛中人"，听点儿鼓励和表扬什么的。老汉也不能免俗，而且，我这颗修补过的心脏太需要些强心剂了。

别说，我还真的找到了一位傻里傻气的"知音"。

这位中国最有名的某文学杂志头领，阅卷无数，直阅得自身骨瘦形销。此公听我在电话里绘声绘形吹嘘了小说的来龙去脉之后，便以其大编辑的敏感，脱口而出：

"哎呀太好了！你这是大闹天宫前传呐！"

什么什么？大闹天宫？还"前传"？

本书正愁没有好的书名注册，曾经罗列过《猴王附体》等许多书名，没想到让此公一语点中！

《大闹天宫前传》，借"壳"上市，借"闹天宫"之壳，造本书之势，很有意思。

可惜，有人告诉我，《大闹天宫前传》有人注册了。

那么，就将书名改为《大圣前传》吧！

我又把这部书稿交给一个老朋友，大学的文学系教授，想请自家人说自家话，到底评估一下，我为本书"死去活来"，值不值得？

她认认真真地看了，想了，回话了：

"这是一本小众的书！"

什么什么？

"小众"！

这个评价很深奥，而且，在后面，她的话更费解。她说，以往的文学理论，不那么好概括这本书。也可以说，这是一本"奇书"。

是奇特，还是奇怪？

我这个老汉呢，生得很怪诞吗？

……

不论怎么说，《大圣前传》还是要付梓了，亲爱的朋友们，祝我今夜睡个好觉吧！

# 自残宣言

　　每回撕自己的画，气氛总是很悲怆的。都是在没人的深夜，我把自己关在小房子里，不要音乐，闭了电视，打开前一段时间保存下来的画儿，沉吟一阵才开撕。说起来，这些画儿，当时画完了，觉着还不错的，时过境迁，再摆出来看，又觉得不上档次了。狠狠心，咬咬牙，撕了拉倒。我常常是一边撕，一边咕哝："鸡肋，鸡肋，弃之可惜，食之无味。"算是为"自残"找个理由，也是对画儿们的哀悼。

　　撕的时候，专拣画得精细的人物眉眼去撕，专拣落款处自己的名字去撕，专拣自己的印章去撕。撕烂了，碎纸往空中一抛，纷纷扬扬像下雪，也像是一群倦飞的小鸟儿，无声地扑动着翅膀，跳着最后的"死舞"坠落。说实话，虽然我撕画儿撕得够彻底，可我绝对不是"败家子"。因为出身贫苦，从小都用别人不用的表格纸写字，得一页白纸也真的很不容易，我就染上了一种毛病，叫作"白纸崇拜"。每回在桌上铺开了一张宣纸，手在纸的上方习惯地掠过，眼睛盯着纸上一片圣洁的白，就要发一阵子呆。我诚惶诚恐地和白纸互相凝望了好一阵，直到大致要看到自己要画的东西在纸上若隐若现了，才肯行笔落墨。当然，我画的中国水墨画中的大泼墨大写意，看上去难免觉得是逸笔草草，一挥而就，其实，就是那些闪电雷鸣般的运笔速度，那些意到笔不到的飞白之处，都是深思熟虑的。表面上看，作画时，执笔如剑，临纸如搏杀，顷刻间裂石拍岸，狂飙跌落，似乎不经意。往深里一究，就知道这乃是前辈大师以锥划沙，日久天长积累下来的"剑法"。有些时候，橡笔落下，真个是横下心来一头撞死的样子，死也无悔。也正因为如此，每每丹青一罢，我会沾沾自喜。不仅把这些纸片子当成杰作，简直就看成是无价之宝哇，不觉要手舞足蹈，旁若无人地哼起了小曲呢。这也许就是古人说的"敝帚自珍"？怎么，时过境迁，"敝帚"不但不再"自珍"，还要自暴自弃，自戕自残了？

　　撕画要撕得狠，毁要毁得彻底才行。听说我的朋友李世南，把画坏了的东西揉成一团，丢进纸篓，不料，身边的人趁他不在，化废为"宝"，偷着拿了，偷着盖上他的印章，拿去挂了拍卖。等到画家看到这些东西跑到了拍卖行，惊得一头汗。他浑身是嘴也不能说这些不是自己画室里出来的东西。那情景，大约近似上帝不小心造了魔鬼，忘记给潘多拉魔盒盖盖儿时的沮丧样子。所以，我的老师许麟庐告诉我，废画要一撕二揉三蘸墨，最后还要在一团漆黑上踩几脚，免得谬种流传。就是说"自毁"要毁个凶顽，"自残"要"残"得彻底。我老师的老师齐白石先生，怎么"残画"，不知道，可我知道，白石先生年轻时候，问同乡铁安篆刻之道，铁安说："楚石挑一担回去，随刻随磨，刻出三四点心盒，都化成石浆，就刻好了。"白石不仅依计而行，而且走火入魔。他回去就刻了磨，磨了刻，东厢房弄得满地石泥石水，就移到西厢房。没多久，西厢房又弄得"磨石书堂水亦灾"。齐白石先生常常是"夜长镌印忘迟睡，晨起临池当早朝"，终练得单刀切石，扫却凡俗，直寄一身勃郁之气。白石晚年曾闭门十载，衰年变法，终于达到炉火纯青的大师之境。他自称是"三百石印富翁"，可他仅在十年修炼时期刻印就有3000多方！算下来，白石先生一生就绝不是刻十毁九了。100方石头刻出"眉眼"，刻出模样，95方要用刀铲去，用石磨光。那石屑乱飞刀光剑影的"自残"之境，比撕画更加惊心动魄。大概古今画家凡成其大成就者，都必须经历这伤心惨目的自残和自毁？肯定，否定，否定之否定，是成材成功的必由之路？没有"日间写来夜间思"，哪有"删繁就简三秋竹，标新领异二月花"？这可比"梅花香自苦寒来"更有动作性，更加艰苦卓绝，更刺激。刺激得让人想对着纸屑大哭一场。那些撕烂揉碎的纸片上，涂抹的都是我当时的最佳状态，又都是劫后余生，是年度撕扯后留下的。其中最早的一批画作于1992年，屈指算来，整整十年了！十年辛苦不寻常，有谁能知道？每一回构思，都是一次艰苦的孕育与怀胎。每一次出作品，都是阵痛之后的产婆分娩。等到作品出来了，"儿子"诞生了，一脸的喜悦和骄傲，一脸的"自恋"。现在，"自恋"也不"恋"了，"移情别恋"了。

　　我正在撕扯的画，出自三间画屋。一是北京闹地震那会儿，单位姓车的领导仁心大作，帮我在海淀搭了一间半"防震棚"。棚中大雨大漏，小雨小漏，盆盆罐罐错错落落排了一地，听水声叮叮咚咚，作画也如有万泉滋润，实在韵味无限，于是为画室命名"叮咚堂"；棚子里夏天奇热，我经常赤膊作画，又称之"赤膊屋"。冬天是最美的时光,头上煤球炉子的铁烟筒盘旋,身边烤白薯的热香缭绕,边画边咽着口水,如此"薯香斋"让我画完了总有享受,不觉就画他个风息雨止,暑消热退和腊尽春回。第二间画室搬到了单位底楼阳台上,名曰"三透斋"。那阳台三面破窗,透风,透雨,透雪。雨天共沧浪歌吟水天一色,风日听十面埋伏刀兵鏖战,雪后看纸里纸外精白世界熠熠生辉,说不尽的美意,偶尔有楼上冲墩布,水泻画室,淋得我一头污水,洗净就是。只可惜那人造的黑龙飞瀑泼污了不少画作,吁嘘一番,接着再画。最后的画室确实是画室了,又亏得姓蒋的领导"可怜见儿",腾了一个办公室给我,我就在这里放肆。一日画马,画得银蹄翻飞,红鬃飘扬,兴之所至,题《八骏图》,辞曰:"半生文场似疆场,春来秋去总匆忙,魂魄狂奔旅程远,心儿系在鞍鞯上。口衔马铁凝血痂,身受鞭笞伤叠伤,一声嘶鸣逐鸟翅,几笔飞白自画像。"画完了,题完了,真的学几声野马呒呒嘶鸣,神畅气舒,险些不知天高地厚。于是自命画室为"嘶鸣堂"。

出自这三间画室的十年之作,毁起来很快的,莫非是我有了觉悟,"觉今是而昨非"?不,今日也未必能称"是"。今日之"我",不定哪天,自己又看着鼻子不是鼻子,脸不是脸,该撕碎了。也许艺术就是如此这般的殉道,艺术生命的过程就是干了毁,毁了干,直至垂下疲惫的双手?明明是十分悲怆惨烈的撕扯,不知为什么,我忽然觉得这才是世间真正美丽的悲剧和神圣的宿命。我们这些人总是去追随想望中美人香草的踪迹;总是为了"那一个",否定"这一个",见异思迁。我想,在这寂寂无声的夜里,我撕碎了自己的从前,在没人知道的情况下,也不妨自诩为是凤凰涅槃，是为了艺术生命的重铸和再生，坚决地洗心革面，扔掉昔日多余的行囊和赘肉，往前看，往前走。忽然又觉得今夜的"自残"和"自毁"，可以比作城市的旧房危房的拆迁，但愿拆过了，铲平了，能盖起一座梦中的宫殿。我就是用梦来证明自己还喘气儿，就是为梦才活着的。

　　我在奋力撕扯自己作品的时候，腆着肚子，还真弄出了点儿"孤注一撕"的"英雄气"来。有些画看看再撕，有些看也懒得看了，抓过来就扯。单宣纸薄，好撕，一撕到底，声音响脆明亮，速度极似磨快的厨刀割开皮肉。皮纸坚韧，要费些气力才行，我的两手扯着纸边，如扯带血的筋肉，声音嘶哑，绵软，颤颤的，好像画儿也在呻吟，在叹息。裱褙好的，强了骨骼，有时需要刀剪来帮忙。剪了口子，咬牙切齿地去撕，有断臂裂骨之势，咔咔折断的声音撼人心魄。无论撕画的时候怎样声如击磬，势如裂帛，疾似闪电；无论抛落的纸屑如何做天鹅之舞，我都没有快感，快不起来。这一个晚上撕了几麻袋，就急着去找把火烧一个干净。等到完事儿了，我顶着满头纸灰，独坐画室，对镜看着两鬓的白发，不免心中一阵阵茫然和惆怅。我就这样在顷刻之间，把十年的岁月撕了，把年轻的生命撕了，把自己的"孩子"撕了，把昨天的"自己"撕了？可是明天呢？明天的梦能涂在纸上保存下来吗？

　　我默默地为自己祈祷。

# 佯醉与佯狂

## 一

酒桌上的杯盏短兵相接，总是一样的，糊里糊涂地就全喝红了眼。人身上的酒精浓度到了饱和状态，划根火柴就能把在座的全点着。"拇战"双方吆喝的分贝越来越高，恨不能摘下脑袋，直接拿酒往脖子里灌。一趟一趟离席去方便的没事儿，此公从喉咙往下接榫的就一根肠子，多好的酒也便宜了卫生间。一遍一遍擦汗的也没事儿，这人是特异功能，属蒸馏酒的烧锅，酒全从汗毛孔冒出去了。有事儿的往往一边叫嚣着没事儿，一边成了一堆红通通的烂泥。酒过三巡，也有哭的，也有笑的，也有不知上下尊卑该说不该说的全说的，有道是酒壮熊人胆，这都是真格地喝"高"了。当场呕吐得遍地馊臭的主儿，肯定是肠胃和他急了眼。肠胃暗道：我叫你小子不顾死活灌马尿，我把你吃的喝的全泼出去！这下子完了，肠胃翻江倒海大造其反，弄不好脑血管也来反叛。人们常拿打虎武老二喝醉了酒还打死了吊睛白额猛虎说事儿。其实武二绝对是二杆子。他面对老虎的那会儿，已经醒了酒，否则早成了老虎口中的"醉枣儿"了。我不是武松，我也不想冒险去和大老虎较劲。每当酒桌上，朋友亲密度和评判标准只剩了喝多少烈酒的时候，我就想开溜了。这时候，劝酒的大有不逼出人命誓不休的意思。我喝酒是真不行。我醉后哭过笑过可我不愿意再哭断了气儿再笑断了肠。我说我不行我他妈的撒谎是狗是猪，可这时候真变了狗和猪也得喝，狗食盆和猪槽子里也没别的，只有酒。审时度势，只有接杯慷慨赴死。

假如酒精闹到了这个地步，咱再不豁出来死上一回，劝酒的就说了：你是干文化的。李白斗酒诗百篇，不喝酒你还能干个球？喝！

劝酒的祭起了咱们的祖师爷。

你说吧，你想吧，你配不配舞文弄墨就看你喝不喝了。李白喝一斗酒写一百首诗，平均一升酒写十首，一升酒分成五杯的话，一杯酒两首，稿费足可换一天的饭票。同志哥哎，你即使不敢妄想在李太白之后，成为李小白、李二白、李再白、李比较白，也应该为饭票着想。为了生计，为了继续干文化——喝！

喝死了又如何？祖师李白犹在半空监酒，喝死了见李白去！此生混不上酒仙酒圣，也力争弄个酒鬼干干。喝他个颠三倒四，就开始狂笑，笑自己也笑世界，笑得岔了气儿，断了肠，扑倒在地，人事不省，竖着来的，横着出去，酒徒们没有敢不拿咱当回事儿的啦，嘿！人人赞美咱够意思，够哥们儿，铁磁。咱此时呼出的酒气，估摸着也可以像刘伶那样，醉倒大街上一个排，弄个满街都是交通事故。当然，狂饮之后，咱不免大病一场。咱在酒杯里来了一回英雄的涅槃，虽然连带着也搞了一次腿颤脚软，头要爆炸，值得。

回头我有点儿犯疑惑，李白和张白王白诸大师也这么舍生忘死地喝吗？

我嗅着浩繁史书中的酒味儿，想瞧瞧大师们的醉态如何。没准儿，历史上嗜酒的师父们，酒嗝儿酒屁格外响亮优雅，能分出宫调和商调；也没准儿，人家吐酒也吐得潇洒，醉卧的姿势和弧线也妙不可言；没准儿，人家每一声醉呼噜都是好文章。倘如此，我觉悟得还不算晚，朝闻夕死不为迟，赶紧离了案牍练酒去，速把书房改成酒窖。

翻阅旧书古籍，有酒的页码儿多得要命。煮酒论英雄的，温酒斩华雄的，把酒问青天的，早已妇孺皆知。合欢酒凯旋酒离别酒思亲酒诀别酒壮行酒借酒浇愁以酒设局杯酒释兵权……有哭有笑有叹有歌有血有泪有史实也有传奇。纣王在宫中搞起了"酒池肉林"，属公款腐败，醉生梦死是亡国的起因。勾践"十年生聚十年教训"，终于灭了吴国，把酒倾倒在渠沟里让国人随便儿喝，属于应该"打假"之列，感情掺了水。刘伶醉死之后活埋三年，打开棺盖儿，酒气"呼"地一下子把周围的人全醉倒了，属夸大的广告词，刘伶本人也大约是杜康酒厂勾兑技术员品酒师之类……

还是瞧瞧咱们文化人怎么喝怎么醉罢。

我惊讶地发现，先贤们真醉假醉后面，大有文章！

## 二

阮籍，是魏晋时期第一酒狂。

世人很少能看到阮籍脸上不罩着酒气的，酒成了他的活命水。一说阮籍，就会想到他独特的两组人生镜头。一是这位敦实健壮的汉子，读起书来不要命，数月足不出户。有客人来拜谒，他喜欢的，眼睛里就会有黑亮的眼珠儿动作；讨厌的，他就翻白眼儿，把黑眼珠儿挤到额头里去，而且不穿裤子。人说你阮籍如何不懂礼仪？他白眼儿乱翻，道：天地是我屋，我屋是我裤裆，你钻到我裤裆里来搞什么搞？第二组镜头是他终于出了房门，驾上破车就飞跑。一路烟尘里，他上下颠摇，援辔狂呼乱叫。在没有车辙和道路的山野，阮籍的头发和马尾全都拉得溜直。车跑到黄昏，太阳顺着车辕落下，不是到了悬崖，就是下临深渊。看看无路可走了，他捶胸顿足痛哭失声，哭得乌鹊惊飞。哭够了，再返回来。

　　驱驾破车走投无路，泣之而返的阮籍，用这般惊世骇俗的行为寓言，倾吐了内心的悲哀、人生的无奈。阮籍生活在魏晋易代之际，魏室与司马氏争权，闹得天昏地暗。司马氏为了剪除异己，杀人如麻。曹爽、何晏、丁谧、桓范，还有与阮籍齐名的嵇康，都做了刀下之鬼。名士们既是皇室征用的"打工仔"，又是试刃的东西，一个大活人，早晨还好好的，黄昏时再摸摸脖子，头颅就可能不知滚到哪儿去了。阮籍的父亲阮瑀虽为"建安七子"之一，平生一直躲在诗酒里，忧虑死神之威慑。阮籍三岁丧父，父亲遗传的忧愤却影响了他的一生。他年少时"有济世之志"，志欲威八荒，渐渐地，冥冥中的死神改变了他，猛志在司马氏带血的屠刀下消蚀了。他既无可报之国，也无可忠之君。济世做不到，保全自己也困难，每天都可能是死期。他苦读《老子》《庄子》，却无法逃出红尘，又须食人间五谷杂粮，又不能躲开政客屠夫和俗士。他创造了"青白眼儿"遁世法，遇到俗不可耐的家伙就翻白眼儿，眼不见为净。可是那些俗士如影随形，钻进了他的"大裤裆"。在阮籍之前，屈子受黜，行吟泽畔，满怀"离骚"，尚可抒忧国之情怀；在阮籍之后，陶潜"归去来兮"，不为五斗米折腰，辞官归隐田园，种菊花儿去了。生不逢时的阮籍，无法效仿屈原殉国，也不能像陶潜那样安静下来，躬耕南山。他两只手捧着痛苦的灵魂，驱车乱跑，不知何处安放。

他找到了酒！

酒是好东西。这人类伟大的液体发明，饮用剂量合适，可以疗救人的精神，配伍些虎骨枸杞苁蓉，又能舒活筋络壮腰补肾。喝个烂醉，能暂且把灵魂的痛苦转移给肠胃；饮得半醉，浑身孔窍全开，浑身聪明，任凭装拙守愚装疯卖傻装神弄鬼，不露破绽。阮籍肯定是烂醉过的，但观其有记载的言行和诗文，却大都没有喝透。他的醉态多半是装出来的。文雅的话叫"佯醉"。我听过一首阮籍传下来的琴曲，叫作《酒狂》。全曲都是三拍子六拍子的，相当于现在的"圆舞曲"。七弦之上音韵清越，浑然天成。在一个接一个符点音符的行进中，我看见了吹着口哨、吟着诗文的阮籍，在风中醉舞，跌扑而不倒，轻灵而不飘，摇曳多姿，若风摇枯柳，雨撼残荷，如猱猿荡树，饿马摇铃。好一个阮籍阮步兵，喝了酒竟然跳起了"老白干波尔卡"！圆舞中的名士，何醉之有？

烧酒的功能屡试不爽，阮先生终日两眼半开半闭，黑眼珠若有若无，两腿绊绊磕磕，随时都像要扑倒在地的样子。他把酒脸儿，当成有效的盾牌；把嘴里喷吐的酒气，当成"烟幕弹"。他老人家在酒盆酒盏的隐蔽下，放浪形骸，行为怪诞，看上去有些玩世不恭，其实他比世上任何人活得都更认真，更累。他一阵儿把庄子的人生寓言，演化成了深奥玄虚的超常行为，一阵儿又直露地指斥虚伪的礼俗，赤裸裸地披露人性，不用半点儿矫饰。阮籍邻家少妇长得娇美出众，开了个小酒坊卖酒，阮籍常来打酒，打酒比喝酒还兴奋。阮籍肆无忌惮地看人家，已经可疑了。不觉喝酒喝上了头，索性就在少妇身边一躺，胆子有多大！躺着又不乱说乱动，绝不轻狂越轨，这就更让俗人疑惑了。还有一位兵家之女，才貌出众，还没等嫁人就香消玉殒了。阮籍不认识这女子，也不认识其父兄家人，却径直走入女家，号啕大哭起来，哭得人家莫名其妙，都说这位先生肯定是喝"高"了。阮籍是个大孝子，一日，他正与棋友对弈，有人来报丧，告诉他母亲死了。棋友便要停止鏖战，他却坚持与对方决出雌雄。下完了棋，阮籍一连喝了两斗酒，大叫一声，吐血数升。母亲下葬的时候，他强忍着啃了一条猪腿，又喝了两斗酒，茫然地喊着"完了，完了"，号啕一声，又一次吐了几升鲜血。这时候，因为过度悲伤而骨瘦形销的阮籍，头晕目眩，几乎昏死过去……这就是一代名士阮籍，这就是真实的阮籍，这就是并没有真醉的阮籍！看上去，他两眼有些混沌，脚下有点"拌蒜"，脸上已经朦胧，可他的心里十分清醒！他借着酒的伪装，把虚伪的礼俗打得粉碎！这会儿，才是魏晋时期名士的最佳状态，才是真君子真性灵真的阮步兵。他用自己的方式倾慕于茶肆酒楼里的美，痛悼哀号永远逝去的美。他也想借酒缓解一下丧母之痛，可是不行，落肚的是酒，吐出的是血。

《晋书》第四十九卷记载，文帝曾想和阮籍结为儿女亲家，朝中公卿如果遇到如此攀龙附凤的机会，肯定咬住了不撒嘴。阮籍却不屑于此，不愿意委身于司马氏，怕与权贵沾上亲戚陷入政治旋涡，贻害子孙。他要保持血统的高洁，又不敢忤逆杀人杀红了眼睛的文帝，这时候，唯一能帮助他解围出局的，只有酒了。不知道阮籍喝了多少酒，只知道史载他一醉 60 天，两个整月！醉到了舌头发硬，张嘴只会呜噜的地步。因为他醉得不会说话了，文帝只好把这件婚事搁下，让他蒙混过了关。仔细想想，此事很值得推敲。据我的见闻和经验，一醉 60 日，而且醉到任嘛不懂，不会说话的严重程度，肯定酒精中毒。如不挂急诊洗胃，小命儿难保。《晋书》中还记载，钟会几次想套他的话加罪于他，他也都是故技重演，把自己弄得酩酊不醒，避免了戕害。可见假醉避祸的伎俩，阮籍玩得很圆熟很成功，一犯再犯。我琢磨，阮籍大醉两个月的说辞有诈，多半是佯醉。阮先生定然是在外面放了"消息树"，有探子报"鬼子来了"，他赶紧往口里灌几杯酒，把自己放倒，并且洒酒于屋角床褥，搞得酒屁满室，馊臭难闻。让替文帝之子谈婚论嫁的月老和找碴儿的钟会进不得房门。

尽管是"佯醉"，也少沾不了酒。玩的次数多了，也等于饮鸩止渴，慢性自杀，好在是慢性的，一代名士阮籍才得以活到 54 岁。他的诗品、琴艺、啸技和谈吐交际之风，影响了阮氏一族。他以酒为幌子，既消极对抗了权贵，又保全了性命的韬晦，成为"传家宝"传给了后世。阮籍的侄子阮咸，与阮籍同时被称为"竹林七贤"之一贤。阮咸曾与猪同饮一盆酒。阮咸深爱姑姑的婢女。婢女走了，阮咸拉过别人的马追上去，拦腰把婢女抱上马背，双双骑马招摇过市。阮咸的儿子阮孚，也天天离不开酒，喝到半醉，便给自己酷爱收藏的鞋子涂蜡。皇上病重，大臣温峤把他拉上车，去接受遗嘱。行到半路，阮孚假借酒后尿急，下车溜了。阮孚的后辈阮脩，出门就携一拐杖，拐杖上挂一百枚铜钱，见了酒店就进去买酒喝……阮氏一族，名士辈出，个个怪模怪样的。阮氏香火，全凭躲藏在酒瓮里才得以延续，这是他们的不幸和侥幸。令人深思的是阮籍的儿子阮浑，行为举止与乃父如出一辙。阮籍却告诫儿子说："你可千万不能成为我们这类人。"这番话意味深长，既可以理解为阮籍不愿意让子孙重蹈覆辙，痛苦地活着，又可以理解为阮籍知道，这番"佯醉""佯狂"招摇过市，是极其危险的，同时，阮籍的这段"遗言"，也是自己一生没有结果的叹息，他的灵魂最后也无归处，还在路上颠簸。

三

"佯醉"大师，应属唐代大诗人李白。李白是世界级的浪漫派诗人，李白用想象奇丽的诗歌照亮了一代又一代人的心灵。说他打个喷嚏都惊世骇俗，也不算夸张。他的诗篇到处喷发着醉人的酒之醇香。用他同代诗人贺知章的话说，李白是老天赠给人间的谪仙。人们都知道李太白穿着天子赐的锦缎绯袍，浪游名山大川，出入深宫禁苑。皇帝唐玄宗和他一块儿喝汤，并且亲自在李白的汤里撒些胡椒面什么的，用调羹搅匀。皇上这些故作姿态还真造成了天子与一代大师"一个锅里搅马勺"的事实。世人却未必知道，智慧是痛苦的孪生兄弟，上苍在给了李白绝世之才的同时，也分了一份儿苦果给他。他在诗中叹道，"古来圣贤皆寂寞，唯有饮者留其名"，这是说，在李白举酒狂歌的时候，他内心的独立于八荒的孤单、寂寞、悲凉和哀痛，酒是不能疗救的。李白和他的同代名士一样，都曾角逐于官场，渴望出将入相，谁也不能免俗。他经贺知章推荐，踏入宫苑，又得玄宗赏识，有点不知水深水浅。再加上他生性豪放率直，敢爱敢恨敢于嬉笑怒骂，一次，借着酒劲，干出了惊天动地的事情。他吆喝大宦官高力士为他脱靴子。他不仅仅给了为虎作伥的高力士颜色看，出了口恶气，而且，因为他终日浪游，脚汗和脚臭断然是少不了的，够那位宦官受的。高力士捧着李白的臭脚，又羞又恼又怒，怀恨在心，暗道，你小子整我一回，我整你小子一辈子。于是，高力士从李白的诗里找碴儿，做突破口，挑拨杨贵妃的不满。李白刚好在一首《雪谗诗赠友人》中说："彼妇人之猖狂，不如鹊之强强。彼妇人之淫昏，不如鹑之奔奔。坦荡君子，无悦簧言。"诗中列举了妲己灭纣，褒女惑周，以及吕后淫乱的事，把后宫妃嫔视为误国的祸水。宋代洪迈在《容斋随笔》中揣摩：定是李白一不小心看见了安禄山与杨玉环的奸情，有感而发。洪迈此说"查无实据，事出有因"，无法立案。我们只知道，杨贵妃读了高力士送来的诗，伤心动容，千方百计阻止皇上给李白官儿做。李白知道自己再混迹于君王身边要倒大霉，便恳求回山隐居了。上面讲的李白令高力士为之脱靴，捧臭脚的典故，是李白痛快淋漓的一面，下边的一段往事，则是李白委曲求全的另一面了。李白曾经诚惶诚恐地写过一篇《上安州裴长史书》。文中说，他倾慕姓裴的，侥幸跟在那小官吏身后的尘灰里。没想到到处生起流言谤语，无端受到众口诋毁。李白哀求姓裴的开恩，给个好脸儿，"洞开心颜"。李白可怜兮兮地说：您要是赫然使出威风，生了气，我只有用膝盖做脚，到您面前，"再拜而去耳"。读这段文字，我的鼻子酸得要命。这还是盖世俊才李白吗？这还是那位让高力士跪在脚下脱靴子的大诗人吗？这还是放声歌唱"天生我材必有用"的旷代才子吗？是的，没错。虽然我们不敢直面这个事实，却不能不承认这是事实。那么，姓裴的，何许人也？县团级？地市级？这位狐假虎威的州县小吏，也许还抵不上李白脚丫子上的一点儿泥巴，可他到底让李白屈膝在其威风之下了。我们可以想见，在姓裴的小吏面前，李白的谦卑完全是虚假的。他伪装得越像真的，言辞越是激动恳切，内心就越是痛苦！他不得不想办法从诽谤中平安脱身，不得不暂时服膺于小官吏，此一时，彼一时也。李白到底聪明些了，知道耍个花招，用个能屈能伸的韬晦之计。可这种行事方式，有悖于李太白的天性和人生准则。他心里太窝火太憋气。李白就是李白，后来，他终于在痛苦的人生中寻求到了赖以生存的灵丹妙药：佯醉。

　　李白的一生是极其不平凡的。他的人生旅途比之他咏叹的难上青天的蜀道，要难上 100 倍。他曾委身于永王李璘府中，做幕僚。李璘反叛朝廷，李白逃回彭泽。李璘惨败，李白险些丢了脑袋，侥幸被判流放夜郎。后来，他又因事银铛入狱。坎坷使他参悟了活命哲学，先有命，后有诗，这是个极其明白的序列。从天子脚下，到亲王幕府，到流放天涯，到成为阶下囚，李白在刀剑的缝隙中，艰难而机智地活着。当然，他也不停地歌唱，越唱越沉雄豪放。只有歌唱可以使他的郁闷、孤独、失落，得到解脱和慰藉，救他命的恰恰是歌唱，不是酒。酒对于他，只是继续歌唱的药引子，歌唱是李白祛病的龙胆泻肝汤，使他胸中积郁的病化开，经络通畅。佯醉着歌唱更妙，佯醉让他既保持了生命中的清高和孤傲，又不触网罟之水，能够一路唱下去。

杜甫一眼就看出了李白在权贵面前耍的小花招儿：佯醉，佯狂。杜甫在《饮中八仙歌》中写道："李白斗酒诗百篇，长安市上酒家眠，天子呼来不上船，自称臣是酒中仙。"诗中关于李白饮了一斗酒作诗一百篇的时间跨度未作具体交代，"一"比"一百"的量词是否经得起检验，大可不必落实查证。重要的是说李诗人在长安市上似睡非睡，天子来叫，李白不去，自谓"臣是酒中仙"，这里的"酒家眠"还又"不上船"，看样子好像是醉了，结尾一个"臣"字，酒意全消，君君臣臣上上下下，李白丝毫没有搞错，不是"佯醉"又是什么？李白可真是大聪明、大智慧，婉谢了君王的邀请，又适度地表现了桀骜不驯的品格，想来，皇上听他自称"酒中仙"，一准不会大怒，一准是哈哈一笑说"由他去罢"，就没事儿了。和李白相比，诗风沉郁敦厚的杜甫，可就有些傻实诚了。他一生浪漫不起来，走的是忧国忧民的路子。杜工部找到了写好诗的办法，没找到吃饱饭的办法。他自己流落四方，家里的幼儿弱女都饿死了。世传杜甫客居耒阳遇水灾，十天没吃东西。县令救了他，赏了些白酒牛肉。杜甫吃喝完了，当晚就撑死了……多亏杜甫和李白各有各的骨气肩架，各有各的活法，中华历史上才有了诗仙与诗圣，才有"李杜文章在，光焰万丈长"。两人要是都干一样的活荃，世间哪里还有"李杜"双峰对峙？恐怕只有"李李"或"杜杜"了。

唯有杜甫能够与李白灵魂对话。他甚至透过天末一丝凉意，就知道李白所思所想。他说:"不见李生久,佯狂真可哀。"深知李白"佯狂""佯醉",完全是人生的无奈。他一想起这个心里就一阵一阵哀痛。李白自长安放还以后,经常在"佯醉"之中,咏酒的佳作屡屡行世,愈作愈沉雄放达,几乎可以说,李白咏酒的诗篇,篇篇都是人生的独白。他在《将进酒》中唱道"但愿长醉不复醒",可是他真醉了吗?没有。真醉了就真没有诗了。他起笔大开大阖,由黄河之水从天而降,唱到人生须臾两鬓如雪如霜。既然如此,何不一饮三百杯?他狂呼"天生我材必有用",道出了骨子里的愤激自信、自豪自负。他愈饮愈唱愈狂,以古之圣贤自况,以终于被朝廷忌杀的曹植自比,由感叹人生,到忧愤时世,在酒的隐蔽之下在佯醉的状态之中,悲而不伤,悲而愈壮。我们注意到,李白在豪饮佯狂之时,稍露峥嵘,戛然而止,立即又拿酒来遮掩:"主人何为言少钱",什么什么马,什么什么裘,拿去换酒喝!收放自如,收放有度,足令天下凡夫俗子咋舌。说不尽的李太白!我似乎看见他在云中两颊桃花,一襟细雨,赤了双足,一杯复一杯,狂饮浩歌向我们走来。李白诗篇最动人处,往往是把"大道如青天,我独不得出"的哀叹悲怨,藏在纵酒行乐后面,嘴上笑着唱着,眸子里却闪着点点泪光。刚刚是"兴酣落笔摇五岳",转眼又举酒"高咏涕泗涟"。李白,李白,"嗜酒见天真"的李白,今夜又在何处纵酒?

## 四

历史上的文人雅士大都"自恋",除非发神经了,绝不会自戕自害。嗜酒如命的刘伶不算圈儿里的人。他喝酒喝得自我膨胀，觉得宇宙都小得要命，驾一辆破车携酒外出，留下遗嘱说"哪儿醉死了哪儿埋"，不足为训。大才子大诗人，也有醉死过去的时候。我们可以让酒虫子做向导，窥"醉死"的人生轨迹，看看他们到底为何而醉。苏东坡在"乌台诗案"的牢狱之灾以后，待罪黄州，空气中到处有"条子"的眼睛，没事不出门。人事变迁，世态炎凉，使他如风浪中的孤舟，常有覆没之忧。这时候，酒，不会背叛的伴儿，和他难舍难离了。他"醉里狂言醒可怕"，只有喝"高"了，才敢胡说一通，什么都不怕。他"梦中了了醉中醒"，自己也不知什么是梦，什么是醉，什么是醒了。在这种悲凉寂寞的人生况味中，难得朋友马正卿在黄州城东，给他争了几十亩地，让他耕种吃饭。看看自己能够成为一个名副其实的"劳动人民"，种瓜得瓜，种豆得豆，苏轼聊感安慰。几位朋友聚在一起夜饮雪堂，他又喝多了：

夜饮东坡醒复醉，

归来仿佛三更。

家童鼻息已雷鸣，

敲门都不应，

倚杖听江声。

长恨此身非我有，

何时忘却营营？

夜阑风静縠纹平。

小舟从此逝，

江海寄余生。

这首《临江仙》毫无疑问是诗人天亮酒醒之后作的。其实，东坡归时酒意已无，既知时间是三更，又能辨别家童鼻息，更何况还倚杖听涛感怀，全无醉态。据说，第二天东坡词作在黄州城内就不胫而走。城中老幼纷纷传说苏东坡"挂冠江边，驾舟长啸而去矣"！黄州地方官徐君猷闻讯大惊，上头内控的罪犯跑了，他的乌纱帽也会"跑"掉的。他吓出了一身冷汗，赶忙骑马去东坡家里搜寻，没想到刚到苏家门口，就听见苏先生鼾声如雷，这才松了一口气。徐某虚惊一场，完全活该。他哪里知道，"小舟从此逝"，不过是苏轼退避政治的一种无奈的叹息。苏轼想得到解脱，却又不能解脱，只好借酒抒怀，说说而已。

还有一位经常醉死过去的诗人，是辛弃疾。辛氏以诗风豪放称雄，一生以抗金复宋为己任。他21岁时在泰山脚下率两千民众起义，驰骋疆场，这种浴血战地的经历，历代诗人词人多半都只能望"戟"兴叹。他先是想以方天画戟书写壮烈人生，后来落入南宋官场窠臼，屡屡受挫。谢枋在《祭辛稼轩先生墓记》中，说他平生志愿"百无一酬"，是有依据的。血溅铁甲的慷慨人生，和困窘于官场的忧郁日子，犹如自然界的山与河，构成了辛词的豪放和沉郁，也使他无法不与酒结缘。稼轩词作中的"瓢泉之什"是他生命中的重要部分，"醉里挑灯看剑"，已成为辛氏的主体形象。饶有意味的是，辛弃疾写过三首《卜算子》，一是"饮酒不写"，二是"饮酒成病"，三是"饮酒败德"，看起来辛弃疾觉今是而昨非，已与酒结成了仇家。可是三首词作的结尾一句，均为"且进杯中物"，足见他是欲罢不能，已成"酒"之"瘾君子"，有"毒品依赖"的症候了。悲凉痛苦的人生，嗜酒成病的现实，令他与酒有打不完的"官司"。他曾痛下决心要戒酒，和酒杯做了一次严肃的"谈判"，严厉地揭露酒为"人间鸩毒"，让酒杯"勿留亟退"，酒杯恋恋不舍地拜了又拜，说，凭大人您高兴，"挥之即去，招亦须来"。杯与酒，在辛氏袖边，知己知音，知情解语，深明大义。辛弃疾自己刚下令酒杯退下，话音没落，又变了主意，还是舍不得。他找了个"诸公载酒入山"的借口，又"破戒一醉"。读这些词，我差点哭出声来，稼轩，稼轩，谁人解你辗转反侧的悲凉？

　　辛弃疾赋闲"下岗"，在上饶乡下时，有一首著名的酒后《遣兴》，惟妙惟肖地画出了诗人的醉态：

> 醉里且贪欢笑，要愁那得工夫。
> 近来始觉古人书，信著全无是处。
> 昨夜松边醉倒，问松我醉何如。
> 只疑松动要来扶，以手推松曰去。

　　东坡写酒，稼轩写酒，诗圣诗佛诗鬼诗魔诗虫子全写酒，却没有谁比得上李白诗中的老酒更醇，更香，更浓，更烈。别人顶多是酒瓮、酒壶，李白是陈年的酒窖！酒渴思吞海，诗狂欲上天，世上也无人敢与李白较一较酒量。"百年三万六千日，一日须倾三百杯"，掰开手指算一算，若是天假李白高寿一百岁，他要消费一千零八十万杯酒呵，再加上朋友陪饮，足以使酿酒企业"火"了。李白的酒从来没有白喝，酒至半酣，神欢体轻，他就乘着想象的羽翼，神游万仞，情贯八极。

李白诗追屈子，杜甫诗源《诗经》，人间自屈原之后数百年才得一李青莲，李青莲一千载之后不复有李青莲。李白身前身后的诗人所谓醉吟，大都是"昨夜酒"，大都是喝了"醉酒汤"之后的事。李白则是"对酒当歌"，则是连连狂呼着"将进酒，杯莫停"，是"现在时"。而且，酒喝光了，立即拿马拿裘去换。这时候，李白进入了人生最佳的微醺境界，喝到了八成，飘也欲仙，不飘也欲仙。诗情到了饱和的顶点，浑身每个汗毛都"咕嘟咕嘟"争着向外冒出惊世骇俗的佳句，再加上他所追求的"佯醉"和"佯狂"之态，俗称"人来疯"，思绪舞起来了，诗句舞起来了，绯红的锦袍舞起来了，诗人整个儿舞起来了。"我歌月徘徊，我舞影零乱"，他的舞影在月下席边婆娑，一身化作身千亿，落在纸上的是诗，舞在天地之间的也是诗，转瞬即逝的诗。

近读《酒颠小序》，忽然拍案惊呼，晚明时代文人陈继儒和我不谋而合。他在文中自称"谙酒中风味"，以为唯有半醉半醒，非醉非醒的朦胧状态是最佳境界。太醉就昏了头，太醒则散了神。把握好了"醒"与"醉"的火候，半梦半颠，好像是憨憨的婴儿，有无限天真。当然，醉到成了一条死狗，真没意思。《尚书》中的《酒诰》、杨雄的《酒箴》、曹操的酒禁，都是痛斥酒徒酒鬼、酒囊饭袋的。酒喝得恰到好处，即便是我等俗人，弄不出李白的诗来，也可以骂座，可以逐客，可以倾吐隐私，可以了却宿怨，还可以"一醉累月轻王侯"。就是说可以凭借酒劲儿，以风煞邪。李白是仙，理所应当与我等凡夫俗子不同。李白的"佯醉"和"佯狂"，我等想也别想，那是封建时代文人的专利。纵观历代文人"佯醉""佯狂"的系列，不能说哪一个是效颦的"东施"，哪一个是广告包装、形象设计。文人墨客"佯醉"与"佯狂"，然而，"佯醉"与"佯狂"的韬略，也是有条件的，穷到无米下锅，喝西北风是醉不起来的。明代皇族遗子朱耷，人不会像阮籍那样翻白眼儿，笔下的鸟儿几乎个个翻白眼儿，以示不与清王朝合作。有官吏请他去作画，他在那官吏的堂屋拉了一泡臭屎，这就不是什么"佯狂"了，完全是"装疯"对抗。我去南昌青云谱，拜谒过八大山人朱耷的禅堂画室。朱耷的居处，冷清得让人打寒战，一豆油灯，一木床，一木凳，一张歪歪斜斜的桌子。无钱买醉态的朱耷，"佯醉"和"佯狂"已成奢望。他难得一醉与一狂。他的桀骜不驯，他的清高，孤愤，惆怅，全在他清奇的画中！我在朱耷禅堂兀立了许久，真恨不能倾尽囊中所有给他买酒，让他真狂真醉一回！一般说来，明清文人穷困潦倒的很多，连郑板桥的"兰花"都和葱蒜一样烂贱，"十字街头论担挑"。唐宋文人，大都弄个官儿做做，有俸禄，醉得起的，"狂"得起的，举不胜举。在那些狂醉的文人中，也有不是为时世所迫，才作出狂态的。佯醉与佯狂，为的只是人的个性的张扬。比方说唐代的草书大师张旭与怀素，张旭称之为"颠"，怀素称之曰"狂"。张旭每每大醉，呼叫狂走，奋笔醉草。有时干脆脱了帽子，以头濡墨，草书飞上素壁，一片云烟。怀素呢，据说他只有喝到一百杯才癫狂挥毫，其草书如飘风如骤雨，落花飞雪。两位草书大师，都是"狂来轻世界，醉里得真如"，必得带醉表演。古人评价，张旭为"颠"，怀素为"狂"，以"狂"继"颠"。世人又反复考证谁更癫狂些，得出结论：怀素和尚要更狂些。可是，两位以疯疯癫癫著称的书家张旭与怀素，创作书法的时候，难道真的醉透了吗？我看没有。张旭自己"酒醒"之后，说过两段话，一是自视其字，叹息乃是神来之笔，不可复得也；二是自言自语"吾书不大不小，得其中道，若飞鸟出林，惊蛇入草"。从这些自白里，我们可以得出结论：虽然张旭的草书神乎其神，却"不大不小，得其中道"，并非绝对的"颠狂"发神经时写的，还在"人为"的阶段。怀素虽较之张旭酒量更大，也更癫些狂些，书还是书，字还是字，并非一塌糊涂鬼画符。他们以癫狂为其"形"，草书为其"魂"，只是偶尔有些许"错忘漏"而已。他们追求半醉，或者多半醉的境界，再佐以佯醉佯狂之态，力求大肆挥发天性，直指本心，以此抽象的汉字草书参悟禅机。其实，就"颠狂"的本义来说，就包括着人为的因素。唯有如此这般的"颠狂"，才可以开示和张扬草书艺术家的个性；唯有"佯醉"和"佯狂"的下意识的形象设计与包装，才渲染了艺术创造进程中的神秘色彩，表达了这些文人雅士孤傲不群的品格，令千载后世确认其伟大创作的不可重复性。

## 五

我在世上已经行走了70多年，瑟瑟秋风中，回头看看来时的路，默默叹息一声"今生无用"，眼泪就上来了。我说的是真话，只有我自己知道自己是怎么回事儿。最近我常常失掉自信，常常需要弄一点儿烈酒撑持着，在没人看见的地方独酌独饮，满目怅惘，甚至颓唐。有时候为俗务烦恼，我就躲在家里摔点儿茶杯什么的，专拣不值钱的摔。醒着看自己：我开始学琴，歧路改行；自幼习画，陷入迷津；后来学诗，半途而废。再后来弄些小说戏剧影视什么的，开了一个"杂货店"儿。我是干什么什么不成，什么不成干什么。别的没什么长进，年龄奋勇前进；才气不见滋长，白发"噌噌"滋生。这辈子就这样儿了？不甘心。不甘心又有什么办法？人又不能重新活一回。有朋友问：你学的是国乐，画的是国画，还写点儿当代"乐府"，整个儿一个国粹。现在，让你做个唐朝人怎么样？

我说：喝酒，喝。少废话。

他说：你考虑考虑，唐朝，干不干？

我说：你小子先给唐朝安装好空调暖气冰箱。让唐朝有电视台因特网桑塔纳的士和好莱坞大片，再为国子监贡院弄点儿专卖"毛氏红烧肉"、阿凡提羊肉串和法国大磨坊面包的店铺，才可以考虑给大伙儿办唐代移民护照。

他说：我是认真的。

我说：喝酒。

他说：这样吧，我们换个方式谈话，假如你是唐朝人。请问，唐朝人韩兄，你怎么活？

这个假设，有点儿意思。

假设我突然混迹于唐代，肯定孜孜不倦求取功名，到长安的小旅舍住下，力争金榜题名一展抱负。一边儿弄个县团级或地师级的校尉刺史干干，一边儿聚众饮酒赋诗。如果到老了，屡试不中，就买一条瘦驴骑着，打扮儿仿效米芾王冕，头戴老高老高的帽子，后边儿拖着曳地长袍，怀里揣上酒壶。给自个儿起个名号，美其名曰"布衣游侠韩老鸭"什么的，招摇过市。

我问：能否让我碰巧赶上李白杜甫白居易那个年代去脱胎？

他说：那可就没你什么事儿了。

我说：我知道。

他说：你想干什么？

我说：做李白门下走狗，做怀素山门沙弥，都是最佳的就业选择。

他说：你能舍了命喝酒吗？

我说：不就是一条小命吗？再说，李白用皮大衣换的酒，肯定不是工业酒精勾兑的。

他说：你会不会也玩儿出"佯醉"和"佯狂"的勾当？

我说：当然。我他妈的"佯醉""佯狂"，先把你小子整个烂醉，然后拿你的钱包信用卡换酒喝。

他说：来。干杯。今儿你也不妨"佯"一回。

我说：今儿用不着。只要不触犯刑律，怎么醉都随便，"佯"什么"佯"？该吃吃，该喝喝。

我和这位朋友瞎聊神侃的同时，小酒店柜台上的电视机正播映重庆"重啤杯"山城啤酒竞饮竞技大赛。当今"啤酒肚儿"和明日"啤酒肚儿"们，正在比赛狂喝狂饮。那些啤酒杯比人的脸还大，白色的泡沫层出不穷，一个个都堪称"雪山飞狐"。啤酒杯说空就空了，人的肚儿说圆就圆了。到了颁发"光荣证"的时候，三等奖的喝酒能手，脚底下已经"拌蒜"了。得到一等奖的，男士面如重枣，女士脸如桃花，两人的手好不容易握上了，轻易没撒开，大有知音难觅的意思。一等赏银两万元，二等八千元，三等两千元。三等奖的奖金值两元一杯的扎啤一千杯。

猫
之
祭

180

我想问：李白若有幸躬逢大赛，他老人家敢不敢登台狂饮？他那些"老套子"恐怕没什么用处了，"佯醉"，吟诗，这些伎俩早已过时了。现而今，只讲死喝与喝死，酒和诗已经"拜拜"了。

# 苏轼的"天涯"

一

海南三亚的"天涯",已经不能算天涯了。虽然亘古不变的天还是天,海还是海,礁石还是礁石,可那些疲惫不堪泣之而返的行客绝迹了,只见成千上万的游客往沙滩上挤,兜售小贝壳的童商追着人跑,人们忙不迭地去和写着"天涯"的石头照相。天涯总该是遥远得难以触摸的梦,望穿秋水也望不到的人间最后的岸。现在呢?从北京上了飞机,老大的铁鸟儿抖抖翅膀,美丽的空姐浅浅地一笑,还没能摸摸香烟呀,人就到"天涯"了。

苏东坡那会儿的"天涯",是名副其实的"天涯"。苏东坡一生都在跑路,想停也停不下来。先生21岁从眉州走来,旋风般地走上政坛和文坛,就开始了苦乐行旅。我给苏先生的人生旅程列了个单子,吓了一跳。几进几出长安不必说了,他待过的地方有:杭州、密州、湖州、黄州、汝州、登州、颍州、扬州、惠州、儋州……真个是州州相隔,居无定所,到得一处,一年半载,又受命迁徙,简直像是身后有条野狗在追着。

自然,路上的苏东坡有过短暂的诗酒相携、踌躇满志的好风景，可刚刚还是鲜花着锦，转瞬就是雪上加霜，凶信就联翩而来了。一代文学巨匠苏东坡，可以领军文坛，却不善于在官场行走。俗话说，"纸里包不住火"，他无法掩藏的诗人气质，本来就是惹起祸端的根苗。他的情感太炽烈，太率真，也太容易喷溅。佳作张口就来，随处抛撒。对于政事和人生他最爱搞的睿智和幽默，随意低吟评点，而且往往语出惊人，众口相传，影响极大。弄得皇帝身边的弄臣又嫉妒、又无奈，恼羞成怒，时不时地寻找他的软肋下手，非要弄死他不行。他被"变法"角斗、"乌台诗案"弄得人不人鬼不鬼的，终于被长期长途押解，走入囚牢。出狱没多久，又是贬了又贬，谪了又谪，流放再流放。可苏东坡这种人，三天不打，上房揭瓦，抽他的鞭子绝对不能手软和停顿，不能给他"磨牙"和说话的空儿，更不能让他歌唱。说起来，官场群小的担心不是多余的。你看，苏东坡在戴罪黄州的那些黑暗的日子里，借着酒劲儿，拄着拐杖，还沿着长江奔跑歌唱。这时候的苏东坡，经受了人生历练，破茧成蝶，边走边唱，唱出了人生最辉煌的"大江东去"乐章。

后来，晚年的苏东坡成为北宋流放岭南第一人，放逐惠州；再后来，62岁的诗人又被驱赶到海南儋州度过余生。儋州，离三亚的"天涯"可就不远了。

## 二

听说，官员但凡到了"天涯"，就再无"前程"了。山东荣城有个"天尽头"，浪飞潮卷，怪石嶙峋，是观渤海的绝佳去处。秦始皇东巡到了这儿，生命就到了尽头。据说，近现代的达官贵人们也是来一个，政治生命就完一个，弄得许许多多政要闻风丧胆，不敢靠近，生怕沾了晦气。海南的天涯比山东的天涯更"天涯"，更渺茫，更遥远。可就是再偏再远，圣命之下，苏东坡也无处逃遁，也得去。好在苏东坡流放海南儋州之前，先行发配至广东惠州，中间算是有个喘气的"驿站"。

贬谪东坡的主刀宰相名叫章惇，曾经仰慕苏氏才情并引以为友。两人年轻时相携在陕西山中游历，苏东坡不经意地指着章惇的鼻子笑说"日后你杀人不眨眼睛"。章惇立着两眼，定定地看着东坡说不出话来，谁料此言竟成"偈语"，不幸而言中！圣上宠臣章惇何止是杀人不眨眼，而是用钝刀子一点一点地割东坡肉！苏东坡从北方调充岭南，行程一千五百余里。57岁的苏老汉恐怕旱路颠簸死在道旁，请求皇上恩准乘船南下。不知道章惇在皇上身边怎么鼓捣的，船儿未至南昌，苏东坡连接三道敕令降职改任，第四道圣谕下来的午夜，一队官兵风风火火来收官船，要把行李抛到岸上去。大文豪苏东坡低声细语央求兵丁"恩准"夜行十二里，赶赴南昌，天亮之后再抛行李，随后，匆忙钻进了岸上的龙王庙，双膝跪倒在龙王面前，口中念念有词祷告，诚惶诚恐地请求龙王给点儿风，送至南昌，以免露宿荒郊。大概是龙王被感动了罢，祷告未毕，风就吹满了帆篷，船行如箭，天一透亮就到达了。说到这段经历，我等"苏迷"心里酸酸的。尽管是天助地助城隍也助龙王也助，到底是一千五百里啊！真不知道苏老汉要吃多少苦头，才能望见"天涯"？

苏东坡携31岁的少妇朝云、儿子苏过和两个老女仆，风尘仆仆往惠州。流放的路上难免会自比一样际遇的先辈流放分子苏武、屈原。苏武满头顶着风霜，悲怆地抱着节，守着一群羊；屈原形容枯槁，行吟泽畔，终于抱石沉湘，一死了之。我们的苏老汉，乃是执"关西铁板"豪唱"大江东去"的苏老汉，即便守着一群羊，也得把羊儿感染得如同群英聚会，就是"行吟泽畔"也将与大泽龙蛇共舞。他不是没有想过死，"死"的念头是只有翅膀没有肉身的飞鸟，倏然划过心头，连影子也没有。有谁能把遥远的流放当成长途旅游呢？也许除了苏东坡，找不到第二个人了。他老人家把千古险隘大庾岭，当成一次扫尽尘思俗念的游历，又不失时机地参拜佛教禅宗圣地南华寺，聆听梵铃妙谛。

到了惠州，苏先生像是没事人儿一样，立刻把自己融入岭南山光水色和人情往来之中。他卧在松风阁听松涛，在白水佛迹嬉戏山中幽泉，每日美美地酣睡一个下午觉，只待熟头熟脸儿的乌鸦来唤醒……他读经，作诗，会友，放生，自谓"心若挂钩之鱼，忽得解脱"，悠悠然和遥远年代的隐者陶渊明唱和，自然，"脱钩之鱼"苏东坡少了官家俸禄，日子过得很清苦。可这位老兄自有"享宴"之道。他见惠州集上每日只杀一头羊，不敢与官家争食，便嘱咐屠夫把没人要的羊脊骨留给他。东坡把屠夫剔过的羊脊骨在炭火上烤，边烤边用酒和盐向上挥洒，等那羊脊少少许的羊肉色透金黄，香气缭绕，就抓起来啃食。啃食完了，一边终日剔牙，一边赞美啃羊脊骨乃世间少有的美味，足以和持螯饕餮大闸蟹媲美。真难想象，我们敬爱的旷世文豪苏东坡啃骨头和剔牙也那么世俗和平庸；更难想象我们只能望其项背的天下奇才，在逆境中如此泰然自若。如果把苏东坡烤羊脊的伟大发明，看作是生存的本能是远远不够的，它体现了一种穿越俗世的诗人个性的张力和飞扬。羊脊骨呀，羊脊骨，又有谁能啃出其中的艰辛与平和，清苦与富足，博大与细腻，坚硬与柔韧？谁能品味出羊脊骨所蕴含的人生辩证法呢？

唐朝文坛一向是诗酒孪生的。没有诗人不好酒的。李白拿昂贵的行头和宝马换酒，杜甫用红泥小火炉焙酒，李清照借瘦了的菊花把酒，辛弃疾没完没了地戒酒，苏东坡也如是，他的传世佳作大都有酒做酵母。苏老夫子自知者明，在文章里说，"天下不善喝酒的，没有在我之下的；天下好酒的，没有在我之上的"。在惠州，这位好酒而不胜酒力的酒神，赊酒、赏酒、赋酒、醉酒还嫌不够，竟然自己造酒了！他老人家早年试制过橘酒、松酒，他还造黄州蜜酒，自己是鼓捣个不休，吃酒的朋友是腹泻个没完。他仗着从前的经验，自信惠州苏氏新酿"桂酒"定能醉倒天下。有趣的是，他一边造酒，一边品尝，滤一点儿喝一点儿，酒没滤完，先生已经酣声如雷人事不省了……

造酒只是个"乐子"，盖房却是个安居的大事。诗人的天真，在筑巢的问题上暴露无遗。自从来到惠州，身无病，心无忧，揽奇探胜诗酒相佐，邻里和睦，赊酒无妨，渐渐混得"鸡犬识东坡"，自称是"惠州人"了。他幼稚天真地把北归的意念一扫而空，一心扎根落户筑巢养生，却没意识到如果他安生了，皇上和以章惇为首的群小就不安生了。苏东坡精心设计了依山傍水的"白鹤居"，后人因东坡爱妾朝云的缘故称之为"朝云堂"。"东坡居士"为即将成为永远的"惠州居士"欣喜不已，专门为房子上梁的吉日良辰写了一首宋代的"流行歌曲"——上梁之歌。那天，左邻右舍带着酒肉前来贺喜，东坡先生俨然大合唱指挥，领衔歌唱:"起锚了! ——儿郎喂,东拉梁! 儿郎喂,西拉梁!"

房子尚未完竣,绍圣二年七月五日,34 岁的朝云劳累过度身染瘟疫而亡。苏东坡为他所挚爱的"天女"撒手人寰而悲痛万分,却未能意识到"房未成,人先去"或许是一种谶语。后来有僧人在朝云墓上筑六如亭以志纪念,亭间楹联奇妙地概括了朝云一生,也囊括了苏东坡在名作《前赤壁赋》中阐发的睿智哲思。楹联是:

> 不增不减不生不灭不垢不净,
> 如梦如幻如泡如影如雾如电。

上联隐含了朝云向佛,超脱尘世,增减、生灭、垢净全都一样。下联叹息朝云忽然西去,正如朝霞梦幻,雾来云去,无即是有,有即是无,令人扼腕。往深里一想,上下联又都是苏东坡《前赤壁赋》的名言:"自其变者,则天地曾不能一瞬;自其不变者而观之,则物与我皆无尽也。"

在尘世中天真的苏东坡把流放时暂短的安生当成了不变的乐土,真是大错特错了。据说章惇捉到了苏东坡午后春睡和聆听寺钟的诗句,酸溜溜地惊叫"原来这家伙活得满自在"! 于是,苏东坡新巢筑成还不到两个月,泥水未干,朝廷就发出了将他逐出惠州、远谪海南的圣旨。

多灾多难的苏东坡,离"天涯"越来越近了。

# 三

我曾经避开白日的喧嚣，夜里到"天涯"听海。是夜，乌云把天捂得严严实实的，星没了，月没了，岸没了，海没了，自己也看不见了，丢了。这时候我觉得浑身上下就只剩了耳朵，只听见天地间大海在咆哮，那真个是环绕立体声啊！闷雷似的海声，从头顶上灌下来，在脚底下嗡鸣，把我团团围住。大海的声音单调而执着，轰隆，轰隆，轰隆，一声比一声响，一阵比一阵紧，好像百万巨兽乘夜袭来，我觉得心悸魄动，头发直竖，站不住。大海在这黑漆漆的时辰，不再用温柔的蓝色面纱遮着，全扯掉了，只剩下神秘、野性、暴戾和凶险。不知怎么，脚下的流沙开始颤动，人在向前倾，就是说，不用挪动脚步，不要多久我就会跌进黑沉沉的波涛坑里去，而且没有任何人和船能救助。想到这里，我出了一身透汗，赶紧转身逃窜，头也不敢回……

跑回住处，把灯全打开，把躯壳放平在床上，心还是定不下来，只反复想着一句没头没脑的话，"天涯就是天涯"……

苏东坡在宋绍圣四年（1097年）六月十一日渡海，七月二日抵达海南儋州。相对北宋那个年代，21天的路程不算长，可毕竟是被发配到了海那边。花甲之人"眩怀丧魄"，恐怕永远没有生还北归之日，感慨万分地望海兴叹："今到海南，首当做棺，次便做墓。"

海南，儋州，就是苏东坡遥远的"天涯"！

成就苏东坡的，是他夺目的才情；毁掉苏东坡的，还是他眩惑的才情。他到了"海外"儋州，就有一位好心的县令等着呢。此人名叫张中。他不管什么"罪臣"不"罪臣"的，眼里只有名满天下的词人驾临南海，喜盈盈地歌唱"海国此奇士，官居我东邻"。张中把官舍腾出来，安顿词人住下，把自己碗里的饭省出来，款待贵宾，并成了东坡之子苏过的莫逆之交。看样子，东坡在海南的日子可以混下去了，不料，朝廷又派董必视察"罪臣"的生活状况。董必派人渡海一看，苏东坡还在顺顺溜溜地喘气儿，而且受到了张中的厚待。"敌情"不可疏忽，一句话，张中革职，苏东坡从官舍中被赶了出去。同时被革职的还有隔海相望的雷州太守，罪名也是款待过苏轼。苏轼的弟弟子由也吃了连坐，谪至惠州，步胞兄流放之后尘。

至此，"天涯"的苏老汉，跌至了人生的最低谷。

他在槟榔林里，搭起了聊蔽风雨的"槟榔庵"。苏氏父子相对，如两个疲惫的"苦行僧"。那些苦日子，要什么没什么。苏东坡记述说，"此间食无肉，病无药，居无室，出无友，冬无炭，夏无寒泉……"曾经荣华，曾经翰林，曾经贵为皇上老师的60岁的苏大学士，只剩下了饥饿、孤独、压抑和苦闷为伴。可以说，一死了之是此间最容易也最简便的解脱方式。可是，令章惇之流百思不得其解的是：把苏东坡驱赶到大海那边，困在没有围墙的囚笼，就是叫他有去无还的，可这位年迈的大才子，到底凭什么这样无病无灾奇迹般地活着？

性格决定命运，这话不错。死，有一百个理由；活，有一万个理由。东坡没有让自己在槟榔庵里得忧郁症，而是让灵魂插翅飞腾到高处，俯瞰环顾自己的生存环境。他在日记中记录了思想飞腾的轨迹：开始至海南，总难免凄然伤情，一岛如叶，天水无涯，出岛无日。转念一想："天地在积水中，九州在大瀛海中，中国在少海中，有生孰不在岛者？"却原来小小的海南岛是岛，偌大的中国也是"岛"。这么说，在朝与下野，荣耀与悲辱，富贵与贫穷，全拉平了！何偏之有？何远之有？何叹之有？何忧之有？他还说，一只蚂蚁在水中抱住一个草叶求得了生路，小小蚂蚁，岂知瞬间竟然得全须全尾而活？就这样，他制造了一个蚂蚁求生的寓言，而他自己就是一个警辟后世的顽强生活的寓言。

战胜饥饿，成了他天天需要全力以赴的命题。芋头白水，咽得一帆风顺；水煮苍耳，嚼得砰然有声，谁知其中滋味？记得渡海之前，东坡与弟弟子由雷州半岛告别的最后午宴，是在一个又小又破的饭馆里举行的。苏东坡看弟弟子由吃惯了细米白面，对着粗糙坚硬的饼子发呆，笑道："此等美味，你还要细嚼慢咽吗？"随之，饕餮吞咽，如风扫残云。由此可知，海南每日的餐饭，重要的不是吃什么，而是怎么吃。当然也有苍耳吃光、芋头无缘的悲惨境况，这时，伟大的诗人苏东坡又凭空生出一个伟大的发明"阳光止饿法"。他在《辟谷之法》中说，一个跌入深坑的洛阳人，学着坑里蛇和青蛙吞食阳光的样子，竟不知饥饿是什么事了。于是，他把这易知易行的好办法，认真地传授给儿子苏过，以解"绝食之忧"。

饿不死的苏东坡，牵着一条海南土种的乌嘴大狗，神气活现地在岛上游逛，融入民间生活。行走着的东坡，足迹是不是到过三亚的"天涯"，不得而知。那时的三亚顶多也不过是个小村落，"天涯"的石刻是清代才有的事情。反正他的精神是困不住的。他和当地的老婆婆插科打诨，听土著乡人讲鬼故事，采药制药为百姓医患，自诩："上可以陪玉皇大帝，下可以陪田卑乞儿。在我眼中，天下没有一个不是好人。"他善待有缘相遇的每一个人，人们也善待他。猎鹿人半夜敲门送鹿肉，远方的老朋友徒步千里涉海来看望。有一位道教奇人吴复古，仙风缥缈无拘无碍，想他的时候，他就会神奇地出现。二人相识在济南，相遇在惠州，重逢竟然在天偏地远的海南。神奇的道士陪着东坡度过了流放的最后时光，给了他无限的慰藉。

如果只安安生生过苦日子，苏东坡就不是苏东坡了，诗词文赋才是他生命的本体。他在儋州三个春秋，得诗127首，词4首，各种文章182篇，总数313，如果可以像算收入那样算的话，三日成一篇，无日不近词赋。因为地处海隅，他和擅长丹青的儿子苏过常常为无好纸好墨发愁，简直比饥饿更无奈。于是，我们的苏文豪又有一项发明问世了，他决定自制苏式松墨。那天，他躲在槟榔庵里点火烧起松脂，火烧到半夜，墨未烧成，开始烧房子，险些人房俱焚！

## 四

人在"天涯"纵笔跟随九百多年前流放到海南的苏东坡走了一回，奢望能在乱石之间找到苏公的题诗和足印，可惜什么也没找到。海南岛走到这里是走到头了，早年的三亚还是蛮荒之地，即便有土著人遇见东坡，也未必认识，更不会有人请他留下无价墨宝。如此说来，我们权当东坡带着海南乌嘴狗，拄杖来过此处，又有何不可？苏东坡于北宋绍圣四年（1097年）六月十一日登舟赴儋，在元符三年（1100年）六月二十日乘船北归，夜渡沧海，感慨万千：

参横斗转欲三更，苦雨终风也解晴！

云散月明谁点缀，天容海色本澄清。

空余鲁叟乘桴意，粗识轩辕奏乐声。

九死南荒吾不恨，兹游奇绝冠平生！

　　苏东坡吟这首诗的时候，北归的船儿正在夜海行走。三年前的六月渡海流放，三年后又是六月过海北归，当年驱赶他过海的章惇，现在已经被逐出朝廷。如此这般，听着如雷的涛声拍打船舷，海风携着浪花扑到怀里，想今日终于苦雨初晴，海冤澄明，诗人怎不感叹万分？可他回眸九死南荒的艰辛生活，并没有老泪纵横，反而用"兹游奇绝冠平生"一语了得！他把几乎被折磨到死的岛上日月，看成了平生最重要的一次奇绝游历！

　　这就是豪放诗神苏东坡！走近先生博大、旷达而又深邃的心灵，我觉得热血冲撞着胸口，似乎也要豪放起来了。先生不屈不挠的文人精神，通达的人生态度，实在令人震惊。他说过，"浩然之气，不依形而立，不恃力而行，不待生而存，不随死而亡……"是啊，东坡的"浩然之气"，的确是穿越了时空壁垒，如江海磅礴。这时候，我真的有点儿懂了，他为什么会说"问汝平生功业，黄州、惠州、儋州"；也似乎有一点悟到了他老人家"自造桂酒""阳光止饿"和"秘制苏墨"三大发明的人生真谛。从某种意义上说，苏东坡在"天涯"的活法，正是诗人用生命在创造的"大江东去"旷世杰作！

苏东坡一生中与不少德高望重的僧人交游甚密。文字走到这儿，我忽然想起一段禅师的偈语，刚好可以叙述我无法言表的感受。偈语的大意是：人生修行，以富贵为弃履，以群魔为法侣，以遮障为解脱……

五

　　说不清楚我是几度飞来"天涯"了。从前，我自恃清高，见到乱石缝里都站满了人，心里就烦躁。不知怎么，如今的心境忽然大变，只管眯了眼睛瞧着人嬉浪花，浪花嬉人，瞧个没够。我自说自话：说到底，"天涯"不是"天涯"了，不是"天涯"，岂不更妙？

　　但愿人间永远没有真正的"天涯"！

　　海边，踏浪走来一位头插茉莉口嚼槟榔的黎家少女。哦，这是苏东坡见过的，先生曾有诗曰："暗麝着人簪茉莉，红潮登颊醉槟榔。"

　　那边，沙滩上，有一对年轻的情侣在拍"沙器"。我可以肯定这是苏东坡见所未见闻所未闻的。看哪，那个靓仔淘了个长方形的沙坑，把俊女放倒在柔软的"沙床"里了！哦，靓仔捧起一把又一把金灿灿的沙子往漂亮姑娘身上扬，然后就轻轻地拍，拍出了有凸有凹的女子姣好身材。姑娘只露了潮红的脸，娇羞地笑。怎么，靓仔是在种青春情侣树吗？说不定，下次再来"天涯"，真就看见海滩上临风长出了一排又一排"情侣树"呢！

# 情圣白居易

一

那年夏天，我在洛阳龙门石窟，拜谒了众石佛，回头便去拜望唐代大诗人白居易。白诗人最后的归处，与众佛隔河相望，就在龙门山麓。天阴沉得很急，从石佛这边儿望去，晚雾升腾，乌云攒集，山峦若失，江岸消遁，不知白公安在？

白居易 57 岁那年离别帝京长安，逃开官场的倾轧，选定洛阳度过残生，再也没有回头。他在洛阳一住就是 21 年，一直到死。他在古都洛阳的最后的日子，很凄凉的。闹了肺病，害眼病，眼病未好，又患脚疾，最折磨人的是脑血栓，半身不遂，弄得他颠来倒去，半死不活。俗话说，病来如山倒，病去如抽丝，诗人本来就形容枯槁，常常以病鹤自比。这时更是瘦成了秋秸扎的纸活儿一般，似乎风一吹就能把他掀到河里去。他 73 岁这年，已经在冥冥中听到了阴曹地府阎罗君的呼唤，自知所剩时日不多了。这年他最后一次到附近的赵村去看杏花，拱手与杏花诀别，叹息道："今春来是别花来。"如今洛阳杏花依旧，诗人却音容杳然了！

也还是白居易 73 岁这年冬天，他还在想着拼却余生为百姓做点儿事情。他看见：龙门潭下，八节滩里，常有舟船颠覆。劳苦船工过滩时，只好跳进冰水里推船。他听船工们饥冻哀号，听了一整夜，听得心动，发誓要凿通这段水路。诗人拖着病残之躯，主持监理，奔走呼号，险滩终于凿成了通途。1150 多年以后，我辈晚来凭吊白公，此时此刻，八节滩上，龙门潭中，在风雨来临之前，正是白波似箭。白居易，白居易，你身在哪里？

对于诗人来说，比疾病更残忍的是孤独。几乎是弹指之间，白居易平生最好的四个朋友，元稹、刘禹锡、崔玄亮、李建，一个个撒手而去，死了。他的哥哥白幼文死了，他的弟弟白行简死了，他的女婿谈宏暮死了，他三岁的小儿子阿崔死了，连他无言的伙伴华亭鹤也死了……白居易老泪纵横，踽踽蹒跚，送了朋友送兄弟，几乎还没来得及擦干眼泪，白发人又送黑发人，送了人又送鹤……一生只为情字生的老诗人，屡屡经历着沉重的情感打击。孤苦难耐，病索难解，无人可与诉说，只好借酒消愁了。其实，白居易喝酒根本不行的。一杯两杯还凑和应付，三杯四杯下肚就天旋地转了。一壶酒独酌独饮，能让他醉死三回。明知一醉等于一病，滋味并不好受，可是不喝酒又能干什么？回眸看看一生的坎坎坷坷，想想那些至爱亲朋的音容笑貌，白居易白天不思一粒米，夜里片刻睡不着，喝点酒就倒下起不来。"满头霜雪半身风"的诗人，干瘦成了枯柴棒的诗人，寂寞到了身上连虱子都没有可打的地步，病苦到了连一只酒杯都拾不起来的程度。头白齿折，眼昏腿软，也只有学佛坐禅的份儿了。他在那个秋风隐隐西来的八月，最后长眠在龙门山的如满和尚塔旁边了。诗人，诗人，你长年与如满和尚衣钵舍利相伴，风中可能听到你的禅语？

古书《贾氏谈录》和《南部新书》上，都记述说，凡是到了洛阳龙门的四方过客，都到白居易墓前，洒酒祭奠。来的人多了，洒的酒多了，墓前成了酒潭，墓土一年四季是湿的。

白居易墓左右的泥土，岂止是湿的？简直是飞着泪雨！我跨进"墓门"的时候，大雨突然从天而降。腥风斜侵，白雨跳珠，打翻了龙门的水，遮去了龙门的山，众石佛全在虚无缥缈之中了。红漆大门内外除了乱涌乱淌的水，游客全无，人声全无，世界一片空蒙。我一进门槛，就陷进了泥潭，两脚成了"泥箩筐"。抬头看乱摇在树枝上的藤蔓，全成了蘸水的鞭子；低头看一池枯荷，只剩下无数光杆如乱钗狂摇。好在半坡上有一个亭子能避一避雨，我忙爬进去抖抖。

夜，借着雨的威风和雷电的啸叫，来得极不平常。

龙门山，我今夜是爬不上去了。

白居易！学生与您失之交臂了。

白居易一生经历的风雨太多太多了。诗人临终前不久，还写诗说自己是"远行装束了"，白居易老人家，今夜是不是正在龙门的山水上行走？你能侥幸避过这场大风大雨吗？

## 二

离开洛阳很久了，那场龙门风雨，还是常常在我心头喧响。或许，隔着大风大雨凭吊白居易，更贴近真实的白居易。能听到他情感的狂潮冲撞躯壳的声音。白居易是性情中人。他虽然长眠龙门，可他的情采、情韵、情肠、情泪、情话，永远撼动着我等后辈的心灵。当然，他自己也为情所累，为情所伤。他生活的那个虚伪的官场，人人须戴着假面，感情用事必招致祸端。官场蔑视诗人，诗人越是情怀激烈越糟糕，名气越大越容易遭致嫉恨。几千年历史下来，我们不得不承认，历朝历代，嫉妒是国粹，流言是国器，小人的舌头磨成锋利的箭镞，穿透了许多风流才子的胸膛！被流放的屈原抱石沉江；被诽谤的苏东坡锒铛入狱；被陷害的嵇康弹罢千古绝响《广陵散》，身首异处……天才们一个接一个在我们眼前悲哀地走向绝地。比起来，白居易的幸运不仅仅是没有遭致灭顶之灾，保了个全尸，而且在官场经历了重创之后，积郁在胸中的情感，喷溅在诗中，吟就了千古绝唱。

　　长安城中那场惊心动魄的政治风雨，落到白居易头上，完全是咎由自取。那是公元 815 年六月三日拂晓，天地一片混沌，长安还没睡醒，浓雾在街衢壅塞。宰相武元衡率随从去上早朝，骑马刚走出家宅靖安坊不远，突然有冷箭嗖嗖飞来。几乎与冷箭的速度同步，昏暗中冲出刺客，把马拉住，一刀削下了武元衡的半个头。刺客提着宰相鲜血和脑浆齐进的半个头，像提着个椰子壳。刺客扬长而去的时候，逃散的随从还没来得及叫出声来。与此同时，当朝御史中丞裴度也在上朝的路上，被刺客用暗器击中头颅，坠马渠沟。裴度的随从王义一把抱住了刺客，狂呼"抓刺客"，话音没落，胳膊已被砍断……这场暗杀之迅猛和凶残，足令后世职业杀手自愧弗如。配合暗杀，"谁抓我，我宰了谁"的恫吓信，投遍长安府县衙门。暗杀的缘由是唐宪宗听用武元衡等人之策，讨伐割据的藩镇。拥兵的藩镇恐慌得要命，派遣刺客到两京肇事，纵火，暗杀，挑拨离间。"六三暗杀"震慑朝廷，卿相一时间全傻了，觉得杀机四伏，自身难保，噤若寒蝉。正在没人说话的时候，白居易为丞相惨死的国家奇辱情怀激昂，痛愤呼号，当日中午就上书皇上，奏论"扑贼雪耻"。他根本没想过在他之上的谏官御史说没说话，也不管轮没轮到他这个"赞善大夫"小吏发言，就"出位"上书了。

在卿相们看来，白居易"出位"，比"暗杀"也许更具危险性，更有威胁。白居易，你小子不顾一切"出位"？你高出卿相一头？你争宠邀功？你逞能你狂妄你不守本分你野心勃勃！官场对于白氏"出位"的反应，比对于"六三暗杀"来得快，立即有人提请圣上注意这个不知深浅的小吏，苟活的宰相韦贯之早已对这个"小人物"屡次出位有感觉。同僚们从来都充满了警惕，眼神左右一瞟，就要用妒忌的眼线勒死人。可是，白居易的激昂陈词，两日内满城争传，定他的罪过不再找点岔子，难平民心。欲加之罪，何患无辞？于是，官员们翻腾起了四年前白母的死因。白母陈氏寡居，素有心疾和神经病，曾因忧愤癫狂自杀。婢女看护疏忽，堕井死亡。白居易最后得到的罪名是：不该再作赏花和新井的诗，"甚伤名教，不应在朝。"上方贬授白居易江州司马，诏令出京，不必等家眷收拾停当，一个人立刻滚蛋。

是年，白居易43岁。忧国忧民的诗人，40岁开始滋生白头发，贬谪这年弄得人不人鬼不鬼的，"面瘦头斑"。到了第二年，一下子就"两鬓半苍苍"，一半的头发白了。白居易离开长安是八月初秋，旱路到襄阳，水路由汉水浮入长江，一路风雨，到江州已经是十月深秋了。

整整一年以后，是"枫叶荻花秋瑟瑟"的季节，白居易出手了千古绝唱《琵琶行》!

人生命运就是这样让人捉摸不透。平常日子,我们没有办法参透《易经》神秘的昭示,怎么一会儿运交"帝旺","火"得不能再"火";转眼又有一爻是"羊刃",宰羊的刀子带着冷气奔向了人的脖子。接着,可能又"否极泰来"了。爻辞告诉你,事情糟糕到了头儿,就向好的方面腾挪了。对于白居易来说,江州恰恰是他必经的走向大成功的人生驿站。试想,倘若不是贬谪,北人白居易哪能到得浔阳江头?不到浔阳江头,怎么听得着水上琵琶如怨如诉?不听长安故倡的琵琶,心中何由发出"同是天涯沦落人"的感叹?没有这番彻骨透髓的至情的感叹,哪会有《琵琶行》?《琵琶行》就是白居易,白居易就是《琵琶行》。这首空前绝后的叙事诗篇充满了诗人深刻的人生感悟,是他最重要的作品,也是中国文学史上一座巨匠之碑。88行诗句,唐代文人与故倡两个阶层的感伤史,一部复调式长篇小说的容量。

我们不妨稍稍回顾一下十年前白居易的状态。那阵子,白居易经皇帝钦选登科,虽官儿是县尉,县团级,可前程无量。他登科第二年就改授翰林学士并喜结良缘。这时候他畅游仙游寺,写下了缠绵悱恻的爱情传奇《长恨歌》,那婉转动人的浪漫品格倾倒天下。这时候他心清气朗,当然能够浪漫,吟唱得出长恨情歌。只有白居易已经是悲凉彻骨的白居易了,才有《琵琶行》。他的哀伤与京都故倡的悲怨,糅在一处,那种情感的穿透力不可抵挡!

宋代《容斋随笔》的作者洪迈猜测,琵琶女子属子虚乌有。他说白居易谪居江州,有多大胆子,敢夜入陌生女子船中,又喝酒，又"极弹丝之乐"，大半夜才离开。难道不怕女人的丈夫回来诽谤议论，弄得满城风雨吗？我以为，洪迈根本不懂白居易。一则，白诗人沦落浔阳，知音难觅，听舟中琵琶"有京都声"，岂肯放过？二则，唐代法网对此宽大，"纪检"部门对此睁一只眼闭一只眼，但可放心大胆地去听琵琶。三则，闻声情动，此曲只应天上有，管他三七二十一！四则，白诗中有"座中泣下谁最多"的句子，可见"移船相近邀相见"的还有别人，大不必惧怕"瓜田李下"之嫌。说来，那长安故倡，也绝非狂蜂浪蝶。叫人家出来聊聊天儿，也真不容易。白居易执拗地叫了一声又一声，千呼万唤始出来。这种事儿，恐怕也只有情圣白居易干得出来。

多亏白居易情之所至这么干，否则，我们哪里能有一边吟诵得齿颊生香，一边泪流满面的幸福呢？

## 三

我算是从小学民族音乐的，行里叫"坐科"。在中国音乐学院念书的时候，碰巧我也弄过琵琶，深知用诗句描摹琵琶弹奏的情状太难了，弹得说不得。白居易绝对是一位为诗歌也为琵琶而生的天才。白居易酷爱音乐，但他学习弹琴，至少是50岁以后的事。读《琵琶行》，却不能不承认他简直是一个琵琶精怪！"犹抱琵琶半遮面"，那种人与琵琶合而为一的情态，十分专业。说到调弦，"转轴拨弦三两声"，四弦只调"两三声"，而且"未成曲调先有情"，到这儿就可知其女的音乐感有多好了。下面，一会儿拢，一会儿捻，一会儿抹，一会儿挑，大弦嘈嘈，小弦切切，冷泉冷咽，四弦裂帛，虽唐代用拨，今人用甲，但白居易却概括了古今琵琶的指法轮、挑、分、拂、夹弹、扫弦，还有滑指、揉弦，包括休止符，全写了个透，比"行家"还要"行家"。

历史老人在冥冥中推出文学巨匠的时候，是极富于节奏感的。他老人家要不断地给后人惊奇与喜悦，在李杜、韩柳之后，适时地推出了天才诗人白居易。关于白诗人成功的遗传因素，我们能够考证的不多。只知道白氏祖居太原，是老西儿，后来迁居河南。白居易排行第二，兄白幼文和弟白行简也都登科做了官，呈人才的链状结构。白居易生时，母亲陈氏十八岁，父亲白季庚四十四岁，属中年又得贵子。上苍给了白居易极高的智商与情商，给了他超人的悟性，又安排他获得人生的阅历，剩下的，就看他自己了。白居易幸运地捕捉到了中国优秀文化传统"乐府"为羽翼，才使他有可能在李杜高峰之后，又一飞冲天，翱翔于诗林之上。自然，我们不能苛求白居易成为最大"公约数"，除尽天下人。宋代大诗人苏东坡说过"元轻白俗"。苏轼难于理解白居易快意透骨的诗风，是一孔之见，学术之争。历代诗坛也有不少人以为白居易诗作过多过滥，叶燮说，"其中颓唐俚俗十居六七，若去其六七而有二三，皆卓然名作也"。这话不能说不中肯。白居易倘若一生只写那二三百首名作，写一个响一个，开口就吐"血燕"，张嘴就是天鹅的"绝唱"，当然好，可这样一来，白居易就不是白居易了。他浩繁的诗作，是他的人生历史，是他的自传。站在我们面前的白居易，是一位有情有泪有悲有喜有畅达有坎坷有俊雅也有俚俗的血肉之躯。诗人让人评说，正是诗人的价值和光荣。我所难于理解的是，前些时，报纸上突然出现一个题目《白居易是个大流氓》！这可着实吓了我一跳。这个题目多少有点儿"大字报"的味道，有点儿像"举报"，像"炮轰"和"火烧"什么的。幸好"组织"上没有内查外调立案侦查，也没有提起诉讼，从这一点上说，白居易的确已经是我们常说的"死老虎"了。著文指控白居易是"大流氓"的，不知何许人也，白居易当然还是白居易，是那个写出《卖炭翁》《赋得古原草送别》《长恨歌》和《琵琶行》的文学大师。

白居易在《与元九书》中，谈过他的诗歌主张："根情，苗言，华声，实义"。他把真诚炽烈的情感，看成是作诗为文的根由。观其为人为文为诗，确是一个"情"字了得！

他痛惜爱情的诀别长恨，咽泪唱道："悠悠生死别经年，魂魄不曾来入梦"；

他感喟于"同是天涯沦落人"，顿倾泪雨，"座中泣下谁最多，江州司马青衫湿"；

他悲悯"天宝大征兵"时用石头砸断自己胳膊才得苟活的"新丰折臂翁"，面对88岁的老人，他心上流着泪，听见了"村南村北皆哭声"；

他叹息兄弟离散，天各一方："共看明月应垂泪，一夜乡心五处同"；

他翻阅老友的诗卷，凄怆悲楚，吟出"相看泪眼情难说，别有伤心事岂知"的诗句，蘸泪写在诗卷的空白处；

他追怀逝去的同庚老友元稹和崔群："泣罢几回还自念，情来一倍苦相思"；

他正在病中，心爱的白鹤病了。他《病中对病鹤》，泪眼迷离，"但作悲吟和嘹唳，难将俗貌对昂藏"；

他三岁的女儿金銮子死了。他"朝哭心所爱，暮哭心所亲"，直弄得"泣尽双眸昏"……

多少情泪在诗中！

读白居易的诗，为他那至情所撼，是必须多备一块手帕的。诗人首先感动了自己，然后才能感动别人。面对白居易的诗篇，虽千年之隔，也不能不"泪眼相照"。诗人心中存贮的情感，太浓太多太真太切了。他的诗作，在他生活的当代就不胫而走，完全是由于他的情感之舟，张扬着"新乐府"的帆，有所依凭的缘故。几乎可以说，不是白居易找到了诗歌，而是诗歌找到了白居易，找到了情感的活水，才使得诗船远航。白居易一路喷发着情感的人生旅程是很悲壮的。他"中朝无缌麻之亲，达官无半面之旧，策蹇步于利足之途，张空拳于战文之场"，全凭真情，真爱，真学养，屹立于诗坛竞争最激烈的唐代，影响穿越时空，撼及20世纪的今日世界。他自己也有幸看到了世人品尝他"诗果"的情形："自长安抵江西，三四千里，凡乡校佛寺逆旅行舟之中，往往有题仆诗者；士庶僧徒孀妇处子之口，每每有咏仆诗者"。

## 四

洛阳龙门白居易墓前的土长年不干，恐怕不仅仅是因为后人络绎不绝洒酒祭奠的缘故，其中定有白公点点情泪！白居易在他与世长辞之前不久，写过诗篇《不能忘情吟》并序，便是证明。

原来，陪伴白居易晚年的，有一名歌舞俱佳的小女子樊素和一匹叫"骆"的老马。白公一时心血来潮，想安心学佛并省些经费，便打算让樊素离去，将马卖掉。不料，马刚被牵出门外，竟然回首长嘶。樊素听见凄惨的马嘶声，眼泪夺眶而出，唰唰流下两腮，跪倒不起来，说道："樊素跟您十年，三千六百天了……马可以为您代步，樊素可以唱歌为您下酒，一旦离去，有去无回。樊素将别，其辞也苦，骆马将去，其鸣也哀，人之情，马之情，都是这样，难道只有您无情吗？"樊素声泪俱下。白居易难过得半晌无言，忽然长叹一声，让人把马牵回来，同时接过了樊素手中的酒杯，一饮而尽，快吟数十声，诗句长长短短，如江水出闸，似悬崖跌瀑，一下子吟成 235 行诗句。叹曰：

噫！予非圣达，不能忘情，又不至于不及情者。事来搅情，情动不可枙。因自哂，题其篇曰："不能忘情吟"。

白居易在这里让一个"情"字弄得死去活来。他原想一咬牙一跺脚辞去樊素，来个"忘情"，却终于为情牵累，一吟 235 行诗句。他感叹自己虽然衰老，却并没到乌江边那死到临头的项羽的地步，干吗在一天之内别了"虞姬"又别"乌骓马"？想到这儿，多情的白诗人反倒责怪自己不懂感情了。他泪眼朦胧地看着樊素，请樊素再为他唱一曲《杨柳枝》，他来酌酒，愿与樊素同入醉乡……

折腾来折腾去，白居易还是感念自己年事衰颓，忍痛割舍了樊素。他命樊素走出了家门，心上却时时留恋着樊素的影子，一吟三叹道：

病共乐天相伴住，春随樊子一时归。

他想象着樊素和春风一同回来的婀娜的样子，两眼又湿润了：

　　　　觞咏罢来宾阁闭，笙歌散后妓房空……

樊素到底走了。

别离没到两年，诗人溘然长逝……

嗟夫！不能忘情！

嗟夫！情圣，白居易，今夜你在何处吟哦？

# 拜谒韩愈

一

唐代文坛巨匠韩愈，睡在南临黄河、北指太行的小城河南孟
县。他长睡的1180多年里，不知道有多少倾慕者来凭吊，弄得
孟县也跟着出了名。

我们一行到孟县拜谒韩愈墓的30多人，凑巧有三个姓韩：
擅画戏曲人物的韩羽；既以工艺雕塑闻名于世，又长于国画的韩
美林；还有我。我们三人因为都在韩愈散文大赛中得了奖，发奖
大会又定在孟县，才聚在了一块儿。虽说这完完全全是偶合，却
总有点儿事先策划好了的嫌疑。三个韩姓写手，从天南地北赶到
孟县来，拜望韩姓先人陵寝，外人以为是先约好的"家祭"，也
不是没有理由的。人的心理活动真是复杂，也许就因为这层缘由
吧，来到韩愈墓前的感觉就是有点儿不一样，莫名其妙会觉得心
里惴惴不安。

韩愈墓地静极了。只有初秋的风，悄悄翻动着树叶。

墓前是两棵苍苍郁郁的柏树，说是唐代宝历元年（825年）
所栽。韩愈长睡的第二年，这两棵柏树就在这儿了，一站一千

年，很像是恪尽职守的守墓老人，老得脸上划满了沟壑。

韩愈一生撰写了不少名垂千古的祭文和碑文，仅痛悼同代文学家柳宗元，就留下《柳子厚墓志铭》《柳州罗池庙碑铭》《祭柳子厚文》三篇溅得眼泪的佳作。轮到他自己该享用祭文了，苏东坡大学士撰文称他"文起八代之衰，道济天下之溺，忠犯人主之怒，而勇夺三军之冠"，以简略精要的文字，概括了韩愈执着、坎坷、倔强不屈的人生。可苏氏碑文到底是同道的祭礼，孟县百姓特殊的悼念韩公的方式，让人十分意外。他们竟然在韩愈墓上挂满了红灯笼！灯笼有方的，也有圆的，还有成串儿的。老远望去，像是石头墓碑结了红红的果子，又像是一棵花树，一座灯塔。每个红灯笼都有一些故事。百姓们遇到大事临头了，总要扶老携幼到韩公墓前祈祷和许愿。等事情有了好的结果，也许是学生考中了好学校，也许是做生意赚了钱，还有的大病痊愈，就到韩愈碑上去挂红灯笼。人们笃信，长眠在地下的韩愈，保佑着他们，能看到扑闪闪的红灯，得到温馨的慰藉。那些灯笼也一定能照亮地下阴冷阴冷的奈何桥和黄泉路。

韩愈墓地的双柏和红灯笼，还不算稀奇。最奇的要属墓顶上滋出了两株枣树。

一棵酸枣树，一棵甜枣树。

我望着那举着乌黑枝丫的两棵刺枣树，半天说不出话来。

不知枣树是何人所栽？栽于何时？不，我不相信谁会专门到墓顶上栽枣树的，那么，又是谁故意遗留下了枣核？哲人？禅师？文坛名宿？至爱亲朋？还是心疼韩公的百姓？可又为什么，为什么结的枣子会一酸一甜？或许枣核也根本不是后人遗落的，我宁愿相信那两棵枣树，是活在那个冥冥世界的韩愈自己举起的。

文学家的墓顶上生长酸和甜两棵枣树，简直就是偈语，是感叹，是无字的墓碑。后人咽下枣子的时候，同时就咀嚼了韩愈甜酸兼有的人生况味。

风渐渐地大了，带刺儿的枣树枝条摇起来，青枣和绿叶翻动着，嘤嘤有声。

## 二

难怪韩愈墓上挂着酸枣，他的一生尝尽了酸涩。这位文坛巨擘，3岁的孤儿，24岁的进士，卓荦不群，直言敢谏，常弄得龙颜不悦，议论"宫市"，揭露"官倒"，得罪了皇上身边党羽，由监察御史贬为阳山令。他却从来不肯收敛锋芒，伪饰苟活，又措辞激烈地上书谏迎佛骨，险些丢了脑袋。他知道自己"动辄得咎"，一动就倒大霉；也知道自己不为世俗所容，身后常有冷箭，防不胜防。《唐语林》中记载，韩愈在弥留之际，想到自己谏迎佛骨得罪了天下僧人的往事，叫来了一群和尚说："我吃什么药也没有用了，很快就死了。你们睁大眼睛，仔细看看我的手，我的脚，我的肢体，休得胡说韩愈是得麻风病死的！"读到这段文字，泪水忽地模糊了我的双眼，我心里泛上的不止是酸涩，而是很苦很苦的味道，好像脏腑中的苦胆破了。

韩愈活得很酸很苦。他在文章里自说自话，感叹"冬暖而儿号寒，年丰而妻啼饥"，悲叹"自拘海岛，戚戚嗟嗟，日与死迫"。没有如此这般的低回唱叹，韩愈就不是韩愈了。但他极少在苦味里呷摸，往往笔锋一转，满纸豪气，出口就是经典。上溯数千载历史长河，很少有人能与韩公匹敌，文章辞采出手便成为千古绝唱，深入民心，成为百姓的口头禅和座右铭。

"业精于勤，荒于嬉。"

"行成于思，毁于随。"

"世有伯乐，然后有千里马。"

"师者，所以传道，授业，解惑也。"

"古之学者必有师"，"圣人无常师。"

"燕赵古称多感慨悲歌之士"……

这些才情恣肆的警世恒言，在韩愈的文章中，如山泉夺地而出，汩汩流淌，无比精辟，又十分自然。韩愈的一生，活得极其真实，从不做作，情之所至，常常不计后果。从这点上说，韩公实在有些率性天真。就说他上书天子谏迎佛骨的大举措吧，彼时，唐宪宗宫中三十人，手持香花赴临皋驿，恭迎释迦佛指骨入大内。王公贵胄争先恐后顺乎上命，奔走施舍抛撒银钱。百姓则有人破产废业，烧顶灼臂，只求以身供养佛指。一时间敬佛事佛成了轰轰烈烈的运动、时尚和潮流。韩愈不识时务，对皇上唱反调，注定要倒大霉，他自己心里也明白。以常人之心度之，韩公骨鲠在喉，不吐不快，一定要上书天朝，措辞也应当小心慎重，再三斟酌才是。可他写起奏章来，思想奔腾，文笔激烈，又犯了汪洋恣肆的老毛病。他从黄帝说起，以列祖列宗为例，说黄帝活了110岁，少昊100岁，颛顼98岁，尧118岁，舜、禹皆100岁，都是不敬佛的。话说到这个份儿上，本该打住了，可他老人家意犹未尽，又说敬佛的帝王，汉明帝时始有佛法，在位18年，梁武帝在位48年，三度舍身事佛，最后饿死。这些话锋芒毕露，意思是敬佛的帝王都是短命鬼，可以想见，诚惶诚恐敬佛的唐宪宗，看到韩愈的《论佛骨表》时，气得手抖成了什么样子。自古以来，历朝历代的皇上，耳朵大都习惯了甜软的恭维，什么日月经天江河行地呀，什么高瞻远瞩洞察秋毫呀，什么史无前例划时代呀，听了都让上面儿耳顺心顺，浑身舒服。这韩愈说佛是夷狄上人，言语不通衣服殊制，也还罢了；说敬佛伤风败俗传笑四方，也能忍了；竟敢口出狂言诅咒当朝天子短命！唐宪宗把韩愈奏折扔在丹陛之下，一怒之下要宰了韩愈，让他脑袋搬家，永远闭上臭嘴。多亏当朝贤相裴度冒死相救，皇上才网开一面，将韩先生由刑部侍郎贬为潮州刺史。是年正月十四令下，正月十五元宵节这天，韩愈就滚出帝京上路了。

这个枣儿酸不酸？如果说韩愈贬谪潮州仅仅是人生的一颗酸枣，太轻描淡写了。韩愈那年50岁，牙齿落了，头发白了。他只身先行，一路跋山涉水，远赴蛮荒瘴疠之地。随后而来的妻女在远途颠簸中吃尽了苦，女儿竟死在了路上！韩愈一怀悲凉，满目萧瑟，胡须上挂满了正月的飞霜，回眸远望帝京，思忖今生恐怕已到了穷途末路，一把老骨头，要埋在他乡了。他感慨万端，在马背上吟唱了一首绝唱：

> 一封朝奏九重天，夕贬潮州路八千。
> 欲为圣明除弊事，肯将衰朽惜残年！
> 云横秦岭家何在？雪拥蓝关马不前。
> 知汝远来应有意，好收吾骨瘴江边。

# 三

人的命运总是酸中有甜，甜中带酸的，韩愈也一样，在他56岁的生命中，命运之神也时有甜枣儿赐予，让他调剂一下清苦的生活，缓释一番孤愤的心境。如果生命中除了黄连酸枣，还是黄连酸枣，韩公是没有办法活到56岁的。可我们必须要指出韩愈生活中的温馨，和同代许多诗人是不同的，没有醉梦青楼，没有纵酒狎妓，既没有"二十四桥明月夜"，也无缘将京都琵琶女"千呼万唤始出来"。作为一代宗师，古文运动的先驱，韩愈的生活似乎是太严肃了，乃至于我们想起他老人家，总是那种不苟言笑正襟危坐的样子。他生命中美好的甜味全部都来自于他浓酽的情感。情感的活水，滋润着他在官场挤压中几乎变形和皲裂的心脏。我每次读他为早逝的侄子写的《祭十二郎文》的时候，都禁不住为他炽热的情感所激荡。韩愈自幼父母早丧，依凭在兄嫂身边，和十二郎韩老成"未尝一日相离"。后来，韩愈旅行京都，不料十二郎竟然撒手而去！他在世称"千年绝调"的祭文中说："一在天之涯，一在地之角，生而影不与吾形相依，死而魂不与吾梦相接……吾其无意于人世矣！"韩愈的这篇祭文绝对是情感的珍藏版！我们透过他那迸裂的泪花，不难看到他和十二郎曾经有过的情谊，虽经生离死别，也永不干涸！他实实在在是个性情中人，极重情谊。对待朋友，握手便以肺腑相示，对待有才情的后生，指授点拨，尽力提携，经他帮助成为诗文名宿的可以开出长长的名单。据载，号称诗鬼的李贺乍到洛阳，带上自己的诗卷来拜谒国子博士韩愈。韩愈刚刚送客回来，困倦难耐，一面宽衣解带，一面谈诗。韩愈看到第一篇《雁门太守行》中"黑云压城城欲摧，甲光向日金鳞开"的句子，立即整顿衣冠，邀李贺倾谈。后来，李贺为避讳父亲名字为"晋肃"不能参加进士考试。韩愈专门写了《讳辩》一文，为这位旷世奇才争一席之地："……父名晋肃，子不得举进士。若父名仁，子不得为人乎？"还有一位举子牛僧孺，进京赶考，先来拜谒名动京师的韩愈和皇甫湜。韩愈听牛僧孺谈吐不俗，便问："你住在哪儿？"牛僧孺脸红红的，道："我初次应举，先来听听二公的高见，不敢进城，行李放在长安东门外了。"韩愈说："先生的文章岂只可中进士，日后必名垂后世。"韩愈和皇甫湜让牛僧孺赶紧在城中租房落脚。之后，二人专拣牛僧孺外出的时候去拜访，并在门上题字："韩愈、皇甫湜同访僧孺先辈，未遇。"在今天看来，韩愈和皇甫湜题在街面上的这行字，简直就是权威人士出演的广告！牛僧孺在这个早晨出乎意料地成了当朝御史的先辈，长安城中立即沸沸扬扬，王公贵人争着到牛氏居住的小客栈来攀附，拜访，送礼。牛僧孺未登进士科，便已名震京华……就因为韩愈从来以提携后生才子为己任，所以佳话美谈极多。世传苦吟诗人贾岛琢磨名句"鸟宿池边树，僧敲月下门"的时候，坐在驴上，为"推门"还是"敲门"拿不定主意，闭着眼睛，两手反复做"推"状"敲"状，不觉冲撞了当时京兆尹韩愈的马队。骑卒把贾岛推下驴背，拉到韩愈面前。韩问贾岛搞什么搞？贾岛说："在下偶得一联，有一个字儿定不下来。神游于诗境，没想到冲撞了大尹，请大尹鉴谅。"韩愈立即下马问："是哪一字吟个不定？"贾岛说了"推""敲"二字，韩愈便也空手"推"了又"敲"，"敲"了又"推"道:"还是'敲'字为妙。"说罢,韩愈与贾岛并肩而行,直入衙门,一连聊了数天,成了好朋友。记得曹丕曾在《典论·论文》中概括了文坛久演不衰的陋习"文人相轻,自古而然"。刘勰也感叹说"知音岂难哉"。中国文学史上,超脱尘嚣的韩愈却重情、重义,以他那伟大的人格魅力服膺了无数诗才,成为寒风中猎猎飘扬的旗帜,他自己也因此活得温馨热烈。

### 四

每一个用中文写作的人,不可不读韩愈,他的诗文几乎篇篇都是经典,是教科书。他的思想深邃有力,他的话掷地有金石声,往往是座右铭,是成语。他是严肃为人为学的先哲,文章雄奇峭拔,严谨而多变,豪壮而深情,强烈而含蓄。韩愈这本大书,最好在万籁俱寂的午夜,坐踏实了,伴一灯仔细咂摸,真读得浑身发热却又袖底生风。这时候,掩卷独立,几乎可以听见这位老人在静夜里吟唱,只有在对他的人品和文品有了较深一层的了解之后,我们才知道韩愈绝不是孟县陵园前那尊石雕,那样冷酷,那样毫无表情。韩愈也在小幽默里透露狂傲和刻薄:他评价同年进士崔群说:"他和我相识20多年,从来不敢和我谈论文章,崔群岂不是聪明过人吗?"韩愈也天真好奇:他与友人在黄昏时分抵达洛阳城北惠林寺,听和尚说墙壁有佛画,赶快举火把来照,却没看见什么,"僧言古壁佛画好,以火来照所见稀"。韩愈有时也执着得发傻:他贬谪潮州,问讯百姓疾苦,得知溪中有巨鳄,吞吃百姓牲畜,便烤了一头猪和一头羊,连同自己写的《祭鳄鱼文》一起投入水中。他向鳄鱼发出最后通牒,命令鳄鱼三至七天内滚开，否则要选壮士用劲弓毒矢将其歼灭干净。据说，当晚溪中雷公电母驾着狂风而来，整条"鳄鱼河"向西挪了60里，从此"潮人无鳄患"。传说毕竟是传说，不久，当朝李德裕贬官经过潮州，鳄鱼弄坏了他的船，古董书画全部沉入江中。

苏东坡笔下的韩愈，"勇夺三军之冠"，绝不是没有依据的吹捧。韩愈之勇武，不在膂力，不在弓矢，在于其浩然气度。唐穆宗元年七月，镇州兵马使王廷凑发动兵变，杀死节度使田弘正和亲兵300多人，自代节度使。之后，占冀州、深州，大有割据河北，威慑长安之势。皇帝派兵征讨，屡战屡败，情急无奈，下令韩愈做"宣慰使"去安抚招安叛军。韩愈受命立即就出发了。朝中人人震骇，料想韩愈踏上了不归路，因为不久前大书法家颜真卿也曾去"宣慰"淮西藩镇，去了就被藩兵用绳子勒死了。这年，白发满头，牙齿飘零，久病未愈的韩愈已54岁，他手无寸铁，身无犀甲，却浩气凛然直扑险途，他在入镇州前写了两首诗，表达了置生死于度外的豪迈心情。

他在《奉使镇州行次承天行营奉酬裴司空》中写道：

旋吟佳句还鞭马，恨不身先去鸟飞。

他的第二首诗，心情更加急迫：

衔命山东抚乱师，日驰三百自嫌迟。
风霜满面无人识，何处如今更有诗？

我们可以从这些句子里看到，韩愈一身风尘，壮怀激烈，已无心觅句寻诗。这些酬答的诗句，一反他奇崛险峻的诗风，都是顺口吟出来的。此时此刻的韩愈，已经不再是诗人韩愈，而是只身赴乱军营中的孤胆英雄。值得称道的是当年他贬谪潮州，在诗中嘱咐亲人"好收吾骨瘴江边"，胸中充满悲凉绝望，这时候他单骑赴叛军大营，却毫无惧色，没留一字"遗言"。韩愈到镇州后，与叛军首领王廷凑见了面。王廷凑命手执武器的军士排满大厅，杀气腾腾，如临大敌。韩愈以凛然正气和醒世箴言，征服了叛军。军营上下，无不折服这位文坛泰斗，白发书生。韩愈"勇夺三军之冠"宣抚归后，并没有渲染自己的功勋，只写了一首《镇州初归》的小诗，倾诉了心中的轻松和愉快：

　　　　别来杨柳街头树，摆弄春风只欲飞。
　　　　还有小园桃李在，留花不发待郎归。

　　说不尽的韩愈。

　　品咂不尽的酸枣和甜枣的滋味。

　　我在韩愈墓园看了很久，想了很久。孟县好事的人，把我拉到门口。那里摆好了笔墨纸砚，说是三个姓韩的不能不留下"墨宝"。有人问我，是不是韩吏部的后世子孙？说实话，这时候我大言不惭地说自己是韩愈 88 代或 99 代孙子，绝不算是违法乱纪，顷刻间就会给我的破烂文章增加些光和色。现而今，有"谱"没"谱"的小子，自称是某某先哲先贤嫡亲，大有人在。真真假假的祖传秘方，打个喷嚏就是，就会得经济效益。说自己是韩愈后人，远比笼统地讲"炎黄子孙"来得实在，能沾上点儿光。只可惜，我的山东祖父从未出示过族谱给我看过。我根本无法穷本溯源。我唯一能够承认的，本人只是韩愈老先生的货真价实的"追星族"。韩愈生前，"韩门弟子"缕缕成行，无缘成为韩门阶下牛马走，实在是我人生一大憾事。孟县人又在催促我留"墨宝"。说实话，我在韩愈墓前吟诗写字，实在有点战战兢兢。这便是人们常说的"关公门前耍大刀"？孟县的执拗不可违抗，我顺嘴口占了几行：

昌黎文章潮拍天，独立八代耸泰山。
道济天下笔如椽，岂料身后枣亦酸？
云横秦岭梦相随，马跃蓝关归故园。
韩砚贮满黄河水，待把文章祭君前。

后面该落款了，我题的是"事出有因查无实据之韩愈后人"。

孟县人很热情，扯了我的衣袖，命我为他们写了又画，画了又写，不知不觉间我已是大汗淋漓了。有一位乡亲说，"真不知怎么感谢你才是，带上一筐俺孟县的苹果走吧。"我笑了笑，说："我只要墓园里的两个枣儿，一个酸的，一个甜的。"

# 书生论剑

古代的兵刃，除去睡在墓穴的和地下的，多半都走进博物馆去歇着了。只有剑器，还常在今人生活里露面。自然，这剑早已不是那剑，不再是两千多年前的青铜锻造的，剑锋上不再有凶神恶煞的寒光和深紫色的凝血，很难找到那种野蛮、剽悍、豪侠和阳刚之气了，也听不见它在匣中铮铮的鸣叫了。

我对这远古的青铜剑器，一向有种感性的敬畏和崇拜。我在中国青铜器的展厅里，和青铜古剑对视了很久很久。剑器上的铭文鸟篆，能带着我穿越时空隧道，目睹它们浴血战斗时的无所畏惧和奋不顾身。剑器的祖先，是兽骨雕成的"骨剑"，它的家族初创纪念日不详，大约是商代。春秋战国时期，应该是它最辉煌的生命高峰期，这时候它就像个青壮年的汉子，身材修长坚实，没有一点赘肉，浑身喷薄着血性。经过千锤百炼的青铜剑器的光色，有一种黄铜的质感，闪烁着高贵、狂野和傲岸的神气。日月星辰在剑体上奔跑，像火苗在泼泼辣辣燃烧，无言但顽强地倾吐着一种建立功勋和短兵相接的渴望。渴望用血来淬火，渴望那种血浆浇在剑锷之上时，"哧啦"一声烧干的声色齐进的快感。这时候观众会瞪大眼睛，怀疑自己看到的根本不是什么"火苗"了，而是冰山极顶透出的寒光，不由得汗毛直竖，打起了冷战。它的造型是那么优美和雅致。越是优美雅致越像一位儒雅的杀手，不动声色，高深莫测，让人难以预料杀机将起于何时。剑身上要么铸有神秘的龟背文，那龟文在春秋时期是"日者"占卜吉凶的依据，要么铸刻着像符咒一样的鸟篆，标志着持剑人是谁。越王勾践的名字和青铜剑一起，1965 年在湖北江陵出土，它在地下埋藏了两千余载，出土之后依然寒光四射。它的光芒使当代最先进的铸造工艺相形见绌。当今制造最精美的枪械，如果不擦油，不包装，埋在地下只需经一个梅雨季，瓦蓝的光泽就全没了，就会锈成一个金属疙瘩。青铜剑沉睡两千余载不生锈，经当代质子 X 荧光屏非真空分析和测定，中外专家瞠目结舌，它经过了精妙的铬化处理。而这种氧化铬的防锈技术，外国人在两千年之后，1937 年才惊喜地问津。

　　青铜剑的剑柄，有美丽的鎏金纹线装饰，还有安放中指的凸箍。这种量体裁衣般的精细，手掌碰上去就舒适得要命。看上去不像是手找到了剑，更像是剑老早就在等待着人的手，在折磨人的等待和期盼之后，手与剑终于"一拍即合"了。人握住剑柄，就被引诱得手也痒心也痒，有出击舞蹈一番的冲动。青铜剑是天成的舞师，带着舞蹈。它不像斧钺只会粗鲁地狂砍乱伐，也不像戈戟只会单调地突刺横扫。它灵活飞动，让人在冷铣相搏的肉搏战中也闪转腾挪个不停。千变万化的战争之舞与扑朔迷离的剑之光轮，常常让敌方死也不知道怎么死的。剑光四射看不出哪是人哪是剑。一人一剑，化为千万个人，千万支剑，人和剑，青铜器和灵肉合而为一了。剑的锋刃划开敌人的胸腹时，简直不会有什么声音，就如快刀切开豆腐一样轻巧，插入对方犀甲时也挺省时省力的，就好像在海滩上以锥刺沙。用剑杀人不像杀人，倒像是水银灯下手术刀轻盈地划着直线和弧线。剑器和别的兵器相磕，在迸放的金星中，声音如钟，如磬，如杯盏相碰。不过，一般兵器，那些"凡夫俗子"们，碰上尊贵的宝剑可要倒大霉了。史书《战国策》说到青铜剑器之锋利，断牛马，截金银，椽子柱子碰上断为三截，巨石触之碎为百块。青铜剑在造型艺术和铸造科学上的双向成就，不知古人从何得道，已成为千古之谜。古之名剑见于记载的，有干将、莫邪、龙渊、太阿、纯钧、湛卢、巨阙、鱼肠、胜邪。九剑擎天，惹起战事无数。良剑各怀绝技互不相让。个个出鞘如芙蓉出水蛟龙出岫，带着清风，带着长啸。凝眸看它如水溢于塘中的剑锷，几乎能看见古人睿智非凡的眼睛在闪动，我实在搞不懂，古人怎么想要把杀人武器制造得无与伦比的精美，用美来杀人，太残酷，太有效，太刺激了。古之能工巧匠绝顶的聪明，是否也伴随着无解的蒙昧？他们在享尽创造的快感之后，夜里会不会在浸满血污的噩梦中惊醒？

我不知道是古人神化了青铜剑，还是青铜剑本来就神。登上那"骤雨过时，有铜绿如雪花小豆，点缀于土石之上"的铜绿山，我面对 3600 年前先祖留下的铜矿竖井、斜井和冷却了的古炼炉，我一时惊讶得说不出话来。遥想美妙绝伦的青铜古剑飞翔出世的一刹那，亲手制造出奇迹的先民也无法不惊骇万分，纷纷在冲出火光中匍匐在地，谁还能怀疑先民铸剑本身就是传奇呢？山中铜绿色顽石化成熔浆，获得精气和生命，成为铜剑，成为世之瑰宝，如此这般的采掘、冶炼、铸造的精良技艺，西周先民师承何方神祇？从何得来？也许永远是谜中之谜。

《吴越春秋·阖闾内传》说，干将莫邪夫妻为吴王铸剑"采五山之铁精，六合之精英"，候天伺地，百神临观。古书又说，昆蒙山有形似兔子的怪兽，雄的黄色，雌的白色，掘了地道潜入吴国武器库，把兵刃全吃了。吴王下令猎得"双兔"开其腹，发现怪兽肚里生有"铁胆肾"。遂命工匠将粒粒铁胆肾投入炉中铸剑。冶炼伊始就很玄乎了，铸剑更奇异。据说铸剑大师欧冶子铸剑时，矿石不熔化，夫妻双双投入炉中，熔汁才流将出来。欧冶子的学生干将莫邪夫妻俩铸剑，又碰到了同样的考验。"铁汁"三月不出。这天夜里，夫妻争着往炉子里跳。彼时，风悲日曛，炉火将衰，莫邪说服了丈夫，站在炉台之上，挥泪诀别。干将简直要疯了，狂呼大叫，命令三百童男童女，把头发、指甲剪下来，扔到炉子里。三百人披麻戴孝，拼命装炭，扯动巨大的牛皮制的风箱，之后，一齐跪倒炉前。莫邪纵身一跃，像一根羽毛投入火中，以身殉剑。顷刻间，炉里发出咕嘟咕嘟的声音，火焰腾空而起，照红了半边天，青铜的熔浆开锅了，喷溅而出，"干将""莫邪"雌雄两剑铸成了。读了这段传奇，感叹一代又一代铸剑师殉剑的悲壮，不由人不相信青铜剑的灵性。匣中的剑在夜里发出嗡嗡的嘶鸣和铮铮的私语，也没有什么可奇怪的了。青铜剑是精灵，是人的精神所化。人在炉中涅槃再生为剑。剑身上熔铸了人的精气血肉！传奇故事虽然不无张扬，阐释的道理却是颠扑不破的：没有天，哪有地？没有山，哪有矿？没有人，哪有炉火？没有生命，何为剑？

历代帝王好剑，就像贵族女性喜好珍珠项链、翡翠耳坠儿和黄金胸针一样，偏执成癖。珠光宝气的女人和佩带名剑的帝王，都一样乐意炫耀尊贵奢华和威风。楚王有过龙渊、太阿、工布剑；吴王有过鱼肠、湛卢、胜邪剑；越王勾践更胜一筹给自己搜罗了五支名剑。剑与鼎同是权威的象征，尚方宝剑可以为君王代言，说是"剑在故王在"。可是，尽管一代代王侯妄图对名剑永久占有，终于没有人能与剑齐寿。王侯们一个个倒下朽成烂泥了，青铜剑从土里站起来，依旧是雄姿勃发，光彩照人！春秋战国期间，佩剑的长短、重量还标志着士的身份，剑分上制、中制、下制，士分上士、中士、下士。佩带着青铜剑的神气活现的士们，被历史的弯刀像割庄稼一样，一排又一排地伐倒了，古剑却抖落尘土走了出来，青铜还是青铜，拂之铮铮有声，"日落我不落，灯灭我不灭，山存我就存，海在我就在"。这番青铜剑的自白说得极好。剑器自古是男性的性征之一，又是必备的防身武器，古文《释名·释兵》中有解："剑，检也，所以防检非常也。"仅从湖北江陵雨台山出土的一百七十二件剑器就可以知道，剑大量走向了民间，春秋男子穷得无釜陪葬，也要有一把青铜剑随葬，带剑上路。因此，我们面对青铜剑器，就是面对包括帝王公卿、大夫和平民的整个春秋史。青铜剑是我们的历史老师，这是别的武器想也不敢想的。

　　人类武库中林林总总的兵器，充其量都是冷面杀手，只会嗜血杀人，唯独剑器身上闪耀着儒雅的文化光彩。它和伟人相亲，与文人结缘。我一闭上眼睛就看见伟大的浪漫诗人屈原佩剑呼号着走来。他流放于穷途，行吟于泽畔。脸黑瘦黑瘦的，塌了腮，形同枯死的槁木。鞋子跑丢了，赤着两脚。衣服扯烂了，袍带乱舞。长发飘飘连头上的峨冠也不知丢在何处了，可他手里依然紧紧攥着一柄青铜剑！青铜剑成为诗人最后的旅伴儿，唯一可以信任的知己和三闾大夫的证明。屈原身后，钟情于剑器的诗人层出不穷，铜剑铁剑都有此殊荣。李白酒酣兴浓时，"三杯拂剑舞秋月"；王维情怀激烈时，"聊持宝剑动星文"；高适忧愤感叹"岂知书剑老风尘"；辛弃疾的"醉里挑灯看剑，梦回吹角连营"，活画出一代儒将悲壮而飘逸的胸怀，令后世文人墨客望其项背，羡慕得死去活来。最动人的还属杜甫的《观公孙大娘舞剑器并序》。这年杜甫55岁，流落在草木萧疏的白帝城中，偶见公孙大娘的弟子，临颍李十二娘的剑舞，一下子想起了五六岁时候看过公孙大娘舞剑器。诗人一打开记忆的大门，50年前的剑光舞影就来了。倘若不是白花花的剑光照亮了童年杜甫的心，哪能历历如昨，如此清晰？那时，玄宗有歌舞女乐八千人，公孙大娘名冠第一，可以想见舞姿之美，也可以想见其手中剑器铸造之精良。观众人山人海呀，天地也随着剑器上下起伏呢！"霍如羿射九日落，矫如群帝骖龙翔。来如雷霆收震怒，罢如江海凝清光。"杜氏的四句诗，惹得千古学人喋喋不休，你说公孙大娘手里还有个小红旗在翻转，他说哪有什么小红旗，公孙大娘手里明明是火把。其实根本没有什么红旗和火把，这里说的除了剑，就是人，是人剑合一的奇境。公孙氏出剑如后羿射日那样迅急耀眼，矫健似群帝驾着龙在云中穿行，九日落天的光谱，群龙翔云的曲线，雷霆收震怒的狂傲精神，江海凝清光般的收剑姿态，当然会让杜甫记上一辈子，让后人说上一百辈子。诗人写罢这首诗之后的第三个年头死了。他咏诵的剑舞的风采永远照耀后世，特别是杜诗人观剑的时候，望彻了大唐帝国由盛而衰的五十年，参透了人世间的沧桑变化，尤为令人叹服。上面说到的古代诗人们吟剑，观剑、舞剑，是剑器的光荣，也是诗人们的幸运。诗人找到了剑器，剑器也找到了诗人，千古绝唱就这样应运而生了。文人骚客几乎没有不爱剑的，像我这样毫无用处的一介书生也爱剑爱得要命。这一方面是那金属的锋刃，能给柔弱的文人一点精神上的雄性补充，是一味药；另一方面文人可以借题发挥，抒发一下胸中积郁的豪气。更重要的当然还是剑器本身具有的那种文质彬彬的品格在起作用，一拍即合。剑器又实在，又质朴，又刚直，又不张扬。它在匣中有那样的"天生我材必有用"的矜持，哗然出鞘，则犹如明珠出土，光彩四射。人可以挥剑决浮云，又可以把生死托付给它。在先民眼里，剑还不止是剑，更是一种足以辟邪的正义正直的象征。传说中驱魔降妖的钟馗，总是剑不离身的。民间认为，一把雕刻的桃木剑挂在房中，百邪皆退。流传很广的"十年磨一剑，霜刃未曾试。今日把示君，谁有不平事？"的诗句，把剑当成了追求公平公正的唯一利器。而"宁为折剑头，不作绕指柔"的箴言，又递进了一层，剑器被人格化了。它宁可生命折断，不肯卑躬屈膝，实现着"威武不能屈，贫贱不能移，富贵不能淫"的最高人生准则。

今人爱剑，不但不逊于古人，而且又添了很多新花样。影视剧中的剑侠层出不穷。他们的装束行头总是差不多的：弄个宽檐破竹笠，遮着半个带伤疤的脸，穿上一身啰里啰唆的袍子，累月不洗。裹腿是要打的，身后的包袱可背可不背，瘦马可有可没有，只有一样东西必备，这就是剑器。而且，剑器要带着鞘，要横着拿在角色的手里。只要手里有剑就能成大侠了，就会有漂亮红粉跟在屁股后面死乞白赖要"献身"，就可以捉迷藏似的玩儿一些三角恋爱四角恋爱，并佐以情杀、仇杀、追杀、暗杀。"剑侠"虽然有时不得不弄点眼药水当眼泪，赚下的观众的眼泪却是真的。影视中屡屡出现的剑器不过是道具，能糊弄过去就行。观众取神遗貌，也很宽容，只要有一个像剑一样的东西比画着，就能有"雄起"的感受。剑的最大消费群还是立下壮志要健身的民众们。体育比赛和健身用的剑，倒是剑模剑样儿的。剑身溜直，电光闪眼，剑柄上缀以丝条和长穗儿，舞起来讲究手眼身法步，精神意志足。因为是比赛和健身，当然不能真干，不能拿起越王勾践剑和吴王光剑乱砍乱伐。玩具一般的剑器，就这样成为一种时尚了。当年的铸剑师干将莫邪，怎么也想不到今天的人口爆炸和剑器普及。他们要是知道宝剑成了大众手里的平常玩意儿，宁肯弹铗垂泪"下岗"，宁肯把铸剑的炉子改成烤羊腿烤羊肉串的炉子，也不会纵身投火的。事已至此，我们该对干将莫邪作一些深入细致的思想工作。敬爱的干将同志莫邪大嫂，从远处想呢，铸剑为犁，熔戈为爵，化干戈为玉帛，是普天下志士仁人的千年梦想，能把这个世界美坏了！从近处看呢，作为杀人武器的剑，演变成孩子们的玩具和成人健身的器械，仅仅是不断发生的战争对武器的挑剔和选择，这也是一种进步，必须理解。变武器为玩具毕竟在当代还是天真的童话。其实我们现在比以前任何时候，都更加需要跨世纪的"干将莫邪"。我们需要那种以身殉剑的伟大精神和领先于天下的铸造武器的技艺。干将莫邪率领三百童男童女披麻戴孝铸剑的组织管理才能，突临炉火不举炉壁烧结时的快速反应和攻关手段，给予兵器工业部老总副老总干干，肯定称职。当然，如果再佐以杜甫李白为写作班子，专事歌唱新武器的诞生，就更好了。贤人云集，文武兼备，我们还愁什么愁？我这番臆想完全是有感而发。且看，人类武器库里，剑器下了岗，被称为"剑"的地对空、空对地、地对地导弹，正在全球许多地方滋生疯长。化学武器，细菌武器，核武器早已不再是新鲜货色。世界正在演变成一个巨大的火药桶。青铜退役，钢铁值更，率直刚烈的剑被鬼精鬼灵的枪械取代，已经是陈年旧事了。人们制造杀人武器的手段越来越精，那些闪烁着温柔的瓦蓝色光焰的手枪，其实更像玩具。或者说，以扩张侵略和掠夺为乐子的战争魔鬼，从来就把枪炮当玩具，把杀人当成闹着玩儿。

这可不是危言耸听。

仅仅是为活着，我们也得"铸剑"，也得呼唤干将莫邪魂兮归来！

说到这，回眸再看看那青铜之剑，不由人不感慨万千。它静静地躺在博物馆里，一言不发，仿佛正在小憩。它曾经给文人以文采，赐哲人以哲思，让考古学家印证历史。它曾经笑傲疆场，万马军中夺上将首级。它曾经夜夜醒在中军大帐，等待着点兵排阵的料峭的拂晓。它曾经用耀眼的光焰装点着春秋的辉煌！如今春秋时期的辉煌渐渐地黯淡了，冷兵器时代的人唤马嘶远去了……我忽然莫名其妙地打了个寒噤，茫然四顾幽幽的展厅。我明明知道佩剑的祖先不会来的，可我似乎看见他们了！我看见佩剑的先人在遥远的天地之交，正回过头来望着我们，我不知道应该说些什么。我知道，无论用多么美好的诗句来歌唱青铜剑器，都过时了。

# 梦中的雷音寺

　　我仔细端详着盲艺人韩起祥。这个膀窄腰阔的陕北老汉，无论是豪爽地大碗筛酒，动情地捧着亮铜水烟袋编书词，还是弹起有血有泪的三弦，神情总是若有所思的。这时我就不再以为他是盲人，而在想：他的眼睛怕是故意眯成一条窄缝儿吧？他定然是关闭了眸子，用心灵憧憬着更遥远、更美丽的什么地方。

　　莫不是他依然幻想着心中的雷音寺？

　　提起"雷音寺"，韩老脸上的皱纹抽动了几下，神色怪凄凉的，问道："你听过我的《翻身记》吗？"

　　我答道："听过，十几年前的事了。"

　　漫长的十几个春秋呵，一段书词竟然清清晰晰印在脑海里，怪不怪？我似乎又看到三根丝弦随着他手指拂动而颤抖，发出凄凄楚楚的哀诉，看到他左腿膝下的甩板，捆在右手手背上的小竹片连成的"麻喳喳"，与三弦齐鸣。当韩起祥开口唱起来的时候，我似乎觉得他周身每个毛孔都喷着血泪。

　　　　可怜我，穿的裤子像驴笼嘴，
　　　棉袄上补丁摞补丁。

光脚片子走冷地，

头上遮穗子搭拉一条破毛巾……


　　这是你吗，韩起祥？14岁上便在黄河两岸讨吃流浪？是的，在那黑沉沉的岁月，天灾、人祸、战乱……"针扎小米数着卖，十家九户火不生"，明眼人尚且饥寒交迫，何况盲眼少年？他只有背着讨饭袋，抱着半个破瓢一个碗，提着"竹马"点点笃笃去数那人生的坡坡坎坎。他掉进黄河里，横下心想死，却被人抱定活下来。他上吊寻短见，又遇人救命死不成。他仰天长啸，哪里有没穷没富，没有人欺压人的极乐世界呢？

　　有位听书的人戏答道："有哇，说书的先生。往西走，西天雷音寺，就是个极乐世界。"

　　这个悲惨的故事，就这样开头了。

　　盲人从小学算命，笃信冥冥中有神灵主宰着人世，当然也对雷音寺的存在信以为真。他黑洞洞的心房透了一线光亮。只要有那希望的所在，踏破铁鞋也要去寻。他生性就是如此执拗、坚韧呵！想到这些，我仿佛又看到他的赤脚在滚烫的沙梁挪动，听到他那根竹马不停歇地在叩动大地的声音了。我问道：

　　"韩老，哪有雷音寺？你不是受骗了吧？"

　　他好久没说话，依然是若有所思的样子。我想，他的思索定是很悲凉的。他的脸颊在痛苦地抽动，叹口气，把往事说给我听——

　　虚无缥缈的雷音寺哟，韩起祥是怎样在茫茫天地间寻求你呵！

晓行，夜宿，走过一个个荒村野城，爬过一座座山崖……他充满希望地向《西游记》里传说的"如来佛"管辖之地走去。路上，遇到个骑马的阔人，那人顺口诌道："出门遇瞎子，银子挣上几褡子。"韩起祥受到侮辱，用竹竿点地拼命吼道："出门遇瞎子，死你一家子！"话儿未了，那人拳脚上来，打得他浑身青紫，头晕目眩。他摸到断了弦的琴和竹马，带着伤，依旧向西，向西……还有一次，大约是走进了一座蒙古族的泥棚子。他那迸溅血泪的书词，催得老妈妈掉泪。老人说："娃，别走了。我这三个女娃，你要哪个给你哪个。"韩起祥心里一热，又赶紧答道："不，不能留。我要去找雷音寺……"

雷音寺，多么天真的幻梦！扑朔迷离的向往，无情地捉弄着当时才 16 岁的盲少年。有一晚，他摸进个窑洞里，问："你们地上能让我伸一晚不？"没人答应，他便睡在地上了。第二天爬起来道谢，还是无人声。他伸手在土炕上摸索，摸到个烟盘子，里面盛着吃食和银洋。噢，莫不是走进富庶的雷音寺地界了？想雷音寺想得肠断，盼雷音寺盼得心焦，他笑了，笑着去摇醒炕上睡着的人。蓦然，他摸到的是冰冷僵硬的一具具尸体……

找不到没穷没富的极乐世界，却走过了瘟疫肆虐的鬼门关！

雷音寺，雷音寺，你在哪里呀！

天地间回旋着这孤寂苍凉的呼号，韩起祥继续向西走去，边走边讨吃、说书，摸索向西的路。

"那是个传说。你一辈子也走不到，回吧！要回榆林，跟上太阳向东走。"

庆阳一个好心的老汉，惊破了他的梦。

韩起祥呜呜哭起来，心间那一线摇摇颤颤的希望的烛光熄灭了。人没有了希冀和追求，怎么能活下去？我记得他唱到昔日这些辛酸历史的时候，他把三弦琴声弹得若断若续，琴音像风里摇颤的一棵枯草，他唱出的声音呜呜咽咽，那歌词像是心血熬成的，凄恻动人：

> 我说书把舌头磨成锥尖尖，
> 指头磨成光片片，
> 每天累得喉咙疼，
> 还是半饥半饱度营生……

他就这样返回头，又跟跟跄跄向东走去。

那年 8 月，他走到了安塞境内。一路说书，讨得几个钱，在怀里揣得发热。谁想到又被国民党的民团抢了去，痛打他一顿，还扒去了好不容易挣来的鞋子。韩起祥坐在路边骂得喉咙哑，那群土匪早无踪影，耳畔又传来杂沓的马蹄声。莫不是又来了民团？他坐着不动，心说，让马把我踏死吧，踏吧，横竖落个干净！

"老乡，靠边闪闪，我们人多，看把你碰了。"

哪家的兵，恁般和气？人马之声相闻，大军却小心翼翼地绕着他走，韩起祥心里好生纳闷。他更没有想到，那说话的人又捧过三双鞋，叫他试试哪双鞋子合脚！他不敢伸手接，那人把鞋在他脚上比试着，说：

"我们是去收拾土匪的。咱穷人就快安了。将来，没穷没富，全都有吃有穿。"说着，他把鞋子和四块钱，放在了韩起祥手心儿里。

天哪，没穷没富，有吃有穿……韩起祥默念着那人的话，心里一亮，陡地跳了起来，叫道："哎呀，可好哇！我找的就是没穷没富的雷音寺，你可是雷音寺的佛爷？"雷音寺，雷音寺，金碧辉煌的殿堂，慈眉善目的长老，在他心目中倏然复活了。然而，人们告诉他，这不是雷音寺的佛爷，是刘志丹，是红军！

　　想红军，盼红军，
　　我弹上三弦唱红军……

记得，韩老抱着三弦唱到此处，琴声锵锵，好似喜锣欢鼓，那膝下的甩板，手背上的"麻喳喳"，简直迸射着火花！

他恨不能生出一双瞳仁来，看看这些为穷苦人打天下，比雷音寺佛爷还能的民族英雄。他的心里又拨旺了希望的灯花，他觉得生命的力量在复萌，他迎着太阳向东走去。

他捧着红军给的大洋回到横山，逢人便说红军和刘志丹的恩德。国民党民团闻风来抓他，他把红军的大洋，宝贝似的窖藏在沙梁上。

雷音寺，虽然是一个孩提般幼稚的梦，而40年代的圣地延安，中国共产党人正在为民族解放，为未来实现世界大同的共产主义社会进行着艰苦卓绝的斗争，这消息，使韩起祥心目中的"雷音寺"有了崭新的含义。他向往着未来的人民的"雷音寺"。1940年，他联络了30户贫苦农民，昼夜兼程，扑到了革命圣地延安的怀中。

瞧他说到这段经历的时候，笑得多开心哪！

"韩老，这回你可到了'雷音寺'了。"

"噢。不，雷音寺怎能比？"对，没有人间香火的雷音寺，岂可与生机勃勃的延安同日而语？我不过是权把雷音寺当作他心目中的理想境界罢了。雷音寺哪有这般真切、亲近，这般让人心激魄动？韩起祥曾充满情爱地唱过它——

> 左看清凉山，
> 右看宝塔山，
> 东边连着飞机场，
> 西边连着凤凰山。
> 山连水，水连山，
> 山水相连绕延安……

"您到延安以后，编了多少新书呢？"我问。

"前些时统计一下，有547篇，270万字。"

我的心一惊。270万字的盲文字纸，要几架车来载?！难怪周总理在第一届全国文代会上赞誉他说："一把三弦走遍延安山山水水，把党的方针政策送到各家各户的炕头上。"韩起祥称得起文艺大军中的轻骑短刀兵，他在党和边区政府的指导、帮助下，开始唱出自己心中的歌。他编唱的《张玉兰参加选举会》《刘巧团圆》，在延安负有盛名。只消他抱着三弦出现在陕北窑洞前，崖畔畔上，山峁峁里，漫天所唤"张玉兰来啦！""刘巧到这搭来咧——"韩起祥的陕北说书，伴奏三弦千变万化，激昂处如金鼓齐鸣；细巧处似花底流泉，他的心儿像在弦上跳荡。他的唱功也极好，开口一唱，声惊四座，人们屏神凝息，魂儿都似被他摄去。他说唱的是人们身边事，时而声泪俱下，时而妙语横生，时而又如娓娓叙家常。他不仅谙熟陕北方言，也善于"陕北普通话"，所以，无论是婆姨、老汉，还是来自天南海北的干部，都为之倾倒。547篇书词，从某种意义上说，是一部黑暗与光明交替时期，建设和创造人民的"雷音寺"的历史呢！

　　或许，"雷音寺"这个比拟并不妥，连他自己也唱不出那海市蜃楼般的境界是何等模样。倒是在解放后，盲艺人来到首都北京的时候，曾噙着热泪唱过那胜似雷音寺的美景——

　　　　我去了故宫、万寿山，
　　　　游了天坛和天安门。
　　　　我手摸玉石栏杆想从前，
　　　　想起我推过的石磨盘。
　　　　要不是共产党领导穷人翻了身，
　　　　瞎子哪能游皇宫……

　　是的，只有在党的领导下，梦想才能变为现实。党给了他许多荣誉，他成为中国共产党党员，全国政协委员，全国曲艺家协会副主席，并且住进了北京城！哦，幻梦中何曾有过电灯、电话、钢丝床？说也奇怪，在舒适的钢丝床上他却睡不稳，梦不成。索性躺在地板上辗转反侧想心事，横竖想回到延安去。

在与韩老对坐谈天的时候，我问："北京比'雷音寺'可美得多，你怎么不肯住呢?"

"钢笔就怕不下水，汽车就怕抛了锚，说书就怕没人听。我要编东西……"

我听了，心一动。噢，线儿不能离了针，星星不能离了月亮。他虽然双目失明，可他的心灵一时一刻也不能没有光明和求索，他是要回到故土去讴歌正在建设现实中"雷音寺"的陕北乡亲呵! 于是，他又抱着三弦回到了陕北乡亲中间，在这里有俯拾即是的书题。一次，为了描绘新建的延安大桥，他拄了根棍，焦灼地在桥上踱来踱去，蓦然，他想出了办法: 让人用绳子把他拴住，慢慢顺着桥洞向下放，他伸开两手摸索着，他的心儿亮了，眉头舒展了，眼睛兴奋得急速眨动，书词儿像潮水般撞击心口，他脱口唱道:

> 弯弯桥洞三张弓，
> 桥面好比个雕龙，
> 大洞子赛过龙张口，
> 小洞子好像九连环。

盲艺人就是这样为正在崛起的幸福社会讴歌。他歌唱"延安老英雄"; 歌唱"女将杨巧玲"; 歌唱碧波粼粼的水库; 歌唱平展展的梯田——社会主义的莲花蓬。他的心中永远充满着理想。理想的力量是无法估量的。它使韩起祥生命之树常青，使他的心房里燃着通明的火炬，使他的琴弦上永远奏着激越昂扬的生命之歌。即使是处在"十年浩劫"之中也如此，他受到批评，一想到身经百战的将军也在蒙冤受辱，便认定总会重见天日，戴上藏有五寸钢钉的高帽子，是"光荣"的。"牛棚"四堵高墙锁住了他的形骸，却锁不住他的歌喉。他用心灵去倾听外面的消息，悄悄编写书词，歌唱在黑云压城的岁月里科技战线上的成就，给人以希望。犹如当年从陈尸的窑洞里爬出来一样，他以坚韧的精神成为浩劫的幸存者。党又给了他一次生命，三弦拨得更响了。他先后创作了《我的三弦》《"四人帮"选皇帝》等作品，并将精湛的技艺和宝贵的陕北说书遗产，尽全力传给后人。他的艺术青春将在新一代文艺工作者的琴弦上焕发异彩，翻出新声⋯⋯

从过去到今天，我思想的骏马，伴随着韩老的回忆，驰骋了这样久，这样久。我多么想请他弹起弦子，唱一段动情的陕北说书呵！哦，就请他唱那段拿手的传统段子吧。这段书词比喻今朝句四化进军的行列，倒是也很贴切呢——

军令一下天地动，
好像猛虎出山林，
平川行军长流水，
高山行军一朵云。
⋯⋯
冰滩过去踩山水，
大路踩成卧牛坑，
上坡好像钻天鹞，
下山好像滚流星，

走到平川一股风，

好像六月的响雷声……


　　然而，我终于没有请他演唱。两鬓苍苍的盲艺人虽然神采飞扬，脸上却已呈倦意。他打住话头，仍旧是若有所思的样子，似乎是在思索着美好而又遥远的什么，眉毛弯弯的，眼睛眯成一条窄缝儿。韩老哟韩老，你可是又回忆起梦中的雷音寺？可是为幻想中的雷音寺增添了神奇色彩和实实在在的崭新含义？

　　告别韩起祥同志，归途的列车上，我做了个梦。梦中萦绕着一支弦歌，梦中一个双目炯炯的陕北老汉背着三弦，迎着太阳向东走去，就像一直要走进太阳里去似的。

# 跪着挣断脐带

　　生命中一些征候可以得到掩饰和修正，但也有一些渗入骨髓，溶于血液，铸成躯体的东西不可改变。我可以学会在人前端正坐姿，可以永生永世不在公开场合用手指甲剔牙和抠脚丫子，可以把右手使叉改换成左手，可以在喝汤的时候真正像一个英国绅士，将盘子斜立 25 度，银匙向外轻轻地舀，让鸡汤土豆汤荡起柔柔的涟漪，而且在喝的那会儿不再如长鲸吸海，喝得个无声无息，咽得个无息无声。总之，我完全可以把一个野小子改造成一个"正人君子"。然而，不可改变的就是不可改变。譬如我并不以为寒碜的并且在戏剧作品中写过的"皮肤染黄金之色，双眸点墨玉之晶"，就不可以更改。据说现代科学已经视染白肌肤为儿戏，增白粉蜜、宫廷面膜可以令人顷刻变得无瑕疵和杂色，化学溶液亦可将黑歌星棕歌星漂白得与白色人种乱真，我还是笃信生命的原色漂过了，染过了，涂过了，终究还要还原。假如有一劳永逸的皮肤漂白术，那也不能改变一切，谁能够改变自己生命的原汁，改变染色体，谁能够把肩膀上驮着头颅的既定事实改成如神话传说的"刑天"那样子：乳为目，脐为口，胯上直接接上脑袋呢？

不。不能。

现在，那位声震全球的迈克尔·杰克逊，经过工程浩大的整修之后，鼻子直了，下巴方了，皮肤白了，可是他对他的唱片商惆怅地说："假如能从头开始，我绝不会整容。"就是说，杰克逊"同志"无限怀恋爹妈所赐的天然元素。就是说，一些改变了的，也未必不想再改回来。

可以说这就是传统的力量吗？

从某种意义上说，传统是无所不在的。传统给我们胎教、言教、身教和一生潜移默化的昭示。传统溶于空气，溶于水，也溶于血。传统有时候是烛光，照耀着古老岩壁上斑驳的文字；传统有时候是幽灵，徘徊在有梦和无梦的霓虹灯下；传统有时候是祖先刀凿斧劈立起的贞节牌坊，石头的牌坊无端地渗着血；传统有时候是早在我们呱呱坠地之前就印好的教科书，就造就成的龙船，就蒸熟了的端午节的粽子。或者，干脆说传统是族长，是父亲，是家藏诗书，是窖藏老酒。也是脸上的疣，掌心的纹，是日晷，是地动仪，是老水车，是旧房椽，是皇帝，是兵卫，是古琴、京剧、杂耍和堂会，是旗袍、中山装以及三寸金莲……说不尽的传统，叫我们惊喜，叫我们骄傲，叫我们狂妄，叫我们忧愤，也常常叫我们鬼使神差。

穿过传统的壁垒，实现某种突破，对于艺术家来说叫作"有出息"；彻底摒弃传统，或者豪迈英雄地自诩为"反传统"，仅仅是时髦的狂妄。生长在这片皇天后土之上，呼吸在根深叶茂的轩辕树之下，谁也不可能干干净净地同传统剥离开来，充其量只能局部地突破或改变一些传统的东西。你挣断了同传统连缀的脐带，可你无法把全部血液换掉，无法把毛孔里的汗毛再植。中国海是如此博大深邃，以至于外来的许多非传统的东西，诸如佛祖和马克思主义，都在此间得到发展，再造或者添加些国色。不少远方的帆船驶进中国海就会迷航。外面进来的东西，也会成为我们认同的传统；在传统的基础上有所突破，有所创新的东西，很快也就成了传统。就是说，传统不只是老态龙钟，不只是碑文和字典，传统有时候也是一个早熟的婴儿，是一个二八少女，是一段刚刚铺就的铁路，它在生长，在延伸，在施加影响。因此，我们文字的武库中，有了精确明晰的句子：继承和发展。

儿子顺着四合院湿冷的石板路走出去了，漂洋过海，忽然发现外面的世界很精彩，进而感叹外面的世界很无奈。喝过很多的"人头马"，忽然会向往醪糟和老酒的余味儿；打过许多领带，发现中国丝绸领带别有一番气派；走过很多很多地方，这才惊叹中国茶无所不在，炸酱面竟是让人一想就口角流涎的圣餐。这时候回眸故里，无端生出了许多惆怅。这是乡愁。闭上眼睛，她就来了；睁开双眸，她又走了。这时候才会发现蛇灰蚓线般的石鼓文，破译要待来日；陶埙和石磬发出的音响，竟然也能加入现代音乐的行列。最古老的怎么会成为最现代的？众里寻她千百度，蓦然回首，那人却在灯火阑珊处。乐山大佛是奇迹，永乐大钟是奇迹，九龙壁上的飞腾，是古老的龙的民族的图腾，也是意象诗。这一切一切旧相识，在远别之后才发现了她的魅力所在。是因为苏氏东坡早在偈语中讲过了"不识庐山真面目，只缘身在此山中"吗？

我们在说创新，儿辈在说创新，孙子们也会说创新。问题是我们的爷爷的爷爷和孙子的孙子都不能揪着自己的头发，把自己送上外星人生息的世界。我们只能从这片五色土上站起来。我们必得认识到传统这个浩大的黄色织锦的包袱皮儿中，哪瓶是乳汁，哪瓶是鸩酒。问题的症结，也许是我们对于民族文化传统中那些优秀的东西不甚了了，当外国人说现代物理学从东方神秘主义哲学，从太极图中找到了哲学基础，我们往往才"噢"地惊叫一声，出了一身的透汗。我们大多知道一些龙文化，还知道民族传统中的凤文化吗？遥想当年，民族传统文化辉煌的春秋战国时候，孔子，老子，庄子，墨子，孙子，联袂登台，百家争鸣，我们知道多少？由此追溯到商周以来，那精彩绝艳的楚文化和奇诡抽象的"鬼方"文化啊，楚辞那美人香草的世界啊，悲愤哀怨的主观色彩和光彩艳丽的风格，叫人闻之涕泣，每根汗毛都竖立致敬；那商周青铜器装饰着的狰狞兽面，天乎？地乎？神乎？人乎？人神合一乎？天人合一乎？面对那些生着绿苔的兽面，真弄不懂祖先怎么超越了时空，领衔了当今现代抽象艺术之先锋？可惜我们只好从马王堆、江陵马山出土的漆器、丝绸中，辨识一些当年气象了。我们看到那《云气异兽图》充满了宇宙苍穹意识，周流乎天的气韵，在创造夸张变形的物象的同时，创造了一个升腾的空间。哦，纹饰萦回，哦，钩佩环绕，充满了生命的激情。我们从那小小的"辟邪木雕"上，看到了具体物象被肢解之后重新组合成崭新的审美空间，小小的"竹节"上，又是猛虎，又是蜥蜴，又是雀，又是蛇，又是蛙，又是蜥蜴吞雀，又是蛙被蛇吞，哦，出人意表，哦，博大精深，一个生物链，一个生存空间，祖先——中国的上帝们，是如何吸取了庄、老的积极精神，崇尚生命，执着地礼赞着灵魂啊！还有，楚人那凤鸟图腾，奇诡抽象，融篆书入画，与象形文字同构。凤鸟，传说是楚人祖先祝融所化，祝融观象授时，既是雷神又是火神，所以凤鸟呈黑红两色。哦，凤鸟，幻象与真象交织，抽象与具象结合，是人的崇拜？抑或是神的崇拜？凤鸟图腾的运动感、流动感、曲线美，令我们叹为观止。

我们应当跪下来，诵读这些民族文化的优秀传统，是的，应当跪着，面对着摄魂夺魄的光焰照耀千载的这种传统。

现在，似乎传统不那么招人待见了。走俏的只是高价的电声歌星，传统在许多浅薄的人心里，是守旧的同义词。传统似乎仅仅是故宫那生着衰草的脊瓦，是徘徊着潮气的四合院，是旧戏，是九斤老太没牙的嘴。他们仇恨传统，其实，他们后脑还拖着辫子，他们并不知道。民族的历史、民族的审美观、民族心态，依然是他们的宿命，他们也不知道。一辈子在追逐现代艺术的弄潮儿，其实更应该清楚，他们的玩意儿未必比马王堆装殓死人的棺椁更"现代"，他们不了解奇文郁起云蒸霞蔚的楚文化，永远也不会懂得什么是传统。不懂得传统，就不算生存在现代。真正属于民族的，才是属于世界的，这话是不错的。

传说中的神农氏一日尝七十毒，我们能有神农尝百草的精神去品尝传统吗？春秋战国时期诸子蜂起，巫史合流，理性主义拔地而起，而今，我们能用多少理性思维来认识那掺杂了许多许多血缘和亲情的传统呢？汉武帝采纳了董仲舒的对策："罢黜百家，独尊儒术"，儒家学说以绝对权威凌驾于民族的心灵舞台，倡导以中庸之道为准则的"仁学"，调节人际关系，中和感性和理性，个体与社会的关系。从某种意义上看，独尊儒术，规范和桎梏了民族文化中想象的升腾和创造精神的飞扬。同时，也孕育了民族审美意识的理想与现实，再现于表现的和谐。我常常想，民族的心态、民族的审美、民族的艺术，大略可以用太极图这个圆来概括。圆，在西方，摩尔看作是性；在这里，圆与黑白两色却是包容了人的内宇宙和大自然的外宇宙，也可以说包容了天地上下刚柔阴阳一切一切。围棋是黑白子对阵，中国画知白守黑，太极剑、太极拳，行走着圆弧，连中国的民间秧歌舞的队形也是圆的——蛇盘九颗蛋也罢，卷心菜也罢，二龙戏珠也罢，都逃脱不开这个圆圈儿。周而复始的圆，无穷无尽，充满神秘色彩。我们可以看到大宇宙的自我调节和人的内宇宙的自我调节，因为悟到其中妙处，获得极强的心理承受力和临机决断的应变力。在艺术上我们这个民族追求着中和之美，中庸之道。古乐论中反复论说，不过激，不过狂，不过显，讲究抑制，平和与收敛。在美术领域推崇不媚不火，宁霸气不俗气，追求意境、趣味和悟性。在文学范畴里，总是以温柔敦厚为上，杜甫因之而被放在诗仙诗鬼诗佛之上，称之诗圣。好一个圆，一个硕大无边的圆！

我们阅读传统，了解传统，我们才知道，西方文化以感性与理性的激烈冲突为特征，人的精神一直在寻找家园，感性欲求不断冲撞理性篱笆，在艺术创作中往往激烈地批判现实。我们则讲中和，讲实惠，讲君子之交，伦理理性制约着审美心态，从来不极端地否定和批判，因之，文学中主观色彩很浓的抒情诗、山水诗、散文颇发达，而叙事文学不那样发达，史诗性的作品凤毛麟角。

音乐上追求淡泊、悠远、自然的心境和意境，在作品中则表现为多是单一主题，很少多主题对抗冲突，很少有复调，曲体则是简单又简捷的民歌歌腔体和联曲体。我们民族习用五声调式，十分稳定，极少用导音、下属音、变化音。曲分文武，文曲如《潇湘水云》《高山流水》等，多如过江之鲫，武曲如《十面埋伏》，少如蚌中之珠。

在绘画领域，则追求笔墨情趣，发展山水花鸟，宋代院体画之后，抽象因素与表现主义品格兴起，及至明清，沈周、唐寅、徐渭成了气候，狂放奇峭的文人品格得到了发展，演化至今，既有些许发展，又有走向程式化、符号化的趋势。

如是种种，知己知彼、知长知短、知盈知亏、肯定、否定、否定之否定之否否否否……我们会发现，老祖宗留给我们的空间，留给我们的话茬儿，留给我们游刃的余地多着呐。这时候，或许我们才可以深深地向传统鞠一个躬，带着她老人家赐予的书箧和行囊远行了，说一声"回头咱们再会"了。

言之不追，笔固知止。话说到这个份儿，该摊开稿纸，泼墨理纸，试一番传统笔墨了。

人们知道我这番情愫吗？

第三辑

鱼戏莲叶西

岁月把记忆中的苦涩漂得很淡，

剩下的都是好故事。

# 托尔斯泰的背影

到俄罗斯旅行，早已盘算好了，第一重要的是去拜访伟大的作家列夫·托尔斯泰庄园。也许，可以偷窥一下老托尔斯泰笔下那些惊心动魄、光怪陆离、浪漫沧桑的贵族生活；或者，能够追随一会儿老作家高大的背影，重新参悟《战争与和平》的妙谛，也是终生幸事。

我们走向列夫·托尔斯泰图拉庄园这天，天气特别好。蓝天白云，遍地阳光，什么蹊跷事都可能发生。走进庄园，却十分意外，看到的是一片荒郊野林。庄园空荡荡的，天上连个鸟儿也没有。地上模模糊糊的马车的辙印，绝不可能载来贵族军官沃伦斯基，只能算作这里曾经有过车马的一点记忆罢了。我兀自在庄园走了一阵子，终于闻到空气里飘来了马粪的味道，看见老远的地方，马在悠闲地啃着地上的青草。托尔斯泰称他这个庄园是阳光明媚的那片草地。现在的阳光明媚就只剩下马来啃了。

眼前的列夫·托尔斯泰庄园的景致，让我那渴望奇迹的心平和下来了，步履也缓了。我走过了林中的展览馆。这座看上去很普通的庄园农舍，是老作家如囚徒般生活的地方？说来很难让人相信，托尔斯泰写作他的《战争与和平》巨著的房子只有十平方米。很小很小的屋子，很小的一张书桌，十平方米呵，就铺开了人世间惨烈的战争和生死相依的和平，简直不可思议。据说他在写作《战争与和平》之后，进入《安娜·卡列尼娜》的写作，这个时候呢，画家给他画了肖像，就是现在我们能见到的托尔斯泰。而这个时候的托尔斯泰，写《安娜·卡列尼娜》的时候，从这间十平方米的房子搬到了另一间十平方米的房子，一共搬了三次。没人知道老托尔斯泰怎么像中了梦魇一样，写着写着，抱着稿纸、墨水和笔，挪了地方。挪了，又不安生，又换房间。究竟作家患了什么征候儿，一回回调换作品写作的地方，是因为女主人公安娜和男主人公沃伦斯基回肠荡气的爱情和最后安娜卧轨自杀的惊心动魄的遭遇，搅扰着老托尔斯泰坐卧不宁，欲写不忍，欲罢不能，只好从这个屋子搬到那个屋子，捧着心，寻找片刻的安宁。我因为也干写作这活茬儿，我知道，那时候，老作家笔下美丽女主角安娜的行踪，已经不是作家随意安排了，她顺应着外宇宙和内宇宙的法则，不可违拗地离开了家，走向铁路，躺在了铁轨上，发出最后一声叹息……在参观列夫·托尔斯泰遗物的时候，我看到了一双牛皮靴子。十分难于理解的是，这双靴子竟是托尔斯泰在晚年自己缝制的！我相信，没有人能把伟大的俄罗斯作家托尔斯泰和皮匠联系起来！那是何等厚重而坚韧的牛皮啊，剪开需要怎样的手劲儿？拿起锥子、皮绳，连缀起一块块牛皮，需要怎样的工夫和耐性？他竟然放下未完成的长篇巨制，一锥锥、一线线把这个靴子缝制成功了。中国人都喜欢讲预兆，我不知道他这个靴子预兆着什么，预兆着他虽然在这个十平方米的小屋子里不断地写作，但他的心灵却属于远方？于是，1910年10

猫之祭

月 28 日凌晨 3 点，托尔斯泰叫醒了他的捷克籍医生马科维茨基一起走出了他的庄园。他为什么在后半夜告别了自己的庄园，离开了他生存和写作的地方，到底要去向何方？ 11 月 20 日，等于是 22 天以后，他在旅途中受了凉，感染了肺炎，在一个叫作阿斯塔波沃的小车站与世长辞。他最后头上戴了一个深黄色的羊绒帽，脖子上围着一条淡蓝色的毛线围巾，手上戴着一只厚厚的破旧的手套。他最后是在一个火车站上与世长辞了，不知道他是在等车，还是等谁？也不知道是不是他的灵魂，随着那远去的呼啸的火车，走远了。

这次拜访图拉庄园，虽然没看到什么巨大的塑像和高耸的广告牌。可我还是受到了巨大的震撼！像列夫·托尔斯泰这样的人、这样伟大的作家，我们在他的图拉庄园看到了他最后的"寓所"，中国人叫作"阴宅"。列夫·托尔斯泰的墓地在林中一块阳光明媚的草地上。十平方米的墓地，不但没有雕塑石刻，连块简简单单的墓碑都没有。整个墓地长不过一米，高不过半米，用黑褐色的泥土堆起来，长满了青草。当然，专门来看这块墓地的，来看托尔斯泰长眠的地方的人，从全世界络绎不绝。

在这块墓地前面站着，心里有点酸酸的，你根本不可能说是听到他的呼吸，感觉到他的声音，什么也感觉不到，就感觉到青草的味道和黑土的味道，青草每年都会重新长起来，秋天都会凋零，到春天又长起来。

那天，离开图拉，因为要吃晚饭了，我们在路边买了图拉庄园的俄罗斯白蘑菇，做了菜。我的夫人王作勤在那儿特别带回来一幅托尔斯泰袖珍的、印刷的高仿真油画像和一个泥人儿的芭蕾舞"四小天鹅"陶器，还有一个解便的老头拿着草帽，蹲在那儿。

摆弄着这些小物件，我的心里想的是另外一些事。一连几天，我都茫然若失。是呵，我宁愿相信，图拉庄园冷清了，老托尔斯泰穿上他自己缝制的皮靴，走远了，从一个他喜欢描写的小火车站，到另一个小火车站……

# 妻妾成群的王家大院

## 一

淋了一身的冷雨，走近了广丰十都村的王家大院。看这豪宅，一身北方气度，老大一堆。而那些斗拱飞檐花窗，又融了些个"徽派"和"浙派"，南方的风味。我越看越觉得找不到"北"了。

回眸来时的村中小路，全是小鹅卵石拼的。窄窄的，弯弯的，弯过去就没事了。小路两边的东倒西歪屋，无头无绪，无言无语，跻身在豪宅周围。

王氏豪宅，这集南北之大成的石头阵，又不会飞，是怎么落在这个江南小村的心腹之地呢？

先有村落？

先有豪宅？

谁比谁更老些？

村与宅，谁先来说话？

我默默地呆立在王家豪宅门口，仰看门楣上"中华第一民宅"六个大字，被黑沉沉的廊檐压得喘不过气儿来。王家，到底占地多少？我不懂丈量。只听有内线惊叹："这是江南黄金地段啊，占地 46 亩""一共 108 间房""36 个天井"……还听人说，这里，每块砖，包括脚下踩着的，都胆敢和北京皇家故宫一等一，是用米汤拌石灰特制的。

故宫？

大米？

这老家伙，肚量好大，一口气要吃多少大米饭啊！

走进大院，犹如掉进了碉堡铁桶一般，煞是憋闷。

厅、堂、廊、室，依次静肃排列，如古典套盒。天井有一小亭，坐进去，冰凉的，环顾四周，更有陷入八卦迷宫的感觉。亭台下面，围着石阶石槽，水自顾自地流进来，自顾自地流出去，进排水天造地设般通畅。亭台旁边有青石围栏，中间是鱼池。鱼儿，有亦可，无亦可。极普通的几尾，无情无绪地游在水中。

最让人惊诧的，还是布置在门、窗、檐、楪之间的石雕、砖雕和木雕，数量之多，工艺之妙，世所罕见，蔚然而成南北大匠工艺的"雕刻博物馆"。我看得真有些傻了。没想到那些廊檐的柱头上，竟飞来了民间传说的八位神仙！铁拐李、何仙姑、张果老、汉钟离等大腕，还有大名鼎鼎的吕洞宾，各持法器，踏云而来。神仙们只轻松地一耸肩膀，就稳稳地接住了黑沉沉的飞檐。看这些绝妙的雕刻，甚至能听到匠人刀锋游走时的风声。曹衣出水，吴带当风，这些礼赞绘画的最佳用语，都显得苍白。

最有意思的，是那风流倜傥的吕洞宾，正瞅着美丽的何仙姑，一脸的坏笑。

饱经世故的何仙姑也笑，笑得神秘无声。神仙在笑什么？笑这宅子好风水,还是笑自己?

无言的雨,无声的鱼,无根的水,无解的笑,联结成了山环水抱的古宅无法言说的妙谛,几缕淡淡的禅意,让我感觉着来自天籁和人间的静谧和平和。从这个角度说,这爿古民居,是不是岁月遗落的一块古玉?有一些冷峻,有一些温婉,还有一些沧桑,甚至在玉石的裂纹中能看见古浸微痕,能感觉血液在流淌。

也许,把这爿古居比喻为古玉不合适,太简单了。它绝非一眼就能看透,一伸手就能把玩,一下子就能读得懂的。它更加浑厚,更加驳杂,更加传奇。单凭当年院子里的一百单八间房的住客,就是很热闹很热闹的一本大书。

当然当然,关于眼前兀立着的这本"书",我一时半会儿还读不起,不知其貌,不解其意。

## 二

人说,王氏豪宅的始作俑者,叫作王集贤。

我们已经无法接近雍正、乾隆年间,江南商业巅峰上的王老板,也不好想象他老人家的尊容。大约他手上应该戴着翡翠的扳指儿,挥手之间有高贵的绿色萤火闪动?也许他怀揣着精妙的鼻烟壶,一嗅之后,会打出响亮的山西喷嚏?或者,他平日里左手大指、食指和中指,三个指头有事没事儿总爱飞快地拨动,明白人说这是在空中打算盘,属神算子一类。这许许多多的假想和揣摸,都可以不信,但有一点肯定不是杜撰:这人生性温和,天生情种,眉眼之间泛桃花之色,极有女人缘,舍得银两去勾人。其实,他最重要的收藏,便是妻妾成群。无人知道王大老板递补过几房美妾，只知道他不停地在十都村里盖房，一辈子都在实现着他的"金屋藏娇"的梦想。至今屹立村中的绣楼"玉韫山辉"，就是证明。

当年，草纸业大王王集贤，胆量、气度、心智，在商贾繁华的江南一带，无人可比。他长袖善舞，利用官府人脉，帮一位富商打赢了官司，受赠了建房的地；他眼观六路，请求行走在生意场上的一位老太监帮忙，拿来了皇宫设计图，按图索骥。他建豪宅需要能工巧匠，便在雍正年间首创"招标"：令应聘者造一艘全榫卯的小木船，内装草纸一张。木船下水一天一夜之后，看谁家船中草纸无半点水渍，谁中标。如此这般，才有了今天这融汇南北技艺的豪宅。

他的老屋始建于雍正时期，落成于乾隆时期，耗时 37 年。我粗略地算了一下：就算王集贤 20 岁现身江湖，差不多三四十岁就可以成为广丰第一土豪。再经过一砖一瓦叠加了 37 年之后，豪宅终于收工。当他耗尽移山心力站在新居门前的时候，已经是七十几岁的老人了！

那些像小燕儿一样的成群的妻妾呢，当年 20 来岁的妙龄女子，等住新房等得白了头，全是五六十岁的老妪了。

整个王宅，一个敬老院？

当然，王集贤并不缺少新欢。他新纳的小妾，既有东宫，也有西宫，美女如云。只是，老王自己终于韶华难再，面对年轻的"粉头"，也力不从心了。

据说，王家豪宅落成不久，王集贤就"走"了。之后，又是 20 个年头，王家彻底破落，豪宅不豪了。哦，真应了那句话：

"君子之泽，三世而斩。"王集贤之泽，到底没能扛得住三世的磨砺。唯有这老院子、老房子，还没事儿人似的站在村子里。

这种人生跌宕，沧桑变化，很让人无奈，让人心有不忍。

我很想和如今的房主说句话，聊聊往事。一转眼，有鸡毛扑面而来。院子里，小鸡和老母鸡正在玩耍。鸭子和鹅的"午餐"，正在人家砧上剁。一个大杂院，百姓居民，都在忙"生活"。有一个不满周岁的小娃娃在吃力地爬门槛，堪与故宫金銮殿比高的门槛，够他爬些日子的；有一扇敞开的屋门旁边，一个老汉，不管有烟没烟，嘴里把长烟袋吸得咂咂有声；一个老婆婆，舞动竹篾，编织着永远编不完的箩筐……

## 三

匆匆在院子里绕了一圈，那些爬门槛的、剁鸡食的、抽旱烟的、编箩筐的……自顾营生，没有谁会管我的来去。

十都小村，正是晚炊时候，可是村民们都改用煤气和电炉了，没有人家举着炊烟了……

这个小雨黄昏，分外冷清。

我心里懊恼起来：刚在王家宅院盘桓了老半天，却根本没触及豪宅的半点有温度的生活！

王集贤用后半生堆起了一百零八间房子，那些五光十色的住客，都是什么模样？

无人知道。

有朋友建议我发挥合理想象，补充我们看不到的王家大院生活。

想象?!

哇塞，想——象！

如果凭想象能去乾隆时期，我就光荣地玩上"穿越"了。

其实，我很喜欢"穿越"，一直也在寻找"穿越"的机会。我不自量力，总觉得"穿越"是我的强项，我可以把够也够不到的过去时代的那些生活，追回来。

那么，我可以"穿越"成谁呢？

王集贤的股东？太正经。王老板的小厮？太不正经。王宅的少爷？这种人物滥觞了电视剧。王宅的远亲？从英国回来的，这种人物在电视剧里也滥觞了……

要不，俺就干个货郎算了。

货郎?!

挑着花团锦簇一般的俏货担子，带着女人最想要的胭脂、粉盒、金簪、银钏、牛角梳、玉镯，还有头油什么的，走街串巷，谁都混个熟脸儿，谁也不避讳谁。只需货郎鼓一动，花窗没有不动的。

当然当然，咱这位公众人物的后脑勺，要长出一根小辫子。

……

不知道哪位大姐喊了一声："货郎来了！"

壁垒森严的王家大院立即"解散"了。女人们一下子就从黑屋子里蹦了出来。那情景像是女囚放风，又像发了芽的土豆出土，全滚了过来。一张张脸，不论老少，都让黑屋子捂得惨白。有高贵美艳的"格格"，也还真有"哗啦哗啦"掉面儿的，掉下的是我卖给她们的粉。粉一落，剩下的脸就只有车道沟了。

我听见上房老爷子断肠的痰咳，一声连一声，好像在喊救命。

我问妻妾们："老爷子好些了吗？"

一片吵嚷：

"哎哟，大姐要的绢花儿，你这个死鬼还真给我弄来啦！"

"婶娘问你，你这个牛角梳子，真有牛劲还是假有？"

"给我打二两头油吧。嘿嘿，紧打酒，慢打油，懂不懂？慢慢慢慢，你这个小货郎，赶鬼呀你？"

"两对鬓花大翠，加上两方紫绫闪色销金汗巾儿，归老娘所有了。一共赏你六钱银子，什么？嫌少？别给脸不要脸。"

"小小子儿你记住了，上回我裁的大红金板绿叶百花拖泥裙，真养眼啊，你把这种料子再给我弄两匹来，货到付款，不拖不欠。"

这时候，有人趁乱用手指狠狠地掐了我大腿一把。谁下手这样狠？我那无辜的大腿哟，肯定闻声变色，泛青透紫了。我叫得比"疼"还"疼"，"哎呀我的娘！谁掐我一把？谁？缺德的娘们儿！"

粉头们扑哧扑哧笑。

有人说："谢谢你个小货郎还惦记着。老爷硬朗着呢！"

老爷子又咳起来，咳得真的硬朗了些。

说话的是妻妾班头，粉面领袖、脸上从无笑意的大夫人。她凑过来小声说："别理那些泼辣货。听着，村西头我那四间门面房，赶紧帮我找主儿，我手头儿紧，等钱花。"打情骂俏之间，我的宝贝货郎担子，在一片热烈、幽默、和悦的气氛中，迅速变轻了。

忽然有女子的叫声惨烈而锐利："你这个千人骑万人压、牛马踩猪狗人的骚狐狸精，我给老王家生了个男孩，你快要气死了！你多么歹毒哇，你弄只死猫来吓我的儿呀……"女人叫着，叫声呼号到了天上，又跌到了地面，变化为哭泣，哭泣又如断线的风筝，时有时无，看着这个女人就要背过气去了。

大夫人厉声道："吵什么吵？吵什么吵？你们都是死人哪？快把她弄到屋里去，别给旁人洗耳朵！"

下人，男的，像要杀猪一样，连拉带拽，把哭叫成一团的女人弄走了。

大夫人面带歉意地向我咧了咧嘴，莫名其妙。

透过天井，我望了望天。

雨乍停，雾上来了，看什么都不真实。这会儿，我看见一张红是红、白是白的粉面，在围屋门后边，向我使了一下眼色，就没了。

我自言自语说："嗨，该收摊了。"

那张漂亮的粉面，又在门后边露了一下。我赶紧整理好了剩的货。粉面不知什么时候窜到了天井石栏后面。

这回我看清了，那张小巧而精致的脸，细皮嫩肉的，没施脂粉，完全素面朝天，反而显得很真切。她的睫毛又长又弯，眨动之间，拨弄得我这个货郎的心，狂跳不止。大约是刚刚泼辣女人哭诉的那只猫，被人从围屋里扔出来。猫大叫了一声，逃了。

我也飘着小辫子，赶紧逃了……

这段"穿越"，全当是我的梦吧。

"穿越"，不知可否表达我"展映"真实王家大院的意愿。我要攫取的王家大院的生存节点是：商业巨子王集贤行将就木；大夫人开始变卖产业；成群的妻妾表面叽叽喳喳，暗地里，有的寻隙偷情，有的互相算计，有的恶毒诅咒，有的甚至准备仇杀……

大戏应该开锣了！

雨停了，雾上来了，我踏上了归途，王家大院渐行渐远了。

当地的"内线"，又提供了两段往事：

说是当年一位乾隆宫中的老太监，忽一日，想起了王集贤曾使钱请他弄建造大宅院的图纸。老太监糊里糊涂，顺手牵羊，随便在宫中抓了一份图纸，塞给了他。

这是一份建造"冷宫"的图纸！

人说，王家大院虽有皇宫气派，到底是不祥的"冷宫"。

还有一件令人唏嘘的往事：闻名遐迩的小说《金瓶梅》中，潘金莲故意驱赶一只叫作雪狮子的猫，吓死了李瓶儿的儿子官哥。当地人都知道，王集贤一位爱妾的小孩子，也被害死了，丢进了墙角的深井里……

有人说，王家大院便是江南十都的《金瓶梅》。

我半晌无言。

这两段往事，都是谶言吗？

王老板依皇家冷宫的图纸盖成的豪宅，就是"冷宫"？当年院里院外的妻妾粉头张扬，芳裙曳地，星眸闪烁，燕语莺声，叽叽喳喳，"冷宫"何冷之有？还有，如果不是住进"皇家冷宫"，商业巨子王集贤就不会商业身家败落，人就不会老死吗？还有，

257

他虽然妻妾成群，却根本没有"金"，没有"瓶"，没有"梅"，他只有他自己的"玉韫山辉"。妻妾斗法，乃生之必然，娃儿冤死，此案与西门庆家的案子偶然相似，却没有可比性。要我说，"金瓶梅"就是"金瓶梅"，王家大院就是王家大院。

王家大院，是一部百科全书！

有空儿，慢慢地琢磨吧。

离开十都王家豪宅，我走在鹅卵石上，又不由得停下脚步，回头望了望。

冬日的晚雾，渐渐把远村包裹起来。天地一灰，混沌一片，我庆幸脚下踩着实实在在的鹅卵石，不然，真不知身在何处了。我无法辨别小村中曾经最惹眼的群落——王家大院。那充满了人兮悲欢的王家大院，在晚雾中说消失就消失了。我心里，也茫然若失。

# 黑 天 鹅

阴晴不定的日子，在安吉百草园的山里住了四天。毛毛雨说来就来的，整个人都给泡酥了。不知道谁惹了谁，老天说哭就哭，说笑就笑。可是，雨归雨，晴归晴，湿归湿，糯归糯，临到要回家了，又舍不得走了。

整天把自己交付小游览车，按图游历的日子，太不自由。想看的没看透，想玩的没玩够，想吃的笋尖吃吃就没了，就是想和这些野花野草野树野兽狂喊一阵，也喊不出来。我的野性给蚀掉了，我的心情莫名其妙地阴着天。

不，我不想走。

我流连于此，有事未了。我来山里的目的之一，是寻找能做动画脚本的材料，这材料，其实就在手里边。

你们谁知道？

园区老师傅说，紧接着我住的房子，就是那个阴天上演雨打芭蕉、晴夜敞开平湖秋月的那个，普普通通的大水泡子。水里有一个故事。是一个凄绝、哀婉、悲痛得不能再悲痛的爱情故事，而且没有结局。

哦，爱情！

悲剧!

而且,没有结局!

我还能走得动吗?

老师傅说是偌大一个平湖,前不久来了一对野天鹅。男天鹅和女天鹅,都是黑的。可以想象:他们的羽毛都闪烁着墨玉般的光焰。红红的疣鼻,好像爱哭的孩子不停擤鼻子,擤成了可怜巴巴的样子。长长的颈呦,弯弯的颈呦,扭来扭去,一切一切的,知性语言和瞻瞻丰姿都在曲线的变幻之中。他们,每分每秒都在展示着那种天鹅独有的冷艳逼人的美和只可远观不可亵玩的高贵。

不知道男天鹅和女天鹅是哪天到安吉深山来的。他们两个,是隐婚?逃婚?闪婚?裸婚?不知道他们之前的家族,谁是罗密欧,谁是朱丽叶?是否因为相爱不成喝了毒药,醒来私奔到此?更不知道男天鹅和女天鹅原来是不是同桌,同命,像那个姓祝的爱上了姓梁的一样,只是临了临了,没变成蝴蝶,变了天鹅!

天哪!黑天鹅,两只。我肯定,他们之前有一大堆动人心魄的爱情故事。那些故事比一切想象都要"离谱儿"!

这就是动画!

本来嘛,世上一切美丽的爱情,都必须有荡气回肠的故事。爱情越是凄美,越是伴有千回百折的经历,甚至于刀光剑影,生离死别。血腥味是必不可少的,那些流血和流泪的生死绝恋,让爱情变成了生命树上的奇异果,往往高不可攀,扑朔迷离,真假难辨。取得真正的爱情,往往是男的和女的最辉煌的生命的腾越。

试想，这一对黑天鹅在百草园深处的婚礼，是怎样轰动四方的吧。

　　森林百兽，谁能躬逢其盛，谁就捡了世间最大的便宜。黑天鹅的婚礼呀，这是什么样美妙绝伦的"桥段"！我们这个星球最美丽的金刚鹦鹉，盛装华服而来；我们这个世界迷死人的绿孔雀，婀娜开屏而来；白鹭白鹳和火烈鸟绶带鸟，相约迤逦而来；威风凛凛的老虎、狮子、大象、犀牛，在森林四周充当仪仗队和最厉害的保安；侍者金丝猴跳来跳去；嘉宾小熊猫弄几竿竹子嚼个不停；百鸟叽叽喳喳品评着新娘新郎的伴娘伴郎……最有趣的是，安吉百草园的天鹅婚礼，天鹅说天鹅的话，孔雀说孔雀的话，金丝猴说金丝猴的，河马说河马的，各操一国语言，整个儿一个国际性的"杂拌儿"，世界级的喜事，说是天地之间最蹊跷的精灵舞会，是风华百代的童话也不过分。安吉百草园千余员工竟无一人受到邀请，说的也是，像这样大规格的聚会，就时间当然是选定一个月黑风高，林雾障眼的午夜，绝对私密，谢绝外人，人来了就散，人走了就聚，一番"迷情闪舞"，电光石火，征服了时空，来去不留一丝痕迹。

　　我的天哪！动画"天鹅与天籁"有了绝妙开头了。开篇就是盛大的安吉森林天鹅婚礼啦！

　　有了开头，故事讲下去就是了。

　　那么，后来呢？

　　园区老师傅说：后来，两个人举案齐眉，相敬如宾，亲亲热热地过日子啦……老师傅一句话轻轻松松地把我所有的想象全打得粉碎，让我一跤跌回了大地。什么"举案齐眉"？什么"相敬即宾"？什么叫作"过日子"？这还是天鹅吗？是呵，是呵，"夜里想了千条路，白天还得卖豆腐"，生活就是如此这般的实际，甚至有些残酷。天鹅也不能免俗，也得踏踏实实"过日子"。好在，天鹅们没有"房""车"之虞，他们就住在无名湖里，香樟树下芭蕉叶底，青石板上，而且整个湖上，任凭他们两个肆意挥霍爱情，日子还是非常非常潇洒的。他们拥有自己一方爱情角，随便怎么爱，都无人打扰。

就这样，男天鹅和女天鹅，在安吉百草园，相依相伴，相守相知，如胶似漆，如鱼得水，寸步不离。往来的看客都习惯了两天鹅出入相随，不离不弃的温馨日子。有人因此竟倡议把那句俗话"只羡鸳鸯不羡仙"，改成"只羡天鹅不羡仙"。人们默默祝福他们，祝福这一对陷在爱情湖里的神仙眷侣，尽情享受"好日子"。

一切好日子，都有"大限"。

黑天鹅并不知道，他们的"大限"已近。

那日，午后，残阳被一层金箔包裹着，缓缓地从樟木树梢向下坠落。湖面一片苍烟，仿佛结成了一个巨大的褐色包袱皮儿，包裹着即将揭晓的悲剧之核。风，停了；树，不摇了。只有刺耳的"天籁"，好像在预告着什么。关于这个时刻，后来有人说，男天鹅和他的女天鹅，正在"躲猫猫"；有人说，女天鹅和男天鹅，正在寻找最佳栖息处，遇到了生命的不测。最让人听时不敢信，信时心已碎，难以承受之轻的，说是两只卿卿我我的天鹅，爱到极致，忍受不了一丁点儿误会和误解，承受不住一个不快乐的眼神儿，两天鹅正在为琐事吵架，拌嘴，男的闹了小脾气，躲入芦荡，女的寻找恋人，俯冲入水，撞在湖中巨大的石头上，心脏破裂而死……

他们的爱薄如蝉翼，说撕碎就撕碎了。

就这样？

死了？

死了！

可这一点儿也不浪漫，一点儿也不动画啊！

黑天鹅，黑天鹅，你们不知道吵架的恶果会是一方"撞山"而死吗？一个怎么忍心留下另一个绝尘而去？剩下另一个怎么活？

黑天鹅，黑天鹅，你们不知道小吵小闹小脾气小波折，原来是大爱的"佐料"吗？吵吵闹闹，动动嘴巴就算了，谁叫你们真动气呵？

黑天鹅，黑天鹅，完了，现在剩下一只了。

剩下一只怎么办？

我一下子想起了楚霸王在乌江横剑时唱的那句绝命之歌，"虞兮虞兮奈若何！"真是莫名其妙。我也试图问，那只剩下的天鹅有没有绝望地抱住死尸投水，真是煞风景！当时那凄惨的情形，我不敢想象：金箔一下子破了，她包裹的椭圆形的残阳，化成液体坠入湖中。天地红得化不开。天鹅之死，惨烈地迅速落幕。她黑色的羽毛，一点点变成了紫色。可她至死不肯沉没。她高贵的头，深深地垂到湖中，紫黑的血水从湖底下滋出来，由西向东弥漫。樟树、毛竹、苇草、野花，全溅了一身的血。活着的天鹅直到看见绝命的天鹅匍匐在水上，翅膀徒劳地张开，肉身子在缓缓下沉，才明白发生了什么。他凄厉地向天哀叫，声音撕裂心肺！他围着死去的那个拼命地拍打翅膀，从一块石头跳到另一块石头上，翅膀溅起的水，哗哗，哗哗，一如紫红的瀑布……

园区老师傅说，再下去，还要出大事。活着的，不是悲伤而死，便是落水而亡。他的那种绝尘绝世的悲怆，人间根本不曾有过。从此，他不会离开这个伤心之地了。他会守着爱人的尸体，直到自己的生命耗到尽头。人们知道，目前，拯救这只男天鹅的唯一药方，是长痛不如短痛，立即安葬逝者，真正让男天鹅无望，知道生死分离，阴阳相隔已是现实……可是，取走女天鹅的尸体，谈何容易？简直是一场战斗！男天鹅疯了，只要有人试图接近他的那个死人，他就红了眼睛，直了脖子，去拧人，去拼命！

故事说到这儿，我呜呜地哭了……

不不，不是因为我的动画材料完了。

不是……

我的那个没谱儿的动画，不"动"也罢。可我的优雅婀娜的黑天鹅，你不能这么说死就死啊！黑天鹅死得这样突然，这样惨烈，又这样草率，这样不值得，这样的生活要不得，这样的故事不可以，这样的动画我抗议！听到这个坏故事的那天夜里，我鬼使神差地出了房门，向迷迷茫茫的湖那边望去，阴森森的。樟树和毛竹掩映的湖水，升腾着一片一片白雾。所有的树叶和黑蝉、蛤蟆一起鼓动"天籁"，吱吱呱呱的混声滚了满地。我踩着石头子儿铺的湖边小道，真的有些害怕了，不敢往前再走一步。我自己也不知道在想什么？是不是怕撞见女天鹅，黑的，那个飘荡的灵魂？其实倘若有女黑天鹅的灵魂绕湖而飘，才是最好的结局呢，这样就可以安抚那个仍在湖那边的灵魂了。但是，没有，什么也没有，没有黑天鹅，也没有黑天鹅的灵魂。古诗里无奈地说过这种丧偶之痛："惟将终夜长开眼，报答平生未展眉。"就是说，相爱的两个，一个走了，把痛苦留给另一个。另一个，就像鳏鱼样，眼睛整夜整夜地大睁着，希望能看到爱人把皱着的眉毛舒开……

剩下的男天鹅，那个惨兮兮的鳏夫，如今在哪个角落睁着眼睛？

毕竟，我明天要走了。

这是安吉的最后一晚，我决心大着胆子到湖边去看看。是告别，是思忆，也是……凭吊。

园区老师傅，曾经没有边际地把大手向湖水一划，说，剩下的黑天鹅就在湖上。不过，而今他"老人家"成了个流浪汉，没有准去处。若要找他，看运气罢。

是不是说，黑天鹅成了流浪的行吟诗人一族；整日整夜吟诵不着边际的爱情。据说，这些诗人若想摘取世界级的诗之桂冠，第一个入门条件是"忧郁症"。

黑天鹅，有没有，忧郁症？

其实，安吉百草园园区的老师傅，心思十分缜密。他和同事们寻遍天鹅种群，百里挑一挑了一个和那个不幸坠亡的天鹅一模一样的女天鹅，也是黑的，悄悄送到了湖上。

这真是，"插柳不叫春知道。"

又一个爱情绝唱开始了？

又一个？

我不禁赞叹，安吉人太伟大了。人类在此之前，对待天鹅的
爱情判断，狭隘、实用，而又小气。常听人称赞天鹅的"一夫一
妻"，仿佛不论遇到了什么横祸，活着的就该"鳏"着，永远睁
着眼睛才好。胸襟开阔的安吉人，不在悲痛面前止步，为孤独者
努力创造新的幸福，给两个黑天鹅独居者机会，这才是如梦如幻
的"动画"呢。是呵，为什么不？如今，天涯海角的电视台都在
重复一类"相亲"的节目，鼓励"单"着的"大龄"和"老龄"
往前走一步——过去民间叫"走道儿"。

黑天鹅，走道儿了吗？

不知道。

我更不知道，我的告别，男天鹅，黑的，能否接受，和我见
上一面。

山很高，月很小。金碟银盘般的月儿，让擎天的毛竹叶儿，
一擦就没了。湖水因此明明灭灭，开开合合，让人赞叹唐诗"松
排山面千重翠，月点波心一颗珠"的妙处。湖边的灌木和苇草，
还有芭蕉，乱晃乱摇。女天鹅殉难处，已经有人围了竹篱。男天
鹅不知藏在何处？

有两个女孩拉着手而来。

是我们一起开笔会的，一个是"金华"，一个是"连云港"。
老远看上去，两个全都黑乎乎的，不像走路，像是在飘荡。

我问：师傅告诉你们的？

无语。

我说：我知道，你们是"黑粉"，我也是"黑粉"，我们都

是黑天鹅的粉丝，不过，叫"天粉""鹅粉"也没什么不可以的。我可不敢肯定黑天鹅今晚到底出不出来。可我们明天都得走了。我明天坐高铁走！

天知道，在这个夜晚，这个湖边，这个有过悲怆历程的地方，我见了小女生哪来的这么些废话？

"连云港"说：哎呀，来了来了，在这儿！

"嘘——"我把手指竖在唇上，示意别惊着我们大家的"男神"。

"金华"说：黑天、黑树、黑湖、黑天鹅，全黑到一块儿啦！

黑天鹅没有理会我们，只是有心无心地啄着湖边的无名草，不时毫无意义地搬动着微胖的身子。他脚步蹒跚，憨态可掬，没有任何作秀的意思和高标不俗的舞蹈范儿，又平凡，又实在，默默地自吃自草，努力不弄出一点儿声响，搞得我们也悄声悄语了。

他一个，在这里，寂寞吗？孤独吗？忧郁吗？

他为什么午夜不眠？是不是在等谁？

"连云港"惊喜地小声道："又一个！是她，是，她来了！"

谁？

是那个酷似黑天鹅前女友的——女天鹅！

女天鹅姗姗来迟，终于露面了！

湖面被月色分成了两半，沉着山影的，苍绿苍绿；晾着月光的，好像镀了银。美丽的版画一样的景色使这位"公主"的出现，很有一种庄重的仪式感。她又轻快又优雅地划过湖面，身后摇曳着一条长长的水纹。迷迷蒙蒙的深夜，对于女天鹅算不了什心，她的双眼可以一直穿透黑夜，看到她心之所属。

女天鹅几乎像一艘快艇，迅速"开"了过来。可我们太大意了：那个蹒蹒跚跚的男天鹅，不再蹒跚了，转眼间，不见了！

我不能不惊叹，这是不是爱情的力量？刹那之间，两个天鹅，正在不远处嬉水呢！怎么？男天鹅爱得这么快？忘得又这么快？这当然没什么不可以，可到底有点让我失望。

唔，他们找了个黑沉沉的犄角旮旯，谁也未必能看清谁，不知他们咕咕哝哝地在说什么？

也许——

"猜，我是谁？"

"不。"

"猜一猜嘛。"

"你就是你。"

"谁？"

"我和你，还要猜吗?!"

没有喁喁私语，没有柔肠寸断，没有煽风点火，没有海誓山盟。才一会儿，那男神女神竟然表演了天鹅界最亲密的爱情秀——幸福交颈！这恐怕比人类世界的热烈拥吻还要严重！

我回身要走了。我明天要乘高铁。

我不再偷窥了！

我转身的时候，不小心碰了樟树，万千树叶噼噼啪啪快闪，叶面上的夜的露水浇在我额头上，怪凉的。

忽然，听到了湖边天鹅发出了那种惨烈的叫声。

又出了什么事？

不会是天鹅世界的黑色男神和女神打起来了吧？他们用表情丰富的脖子互相打击狂甩。接着，两个天鹅离开了他们的爱情角，一个追着一个，或者说，是女的追男的。

他们一边在湖上追逐，一边说着什么。

"怎么啦，你？"

"没怎么。"

"我有什么不好？"

"我不好。"

"你就是忘不了。"

"忘不了。"

"为什么？"

"不知道不知道我不知道。"

两只黑天鹅，是这样谈情说爱吗？

"连云港"说：您，没事儿吧？

我自说自话：曾经沧海难为水，除却巫山不是云啊！

"金华"问我说什么，我说：拿出手机给天鹅抢几个镜头吧！

像素高的好手机易有，月点湖心的景致不易有；月点湖心的景致易有，黑天鹅，两只，女神和男神在这样的迷迷离离的情景下示爱不易有！此刻，安吉的无名湖上，波光渺渺，雾气茫茫，远看不知边际。我想，渺如一粟的我们，在这里很快就消失了。茫茫天地之间，那两只黑天鹅，像两个会奔跑的小星星，追逐着，玩耍着，倾诉着，嬉闹着，爱恨聚散，稍纵即逝……我郑重地请求他们，请接受我真挚的爱情祝福！

# 武夷山·纯情山水

竹筏这么咿咿呀呀一摇，我就飘到武夷山的怀里了。

刚刚还行在星村九曲溪码头，小街，晚炊，石桥，祖传秘方，卡拉 OK，高跟鞋，计划生育，晋江时装……目不暇接的是小镇人情世态。等到上了竹筏，艄公一篙点破湿漉漉的夕阳，满奚满溪化开了胭脂。接着，竹筏打了个弯儿，星村和码头顷刻成了昨日，联翩的山和盈眼的绿就匆匆忙忙扑过来抱人了。忽然就写入武夷山空阔的大水墨之中，欢喜得不知怎么好，觉得有点儿像不知起处的梦。

左边是山，右边也是。枕下的溪流里漂着山，天上的云中藏着山。翠衣罗带的山，裸着脊梁的山，呼作玉女的山，号称大王的山，形同兜鍪的山，嬉如童子的山。山在散步，山在遐思，山与山凝望，山和山耳语。山山山山，山接山迎，山环山绕，山的迷宫，山的节日。能够曲尽这如簇翠峰之妙，多亏筏下的水。溪水从上游一万里群山之中冲波逆折而来，似乎就为我作此大山世界之游？这段水路不算长，不足 30 里。没见过比这里的溪水更痴情的，逢山便缠绵缱绻一番，一路下来竟成九曲之溪。九曲回肠多少情意？山和水浅斟低唱，水和山耳鬓厮磨。九曲溪是九叠情歌，只因为武夷山水没有被现代工业污染，没有被那些将古建筑整旧如新的行家整治，隐居在此，保持了纯真和纯情，亘古的情歌才能唱到而今。唱的都是海誓山盟，地久天长。

说不尽武夷山中放筏的情致。细想，峨眉的滑竿虽好，要把人娇成土财主的；香山的空中缆车虽快，终逃不脱钢索绞人的神经，太匆匆也太现代。攀华山只顾了脚下方寸，心来不及骋游，登庐山云又太顽皮，千呼万唤犹抱琵琶。相形之下，武夷山中的竹筏更轻灵，更随意，更陶然，和山和水更亲近。筏行九曲，水直处静如沉璧，舒缓如歌；转折时急流涌雪，大珠小珠溅个满怀。真正的山重水复，真正的柳暗花明。心儿呢，忽抑、忽扬、忽悠、忽闪，跌宕、起伏、幽深、舒朗，快三和慢四，狐步舞或华尔兹，一切听其自然，人也自然会自然起来。身在碧水之上，心上的老茧不泡软吗？能不忘却严酷的世界吗？被荣辱悲欢事业家庭撕扯着的灵魂一旦得此自然轻松，会不会产生隐遁山林的奇想？

山水迤逦来去。碧螺似的山峰之间，时有紫黑的崖出水千尺，始知武夷山秀媚之中含着奇伟。崖间题刻很多，红字如血。陆游、辛弃疾已先行一步，不知载酒放筏相去几程？五曲溪边朱熹讲学处犹存，试问溪边斜出一竹，是否朱子钓竿？一代名将戚继光也在崖上题过诗："一剑横空星斗寒，甫随平北复征蛮；他年觅取封侯印，愿向君王换此山。"戚诗气吞云海，后两句却绕于名利，过分贪心了。幸好武夷山水没有归姓哪位王侯，成为权势者的玩具；幸好武夷山没有落入亭台楼榭窠臼，沾了媚俗之气；幸好"革文化的命"的年代没将此山此水涂满红油漆，幸好经历了许多沧桑，许多战乱，许多岁月之后，武夷山还是武夷山。

　　说到武夷山水的绿，不知朱自清君意下为何？他太挑剔。杭州虎跑嫌绿得太浓，北京什刹海嫌绿得太淡，西湖太明，秦淮河太暗。可是我敢说，自清先生到此也只能心平气和。武夷山水：绿得单纯，绿得繁复，绿得幽深，绿得明快，深深浅浅，浓浓淡淡，兼容并蓄。绿得清瘦的是竹枝，绿得肥腴的是芭蕉；苍绿的是石上的苔，茸绿的是坡上的草；浓得化不开的是深溪山影，淡在有无中的是水中清晰可数的石砾。水面上飘浮的雾也绿了，绿得淡淡的、柔柔的。西方画家尝试在人身上画满藤蔓、蕨类植物，以求与大自然一体。到头来，不过是会走路的绘画。在武夷山放筏却不同，随机恍惚，陶然如醉，绿山绿水绿云绿雾荡涤身心，不觉已是物我相融。我看青山多妩媚，青山看我应如是。此番，心灵与山水，你中有我，我中有你的佳境，才是最高品位，何必再求胸膛上长出马齿苋和藤萝花呢？

　　武夷的山，武夷的水，诗境？画境？梦境？幻境？抑或是仙境？艄公一路说不完的神话，难免穿凿附会。可是那千仞绝壁湿滑如铁，悬在壁上的船棺从何而来？向何而去？崖洞穴中的稻草如何会千载不腐？真实的神话？神话般真实？揣着这个谜，竹筏已悠然划出九曲溪，该弃筏登岸了。回眸恋恋地一望，山高月小，澄溪如练。哪里是浴香潭？哪里是更衣台？哪里是换骨岩？说是武夷山中这三个去处，沐浴、更衣、换骨，即会羽化成仙的。

　　哑然一笑，我还是上岸了。

到底红尘中还有舍不得的凤缘，而且还惦着来日再接受一回武夷山水的洗礼呢。说实话，在全球生态危机和生存劳顿之中，我很累的。精神上常有无家可依的感觉。幸好这儿有一片纯情山水，心身在这儿就宁静了，平和了，舒适了，似乎找到了梦里的家园。还是白居易说得好："我生本无乡，心安是归处。"

# 周庄烟雨中

一踩着周庄的石板路，人就在水中央了，一登上周庄的乌篷船，就到了水乡人家了。

正是烟雨空蒙天气，衣裳在空气里就湿漉漉了，眉毛头发也在不知不觉中湿了。绕着水乡人家的都是河汊，抱着周庄水镇的，都是湖。前前后后是水，左左右右也是水，周庄依偎在淀山湖、白蚬湖、南湖和澄湖的怀里，像从湖里滋出的一张荷叶。

周庄河汊上泊着可以租用的乌篷船，近看那船是实在的，远看，可就化在细密而又无痕的烟雨中了。真正坐在船上，才算是知道水乡呢。船儿款款地贴着水镇人家的窗根儿摇，穿过一个桥洞，又穿过一个桥洞，风景明明暗暗。船儿咿咿呀呀地自说自话，船儿赶着一群又一群湖鸭。忽然间，船儿打了一个横，竟然进了人家的院子，人家的厅堂！说是那人家姓张，张家厅堂高高筑在水上，可见爱水爱到了什么程度。行船在厅堂，船娘和厅里的熟人打着招呼，沏春茶的声音都听得见。水镇、水船、水乡人、远客，一下子就成了一个温馨的整体，一个很大的家。

我也算是见过许多名胜的。天下许许多多名山大川，得名与知名，总不免与摩崖石刻、诗人题咏、历史的黄钟与孑遗有关。

周庄不一样，尽管朱元璋时代的沈某在此豪富，尽管诗人柳某在此呷酒弄诗，都无可无不可，可知可不知。吸引我和四方客人千里迢迢来周庄，最是那迷人的烟雨中，白墙黛瓦、石板拱桥、茶楼酒肆、平常人家，还有无名的乌篷船，随意地摇进摇出，淡出淡入水镇、院落、厅堂。

烟雨中的周庄也有故事，那故事也如周庄烟雨一样，朦胧而又神秘。说是镇上一座拱桥上，有一小酒店，名为"迷楼"。迷楼中酒娘阿金美艳惊人，招惹得南北诗人为了一睹芳容，颠三倒四买醉，在酒店粉墙涂满了"迷楼夜醉"一类艳诗。名士沈君匋的太太出于一种难以名状的心情，发誓想见见这位绝色女子，便命佣人到"迷楼"叫菜，并且点名请阿金送到府上。可惜，美女阿金，虽翩然而来，却把酒菜交给了沈家佣人，又翩然而去，君匋夫人终于未能见到这位佳丽。想想也是，周庄的美女倘站在光天化日之下，还有周庄的味道和风韵吗？朦朦胧胧的周庄和周庄朦朦胧胧的美人儿，似真、似幻，如实、如梦，才有无穷的诱惑力。

在周庄，真好；在乌篷船上，真好。我这个北方汉子浮躁的心，放下了，在水中溶掉了。身后的是非和名利，也荡远了。湿漉漉的水雾营养着脸呢，一双干涩的老眼，水灵灵的了，涩苦生刺的舌根，荡漾着凉丝丝的水波了。试试嗓音，喉咙里跑出了湿软湿软的音节儿。撑船的船娘问我，"向左呢？还是向右？"左边是桥，右边也是桥，左手是水乡，右手也是。我就请船娘"随意"。是啊，随意，前边的船娘，后边的船娘，青莲包头藕荷兜，都随意。

粉墙乌瓦和小桥流水构成的周庄，船的梭织连的周庄，是一种禅境，是物化了的精神的田园啊！这种禅境，不是古佛青灯下的"禅"，而是一种"平安家园"的感觉，那么凡俗，那么自足，让人随便想些什么就想些什么，让人眷恋，让人相思，让人散开胸中的积郁。

我在张家厅堂品了一阵阿婆茶。

我在沈家天井，看了一阵独自绿着的一株芭蕉。

我登上不知姓氏的小姐的绣楼，对着绣花的绣幔和雕花的牙床，发了好一阵呆……

周庄！周庄！水做的小镇，水做的骨肉。我觉得浑身轻松，也觉得自己一下子就变得很温柔很温柔了，不是吗？船儿和船儿磕碰了，相对一笑；船儿和船儿在水巷狭路相逢了，让开就是。

周庄当然不是世外，周庄当然也有历史。离镇二里的太史淀，枯水时可见古井数口，水丰时烟水茫茫，一澄如天。便是说，平静和泰然之下的周庄，也藏着说不尽的沧桑。周庄水域春秋时期见有记述"摇城"，北宋元祐元年，得名周庄，两千五百年的旧事，九百岁的高龄，多少风风雨雨骚扰？可是，在周庄的粉墙上、拱桥上，人们是见不到沧桑变化的碑刻和文字痕迹的，周庄不把周庄写在脸上，甚至不挂在心上。如此不动声色地面对沧桑和历尽沧桑的不动声色，该是大师级的修炼吧？风雨就是风雨，沧桑就是沧桑；芦花还是白就白了，菜花还是黄就黄了；船还是船，桥还是桥，周庄还是周庄。无论庙堂之上，朝野之间，怎样的人来人去，云起云飞，周庄乡民创造的温馨、宁静、平和、淡泊，以及在平淡宁馨中所包容的博大和深刻，是永恒的。

一切都是匆匆过客！诗朋、酒侣、名士、富豪、官宦、贵胄都是过客，唯有水镇人家创造的水镇永恒，周庄永恒！我想。

船儿在水上漂着。

我在船儿之上躺着。

我抱着周庄烟雨，周庄烟雨抱着我。

心在温柔乡里化了，软了。

到底没有去"迷楼"写一回艳诗。

水边，桥上，哪扇花窗是"迷楼"的呢？

也许，这儿，那儿，都是"迷楼"。周庄真好。周庄永恒的宁静、温柔、自然，真好。

# 天下同里

老天知道我这日去水乡同里。

浓浓的黑云向一块跑，往一起堆，"仪仗的队伍"把天都塞满了。忽然就下起了瓢泼大雨，雨打车顶，如同铜钹石鼓，擂得我的耳朵痒。转眼天地黑如锅底，就像几天前的天文奇观日全食。据说日全食五百年见一回，怎么，铜钹石鼓、日全食、同里、五百年，老天一下子全都赐给我了？

去同里路上的经历，就如同一场盛大演出一模一样。先是收光，黑屏，然后场灯，面光全亮，而且要放干冰，创造神秘，让仙女们在白花花的干冰里摇……同里就是这么隆重地来到眼前了。暴雨闹够了，黑够了，天一放亮，小雨出场了。小雨细细的，若有若无那种。雾呢，迷迷蒙蒙开始布阵。粉墙黛瓦藏藏躲躲，好像在扭着妙美的腰身，飘飘欲仙。到处是水啊，上下左右全是。我有一种将要被泡酥了的感觉。润润的，想使劲儿把会唱的歌都唱一遍。

人说同里有五湖，是不是俗称的五湖四海中的五方水泊？人说同里有七个岛，是不是跳到水里的七颗星辰？

同里够神的。

更神的是同里人给我看的一部电视短片。拍片人姓顾，咬牙切齿地说自己的前生在同里。顾先生是怎么看见前生的？好奇怪啊，好惭愧啊，好嫉妒啊，我怎么就弄不到前生的名片儿，也印上个同里呢？顾先生拿了两个人放在同里，一个帅哥，一个靓妹，叫他们在同里乱走。反正同里是一步一景，景随步移，怎么走都好看。帅哥起先自顾自观景。江南水乡的景致太美了，浓妆淡抹，怎么弄怎么迷死个人。帅哥开始没注意到靓妹，等到一看见这个女子，就完了。谁叫事情发生在有名的穿心弄呢？穿心弄窄得几乎只能一个人过，两个人就得"摩肩接踵"。靓女与帅哥在这里狭路相逢，女子眼睛一抛钩，男的就咬上了鱼线！于是，两个人的眼神在石桥上飘，在湖水里咬，在柳丝上黏，于是，两个人恍恍惚惚变成了古装人儿，是才子佳人，像《牡丹亭》里的柳梦梅和杜丽娘，如梦、如幻、如痴、如醉。哦，这就是他们说的"前生"吗？

他们的"前生"，让穿心弄给穿起来了？

我说，无论如何我也不去穿心弄。我怕心被穿心弄穿上，带不回去整个儿的了。

同里人说，去还是要去，把心看好了就是了。要知道，穿心弄的石板底下流动着活水，踩着哗哗啦啦、淅淅沥沥的，脚却是干的，才子佳人邂逅的小巷，干吗不去走走，也当回"才子"玩玩。碰不上佳人，也挺有意思的。

接待我们的女孩子，是地地道道的同里人。她天生就有那么一种淡淡的典雅，淡淡的温婉。问了姓名，我笑说她的属相一定是属丹顶鹤。人皆不解，十二属相中没有鹤，怎么弄出了个属鹤的？我说，你们看，她的名字叫戴丹。谁能天生头上戴红啊，非鹤莫属。大家都笑了，说也是，同里的女孩儿该属鹤，男孩呢，属鹿怎么样？男女般配，都有仙气。

属鹤的女孩仙袂飘飘，指引我到同里古镇转了一圈。

这真是神仙住的地方。一走过牌楼，该有的都有，该没有的都没有。江南飘飘忽忽的烟雨，宋元明清古朴闲雅的老屋、曲径通幽的园林、小桥流水，都有。没有的，是汽车喧嚣、霓虹招摇、制造假证等等。正因为没有了后者，也就有了同里独享的一片幽静。这种幽静，非同一般，是充满生机的幽情和静谧。感觉中，人可以和斜出老屋的栀子花说说悄悄话，能够和池中的红鱼打打招呼。我要了一只木船，把思想放在船里躺下，任船工随便把船往哪儿撑，撑到哪儿都是梦里一样的缥缈，都那么泰然祥和、宁静。佛家总是奉劝劳碌的凡夫俗子要"放下"，看来，只有在同里，才能放下肉身，让灵魂轻轻松松地在水上漂。汩汩的水声，仿佛是一首无尽无休的回旋曲，找不到曲谱的仙乐。船往前行，两岸的老屋向后走。岸上的同里人，大概从宋元时期以来，就这么享用宁静。时光似乎在这儿找间房住下了，古今相通，难分彼此。人们在细雨中，支个竹棚，撑把纸伞，戴个斗笠，或是干脆让小雨美美地酥泡着。他们品茶、下棋、坐望，看些什么，或是什么也没看。卖小商品的，不论有没有顾客上门，店门大开，垂钓的，不管鱼儿咬不咬钩，鱼竿横着。最有意思的是，我发现一只船上，静静地蹲着几只鱼鹰。这几个家伙全都是一身"黑礼服"，有事儿没事儿一动不动。按说，诸位"黑礼服"，属于演艺界，专做"叼鱼秀"。它们的脖子都被卡住了，叼了鱼，咽不下去，吐出来，给渔人和游人一乐。可是，在同里，在这条船上，没有人看它们表演，也没有人让它们去捕鱼。鱼鹰和我们一样平等，思绪和肢体全都放松了，尽情享用宁静。就连我与诸位"黑礼服"合影留念，它们都不肯摆摆姿势，动动表情。

真想找个神仙问一问，在同里，你我还差什么？

天上诸神也不过如此这般地享受天籁、自然、宁静吧。对了，神仙习惯吃些野果野味，那么，咱就上岸，买些莲蓬剥着吃。莲蓬一块钱一个，掏四块钱，同里阿婆给了五个。

同里还有个"退思园"，是一位以退为进的官吏修的。其造园艺术精当，应有尽有。退思园若摆在苏州，当属名园之列。当年，退而造园的官吏重新被起用，拍拍屁股去做官了。时过境迁，那位官吏最终还是没能一直守着乌纱。人人都说神仙好，功名利禄忘不了，这话不错。然而，尽管那官吏杳无踪迹了，可退思园还是风韵依旧，还是那么可人。重要的是，同里退思园不在苏州与拙政园、网师园争芳斗艳，却悄悄地退居五湖之滨同里乡镇，真让人觉得此园有些仙风道骨，不同凡响。

小雨还是扑扑簌簌地下着。

我该走了。

来了就爱，走了就想，离开久了就会梦到的同里啊，什么时候再重逢？

我看着雨雾中海市蜃楼般的江南古镇，古镇在若是若非的烟雨中看着我。

小小古镇怎么有这么个伟大的名字呢？同里、同乡、同生一地，是理念？是灵感？是愿望？是梦想？莫非聪明睿智的古人早在一千年前就认定地球是个小村庄？或许，同里这个名字的意思涵盖更深，也更实在。在这里，名城苏州找到了园林；名胜周庄看见了比她的双桥还多一桥的"一品桥"；太湖会意了她那种豪爽侠气；所有的吴越儿女走上弯弯的桥，情感的触须就拨动了柔柔的、绵绵的、湿漉漉的乡情，看到了老家的老屋、老巷、老井、老牌楼和不老的杏花烟雨。倘若再饕餮一番长江三鲜、湖中闸蟹，喝一壶吴江老酒，纵使主人能醉客，谁说同里是他乡？人们不是常说"一衣带水"吗？只因为同里无所不在的活水，让异国客人惊叹不已，言之凿凿地指认同里是东方的威尼斯。而今，天人合一、回归自然这些老话似乎成了奢望，但在这里，却很简单。只要把自己放在古镇的宁静之中，就进入了天人合一的妙境，吴人守望千年的家园，就是大自然天造地设的归处。

我有点儿明白顾先生凭什么认定前生一定是守望在同里了。

当然，我的前生和同里无缘。我清清楚楚地知道自己的老家在山东高唐。至于前生嘛，我充其量是一只默默做事的鲁西北土蚂蚁，连只鸟儿都不是，想也不敢想前生曾经飞来，能在同里的树枝儿上啼叫。

那么，就只要今生，不必寻觅飘忽的前世。还是找机会再来享受今世的同里罢。

我还会再来。我还计划着，要斗胆到穿心弄穿一穿，再把两手捧着的心儿放在同里的木船上。我要对这颗又累又乏的亚健康的心儿安抚说：老兄，请享用片刻的宁静和温馨，这儿，是神仙住的同里呢。

天下同里！

# 樱桃沟遐思

　　久居熙熙攘攘的都市，惦着寻个清幽的去处醒醒脑，忽然想到了京郊樱桃沟，在这春日的傍晚，该是个发人遐思的好地方吧？

　　于是，我便奔西郊而去，首先来到卧佛古寺。寺檐下悄悄儿飞着蝙蝠，偶尔见森森古柏后，有一二晃动的人影儿。卧佛古刹算得幽静了，樱桃沟却还藏在古寺身后。我沿寺墙西行北折走向深谷。半轮残阳，依偎在群山背后，一脉斜晖，透过叶缝儿，斑斑驳驳洒在石板路上，像散碎的金豆儿。路旁山泉，倒映着淡淡的树影，静如绿玉。间或鱼儿跳，洞然有声。鸟儿翅膀驮着夕晖，唧啾着归巢扑林。晚雾袅袅地在深谷升腾起来了，愈向沟内走去，愈是幽暗、深邃和神秘。然而，待我跨涧登山，眼睛顿时一亮：这儿仿佛正纷纷扰扰赶着"花会"呢！桃杏花儿引逗着嗡嗡嘤嘤的蜂蝶，像一片片云霞。牡丹花儿打着朵，含着苞儿，娇羞娜娜，像是晚妆才罢。白玉兰亭亭地立着，摇曳腰肢，宛如舞着的少女。还有那朱缨、芍药，叫不上名儿的野花，一团团、一簇簇，喝醉了酒似的，挤哟、闹哟，只嫌山坡儿窄。我沉浸在漫山盈谷的异香之中，真觉得心儿摇荡，神欢体轻了。

漫步在花间小路，我默默思忖道：祖国的名山大川、残堞古刹，总或多或少留着古国文明的遗迹，撩拨人发思古之幽情。这静谧的深谷，哪里是历史老人的遗迹？忽一抬头，岩壁上铭刻的篆文"鹿岩仙迹，退谷幽栖"闯入眼帘。我的心一喜，想到古人曾记曰："……诸峰争列，芽苗不断，一峰最异，即白鹿岩也。"哦，这就是白鹿岩！岩高数十丈，凌空欲堕，岩左一缝如小窗，晚风在岩缝回旋，发出比石磬芦笙合奏还要美妙的声音来。望着古人墨迹，神思追随着流传久远的瑰丽传说，仿佛看到鹤发童颜的仙子，骑着梅花鹿，从云中飘飘落于岩顶。樱桃沟，蒙着一层神奇的色彩呢！"退谷幽栖"，指的是清代知名文人，《天府广记》编撰者孙承泽曾退隐幽居在此。当年的退谷，前有花竹，后临瀑布，东西两侧是古庙隆教寺、广应寺，这里的山川风采，神仙羡慕、文人倾倒，留下了许多美妙的传说和诗句。

夕阳渐渐收尽光彩，一轮银月，升起来了。鹿岩上的文字由淡紫而转雪青，渐渐隐入暗影了。我流连在樱桃沟内，希望能寻到《红楼梦》作者曹雪芹的足迹。樱桃沟一带，曾是清健锐云梯营的驻扎之处。营内均为八旗兵将。这儿迄今仍有古稀之人，谈起《红楼梦》，历历如数家珍。曹雪芹"门外山川供绘画，堂前花鸟入吟讴"的故居，到底在哪？说也奇巧，在这幽幽绿谷之中，我遇到一位姓舒的老先生。他严肃而骄傲地说，曹氏故居，说不定即是他家的房舍。他那年代久远的老宅，粉刷修缮时，泥壁剥落，露出多年以前的粉壁来，壁上墨痕斑斑，写的是"远富近贫，以礼相交天下少；疏亲慢友，因财绝义世间多"。而雪芹的朋友鄂比，恰恰曾送过他这样一副对联。粉壁遗诗与逸事不期而合，引起我的极大兴致。于是，登高指看他的住宅，看那迷迷蒙蒙的月色之中，房前舍后"满径蓬蒿"，似乎很像，瞧那萧萧"黄叶村"，也仿佛会突然闪出雪芹的影子。据云，这消息不胫而走，好事者踏破门槛，红学家专程拜谒，连"墙皮"也被取去"考古"了呢！舒氏老宅，究竟与雪芹有多大关系，我不敢妄言。然而，这恰恰说明了人民群众对文学巨匠曹雪芹的怀念，说明了樱桃沟一带与曹雪芹的血肉联系。深山、幽谷，因之而生色，平添了诱人的魅力，也就愈发吸引着我的心神。我趁着月光在沟内久久漫游，眼底便是"水源头"了。仔细一看，泉分两支，一支随沟势而流，一支藏在岩石底下，汩汩地、悄悄地，经数十里后才在玉泉山冒将出来。有人试滴油于樱桃沟"水源头"，玉泉的水面则漂起油花。若是在白天，这儿泉水清清泠泠，可看见鱼儿在石缝里摇头摆尾。此刻，却只可听泉声叮咚，宛若谁弹着瑶琴。我又想起曹雪芹来了，他居住西郊时，常常在笔帽里放上泡开的碎墨，插好笔，连同钉好的本子，用包袱裹在长衫外面，寻僧访友途中，灵机一动，俯在石上就奋笔疾书。想到这儿，我仿佛看到：正西风、落叶、黄昏时，雪芹自深山古刹踉踉跄跄走出，经过泉边。水上漂零的败叶，山谷残落的黄花，使他有感于凄凉身世。他眉梢一挑，坐在石上，舒卷濡毫，伴着苍苍老泪，写着红楼一梦……哦，雪芹，雪芹，我的想象是否真切？你是否曾在这里走过？此处流传着"满径蓬蒿老不华，举家食粥酒常赊""阿谁肯与猪肝食？日望西山餐暮霞"的诗句，可是你凄凄切切的呼号？老人在樱桃树下弹起弦子，唱的"红楼十二钗"曲子，可是你的遗响？"水源头"对面，一棵苍老的古松植根于岩篷之中，石坚贞，松挺拔，木石相映成趣。有人将石上松附会成《红楼梦》的"木石姻缘"，自然不可信。然而，这石上古松，可是你落拓狂傲形象的写照？

樱桃沟，像这样引人遐思的地方，多着呢！走过"鹿岩精舍"的石额山门，可看到李四光居住的屋舍；距此不到几里远，又曾是司徒乔绘制"秋园红柿"的小园；跨过山间玉桥，能欣赏郭老的墨迹；来到金鸽子台边，可观飞瀑迸珠溅玉，幻想那神话中的鸽子舞动黄金的翅膀，翩翩飞来……阳春赏花，如醉如痴，为缤纷的色彩倾倒；盛夏避暑，遍体清爽，心肺俱似荡涤一新；金秋登高，看枝头红柿、满坡红叶、满眼红涛霞海；冬日踏雪，山舞玉龙，树结银花，溪铺碎玉。村里产松鸭，林中多斑菌，特别是樱桃沟的京蘑，更是世间珍品，通体如玉，色艳味美。樱桃沟哟，樱桃沟，多么壮观，多么神秘，又多么富有!?

我在樱桃沟徜徉了这么久，月儿已颤悠悠爬上树梢，月下草木疏影横斜，白雾浮荡，这一切，都使我深深地动情。在这里思古抚今，我的心里不禁涌起大潮。我们生在如此壮丽的国土上多么自豪?! 我们的祖先给我们留下了多么悠久的文化遗产?! 这遗产无时无处不在，遍于山川阡陌、江海湖泊。从这一点上来说，我们足以引为骄傲，我们是世界上富有的民族。

啊，樱桃沟，多么美妙幽静的去处……

# 短嘴金丝燕

栖息在神农架燕子洞的短嘴金丝燕，说是海燕一族。海燕世代生长在海天之间，喜好空阔，自由自在。它们远别大海，抛家舍业，隐姓埋名，到深山老林来过活，是不是有惊世骇俗的因由？说不定是一部爱情传奇呢。

我在山中燕子垭宿了一夜。山竹搭的房子悬在峭壁上，趺趺撞撞的夜风渗进来，吹得身上骨节和竹木一起哗哗乱响。山上真冷，抱着被，蜷起来，枕着风涛挨到天明，赶紧就去钻洞。正是日出时分，神农架吐出一轮鲜活的红日，如天地间一粒丹。满天喷霞，似巨幅红绫抖动。林海梢头，群峦之巅，抹的都是胭脂。燕子洞挂在林海深处一座危崖之上，海拔 2400 多米。爬到苍藤老树遮遮掩掩的洞口，要拨云破雾，披荆斩棘，挺艰辛，心不是扑通扑通跳，而是簌簌噜噜颤。好的故事，大抵如此，不能一览无余。开始总要造势，要弄出些曲曲折折，扑朔迷离，后边才有捉摸头，才有意思。

燕子洞的洞口大而宽，呈喇叭形状，很亮堂的。洞前有几枚燕子盘桓飞舞，你追我赶，玩儿。那燕子毛色黑褐，飞起来，一亮一亮地闪眼，大约是羽毛里镶了金丝的原因。据说恋爱能奇迹没地使人变得美丽，是不是因为恋爱，燕子们的背上才生出了金丝？不知道。小燕子掠过耳边的时候，轻风里抖动着金属片的亮音儿。这或许是燕族中的少男少女们，无忧无虑。我想。我向洞里走去，乍入，是厅堂模样，再往深里走，同行的人就全没了。里头是无边无际的黑，让人没有着落。不要说洞里有什么短嘴金丝燕，就是有老鹰在狂飞，也瞧不见。好在导游给每人都发了电筒，就一拧亮。手电光束利刃一般将黑洞撕开一条一条的口子。向前照，没有尽头，向左向右洞壁一照，不由惊叫起来：洞壁的石棱上，密密麻麻的全是燕窝，全是短嘴金丝燕，洞顶上挂的也是。最奇的那些小生灵，少有单栖的，这儿是两个一对儿，那儿又是一对儿！它们相依、相偎、相守、相伴，相敬相爱，相濡以沫。我们这些生客，脚步杂沓，电光扫射，喧哗、惊叫、赞美、叹息、嫉妒，一点儿也惊扰不了双栖的燕儿们。它们沉溺在彼此的关爱里，对整个世界全都置之不顾，或者说是不屑一顾了。不用说，每一对短嘴金丝燕都在演绎和推进自己的爱情故事。燕子洞简直就是世间硕大的绝无仅有的一个爱情圣殿。游客之中深懂得个中滋味的一位，把手指竖在嘴上，"嘘"声命令大家静下来。喧嚣倏然退去，燕子们的呢喃漫上来，原来它们的喁喁私语从未中止。明知道偷听人家的情话不好，也管不了许多了，可惜没人能听得懂燕子们在叙谈什么，旧情追忆？初恋感觉？嘘寒问暖？海誓山盟？感受现实？设计未来？或者是一个在给另一个讲说古老的燕族爱情传说？或者是这个对那个一逞才气吟诵情诗新作？情话总是热昏的，连绵不断的，无拘无束的，没有条理的。情话就应当是彼此才懂的密码，就应当是醉话、昏话、胡话、梦话，只有彼此才听得懂。不能叫旁人偷了去。

短嘴金丝燕从海之角来到天之涯，在偏远的中国川陕鄂交界处的神农架大山系里，找到了这么一个秘密的山洞，不定吃了多少苦呢。它们选择山中洞窟来谈情说爱，绝对有很高的悟性。这使我一下子想到了云南边寨景颇族的公房，那大多是长辈为少男少女提供的谈情说爱的场所。入夜，芭蕉硕大的叶子悄悄儿低垂，凤尾竹婆婆娑娑摇曳，公房里的火塘升了火，青年男女随便说些什么情话都无碍。还有，我曾经见过的大上海黄浦江桥边也是，当星月在江中激荡，远避华灯的青春男女，一对儿，又一对儿，捉对儿说着情话。那吴侬软语，可不和短嘴金丝燕的呢喃一个样儿？纯真而又温柔的情话，是从一个心灵流出来，疗救另一个疲惫心灵的妙药，就应该找这样的地界儿倾诉，没错儿。对于情侣来说，在北京，北海公园的长椅上好；在南京，梧桐树掩映的林荫路也好；在乡野，月上柳梢头的村边是好去处；在草原，马背上的黄昏也是佳境。喧闹嘈杂的歌厅舞厅可不行，那些流淌着物欲和脂粉气的地方，不利于浪漫情话的生长和铺张。短嘴金丝燕们完全是跟着感觉才找到这绝佳的去处，才走到神农架的山洞来的，对吗？可是，短嘴金丝燕，"男燕"和"女燕"，是如何在海滨的沙滩和岩石间相遇相悦相知相慕的呢？是不是像《诗经》里《野有死麕》描述的那样？

> 野有死麕，
> 白茅包之。
> 有女怀春，

吉士诱之。

林有朴樕，
野有死鹿。
白茅纯束，
有女如玉。

舒而脱脱兮！
无感我帨兮！
无使尨也吠！

　　诗中描绘了一对大胆而又美丽的情侣"野合"的故事。说
是年轻的猎人，在旷野射猎了野鹿，向邂逅而遇的美丽的妙龄女
子，展示了自己的健壮与英武，把野鹿用茅草捆起来馈赠给心上
人，接着就如狩猎一样大胆地引诱、求爱、进攻。少女怀春，半
推半就，耳语道："舒而脱脱兮！无感我帨兮！无使尨也吠！"译
成俗语，便是"你慢点儿你轻点儿你文雅点儿好不好？你别撕破
了我的亵衣呀你！你瞧你要弄得鸡飞狗叫了呀……"这支 2500
年前的情歌，十分自然地从第三人称变幻为第一人称，越品咂越
觉得妙不可言，简直使我们这些 2500 年后的局外人听到了少女
急促的呼吸声。情人相悦，如鱼得水，又要偷吃"禁果"，却又
战战兢兢。我不知道，两个燕子相恋之初是不是也是这般情状？
也许，雌燕儿也这样对雄燕儿说，慢点儿，轻点儿，文雅点儿，
别惹得狗儿叫，叫燕族的酋长和父兄撞见可不得了，干脆，逃往

川鄂陕交界的神农架去吧……

　　因为爱情生活弥漫在我们生存的天地之间，这个世界才温柔可爱，才有了回肠荡气的戏剧，余音绕梁的音乐和精彩绝艳的绘画。生物世界里，岂止神农架的短嘴金丝燕雌雄相依，新疆库尔勒的香梨也分公母呢，柔媚的藤花和刚健的杉树拥抱着生长，不算什么稀罕。备受中国百姓青睐的鸳鸯，一鸳一鸯加起来才是一个完整的称谓，完整的生命。它们成双成对，毕生都在恋爱，毕生都活在似水柔情之中。还有大家都熟悉的鸽子，是一夫一妻制。不论信鸽放飞到几千里外，不论在艰辛的旅程中是否饮弹受伤，它最终还是要鼓动带血的双翅扑奔老巢，去寻它的"结发妻子"。最令人痴绝的要属忠贞不渝的天鹅了，这世界级的贵族，倘若雌伴儿或是雄伴儿死了，另一个必久久地盘桓哀鸣。天鹅临终前的啼叫，悲凉凄厉，被称为"绝唱"，多半是"唱"给至爱的另一个的。禽鸟尚且有"绝唱"，号称万物之灵的人类当然"唱"得更加天惊地绝。大家都知道，南宋诗人陆游深深爱着表妹唐婉，因母亲反对而婚变。陆游另娶，唐婉改嫁。分手几年之后，两个人在沈园不期而遇，真是"冤家"路窄！匆匆一见，碍于礼教，也碍于唐婉的丈夫在场，唐婉不能，不敢，也不忍走上前去与陆游说话，仅仅"遣仆人致送酒肴"，已经很"过分"了。这时候，她看了看陆游，又看了看丈夫赵士程，陆游则忧伤地回赠她一眼，丈夫冷冷地侧目审视了她一眼。两个男人刹那间目光利刃的切割，要了唐婉的命！唐婉归后，读了陆游题在壁上的著名词作《钗头凤》，和了一首，不久就郁闷而死。

这是名副其实的"绝唱"!

　　世情薄，人情恶，雨送黄昏花易落。晓风干，泪痕残。
欲笺心事，独语斜阑。难! 难! 难!
　　人成各，今非昨，病魂常似秋千索。角声寒，夜阑珊。
怕人寻问，咽泪装欢，瞒! 瞒! 瞒!

　　唐婉的遗爱与遗恨，是陆游心上永世解不开的结。他一生
中不断抒发对这段恋情的怀思，直到84岁时重游沈园，唱罢了
"伤心桥下春波绿，曾是惊鸿照影来"的最后的人生咏叹，不久，
走上黄泉路，迟迟地追随唐婉而去。

　　天鹅的"绝唱"! 泣血的"绝唱"! 让我们读之扼腕叹息。

　　短嘴金丝燕呢，我无缘听到它们的"绝唱"，但愿它们谁也
不会有"绝唱"，但愿此情绵绵无绝期。就像现在这样在神农
架的燕子洞里呢喃吧，私语吧，做伴吧，厮守吧，这可有多好! 我
宁愿相信短嘴金丝燕们和世上许多结成眷属的有情人一样，没
有狂风恶浪的摧打，也别经阔别和诀别的痛苦煎熬，永远浪漫如
诗。我痴痴地望着一对又一对短嘴金丝燕，浮想联翩。

　　燕儿们就那么静静地相对，悄悄地说话。文雅之中，彼此似
乎都透露出某种羞怯。它和它，似乎在互相凝视，互相欣赏，一
切倾心与赞美尽在不言之中。假如我的揣度没有错，这恰恰应当
是情爱世界所追求的佳境：两情相爱，互相吸引，却又隔着一层
羞怯的面纱，使爱情演绎得那么神秘，那么优雅，那么摇曳多
姿。这彼此的倾慕，能够迅速让情感成为开启对方心灵迷宫的钥

匙，让激情随着惊喜，升腾到审美的境界，真是动人极了。

早听神农架人说，短嘴金丝燕属海燕部族。海燕何以迁居山野？一说短嘴金丝燕乃是神鸟，原为神农氏的向导营卒，这是神话，查无实据。这些燕子成了"神"，反而没有意思了。一说神农架本是汪洋大海，沧海桑田变化之后，此处的气候依旧适于短嘴金丝燕居家，它们就留下了。此说无论是否"科学"，我都不满意。神农架属秦巴山脉，秦岭巴山别处何以不见海燕筑巢？迷情于短嘴金丝燕的卿卿我我，大家都在洞里唏嘘感叹，我也醉了酒似的胡说。我说我宁愿相信双双对对的短嘴金丝燕是从千里之外的海滨私奔而来的。爱情的力量不但出人预料，而且也往往出乎自己的预料，人如是，燕子也如是。爱情是一口美丽的陷阱。一辈子不入一回陷阱，白来红尘一回，是生命的最大不幸。男的和女的，约好了跳陷阱，一个跳，一个不跳，跳进去的一个还以为另外一个也跳了，更糟糕，算是白死一回。不顾死活跳进陷阱的一对儿，逼着其中一个出来，应属刑法，属最酷的一种。爱情陷阱里的水，大约是经罂粟花儿浸泡漂染过的，喝上便上瘾，喝了还想喝，两个一块儿喝，要死一块儿死，死也不分开。或者说，爱情陷阱里根本没有水，只有酒，烈性的。两个跳入这陷阱，就成了一对儿"醉枣儿"，醉透了醉酥了身上的每个毛孔和每块骨头。狂爱着的饮食男女，和醉汉同类，这话不错。谁能指望"醉汉"清醒地分辨清楚爱情的构成比例，有多少理性加多少欲念？多少本能加多少精神？多少自发加多少自觉？多少想象的奔放加多少现实的感受？多少烦恼加多少快乐？爱情是一笔糊涂账。偷饮了爱情"鸩酒"的海燕，双双私奔，完全属意料之外，情理之中。再说，既然汉代佳人卓文君迷恋司马相如的才情，能够与之私奔，离了豪门去开酒馆，短嘴金丝燕们双双私奔有何不可？我说司马与卓氏当然是才子佳人，不是飞禽。可是才子梁山伯与佳人祝英台已有殉情变成一对大蝴蝶的先例，焉知眼前这一对短嘴金丝燕不是"王山伯"与"张英台"所化？我编造的神话说得大家都笑，我也笑。可是神话毕竟是神话，我知道短嘴金丝燕是讲究实际的。它们并非除了恋爱就好吃懒做。手电照处，燕子洞壁，到处是它们筑的小巢。那些构筑精巧的爱巢，全凭燕儿们一口一口衔泥而筑。它们口吐燕窝，据说一只燕子一生只吐六次，第六次吐出的就是世间称为奇珍的血燕！燕子吐出血燕，难免一死，这样悲剧的结局，真的让我心绞痛，难过得要命。虽然我知道，一切爱情的最后结果，一律都是悲惨的、悲凉的。以欢爱开始，以悲凉落幕，自然法则不可抗拒。哪里有什么海枯石烂地老天荒天长地久啊？尽管人活百年，碰巧爱了个一百年罢，既无政治的经济的文化的原因棒打鸳鸯，也无天灾人祸人各一方。尽管两个人的世界里，没有像焦仲卿与刘兰芝那样，其中一个自挂东南枝，孔雀东南飞；也没有像唐明皇杨贵妃那样，其中一个婉转蛾眉死于马嵬坡，尽管平常人平常心老老实实一生平安，吃了爱情果又结了爱情果，谁能拦得住其中一个撒手而去呢？谁能免死？不，不能。一个去了，一个留着，还不够悲剧吗？所以情侣们常常咬牙切齿地说，爱过了就死，也值了。可是，世上的生灵哪个有短嘴金丝燕的死法更动人心魄？短嘴金丝燕为了筑自己的爱巢，一生六吐精气精华，最后呕心沥血死于非命，如此殉爱殉情殉道，让世上一切情种叹为观止。

我在神农架燕子洞里耽搁了好久，思忖了好久。后来我索性把手电关闭了，融在那荡漾着呢喃的黑暗里。

　　后来我才知道，神农架的燕子洞生着奇异多姿的石笋、石幔，堪称钟乳石的"宫殿"，很值得一看。真不知我是怎么了，我在洞里待了那么久，怎么一点儿也没看见？

# 吃 货

有人说我是什么美食家，实在不敢当。不要说吃了，我见过的美食也有限。当年，我第一次见到柚子，是暑假后四川同学带来犒劳全班同学的，我那时身手敏捷，抢了就啃上一口，咬了一嘴的柚子皮，味同棉花套子，"噗"的一口吐了，傻乎乎地扔了柚子；第一次吃过桥米线呢，不知汤油多热，险些把嘴烫得翻了过去。时至如今，我只敢说，活了半个多世纪，吃了50多年饭菜果蔬，小有心得。本人一介书生，且不善拉关系办事，请吃者多是以食会文的，我也就乐得"吃请"。我嘴馋，是痼疾，一年四季食腥啖膻，只图一时的嘴巴痛快，常常不计后果。对于中国南北菜系，我一视同仁，博爱。狂涮川味火锅，我喜爱那种又麻又辣又烫的味觉暴动；吃上海本帮菜，舌尖好像在搞双面儿绣，"绣"那精打细算的日子，总是"绣"得又体面又经济；碰上热腾腾的东北菜，可就有些像扑进蛤蟆烟浓得看不清人影儿的大车店了。这里推门就是炕，"杀猪菜"刀刀见血，让人奋不顾身地大嚼，一派拼杀景象。粤菜，吃清清楚楚的账目；潮州卤水拼盘，吃卤制的生意经；淮扬菜像个采菱角的小姑娘；山东菜则像黑沉沉的壮汉，抱着酒坛子嘿嘿笑着走过来……当然，这些体会都很褊狭，也很粗浅，只能算是抛砖引玉，引诱真正的美食家理论。

　　我和千千万万祖国同胞一样，十分看重吃。人人皆以为大道理的"民以食为天"，通俗的说法就是老百姓饿肚子了，天就要塌了。这话可不是危言耸听，好多揭竿而起的队伍，都是肚皮惹的祸。无产阶级大革命家，也概莫能外。让大伙儿吃饱穿暖，成为一个相当长的时间里的旗语。贺龙闹革命三把菜刀发端，而不是别的什么刀，后人应该品味出其中深含的寓言味道。说起来，我们这一代人也算经历过饥荒的，那是被国人称作天灾人祸的三年。那时候几亿人肚皮一起擂鼓奏鸣，几亿张黄脸同时浮肿，明知道苞米秸和棉花籽做的代食品吃了拉不出来，还是先顾一头，抢着吃。据说十七级干部才多领两斤黄豆，十三级以上的官员只有两斤猪肉的特权。人人肠子里没有油水，早二两，中晚三两粮食的定量，弄得人人都像饿狼一样。多亏国民素质高，教育得又好，才没闹出翻天覆地的事情来。不过，要是饥饿年代再持续一年半载的，后果还真不好说。当时，饿得两眼发蓝的共和国人民，不仇恨国家和政权，只仇恨自己单位的食堂管理员。可我得承认，16岁的我，因为饥饿，到底干过不法的勾当，"偷"过。当时，我和我的艺校同学饿得脖子撑不住脑袋。饥饿难挨，便流窜到了甜菜地。我们和手执木棍看管甜菜地的老乡碰个正着，就迅速转移到土沟下边潜伏。作为"主犯"，我知道老是在沟里窝着解决不了肚子闹事的问题，自己责无旁贷，应该为大家"打食儿"。便告诉年轻的伙伴们等着捡甜菜，捡了快跑，然后，我就从沟里冒了出来，一副誓死如归的样子，一脸的有益无害，迎着看地的老乡走过去。老乡老远地提着棍棒看着我发呆。我嘴里哼着小曲儿，脚下却使出了盘带功夫，奋力踢甜菜下沟……那日我们大聚餐哪！把偷来的甜菜头啃得嚓嚓响亮，嚼得牙花子咝咝冒血，哪管榨糖的甜菜头长没长熟，好不好吃。当日下午，艺校排练小舞剧《画中人》，我腆着肚子，在民乐队任首席二胡。轮到我的二胡独奏段落了，我却捂着肚子倒下了，是急性肠胃炎。同学们找了一块毯子，四个人各揪住一个毯子角，连拖带拉把我兜到了五六里地之外的病床之上。偷东西的勾当干完才几小时，报应就到了，真快。我彻底坦白可有些嫌迟了，今天才在此忏悔。回想起自己的"前科"，不免满头是汗，真不懂我当时如何能胆大妄为。我根本想不到，当年那个啃食生涩甜菜头的家伙，如今会被人捧为什么"美食家"！我这个"美食家"的"美食"历史和"标准"可有点儿怪，如果有人问我世间什么食品最美，我说美不过饿啃甜菜头，恐怕真是"曲高和寡"了。或许可以说，美食既是客观存在，也是主观感受，美的流变因人而异，也因时而异。现而今流行的说法：农民进城了，城里人下乡了；农民吃肉了，城里人吃菜了；农民吃面包了，城里人吃窝头了；农民吃糖了，城里人尿糖了，这种种的换位和倒置，其实都是社会文明发展的必然。美食和粗食，有时候真是相比较而存在，轮流坐庄，谁能想得到，从前搅拌成猪食的苋菜、豆饼，还有榆树钱儿、柳树叶儿，能够堂而皇之地登上宴席，称之为绿色大餐呢！

　　食文化作为中国文化的一个支系，老祖宗给我们留下了极其珍贵的人生体验。先民说罢"吃"的重要之后，立即警告"肥酞甘脆，腐肠之药；皓齿娥眉，伐性之斧"。告诫世人，肥美甜饫的好东西能使人烂肠子。先人还言之凿凿地说，"饱暖思淫欲"，把犯错误的原因，不公平地算到了肚皮的账上！圣人孔夫子对于"吃"极有研究，老先生有过绝粮的苦日子，也有过"食不厌精，脍不厌细"的好时光，最后达到了粗食淡饭乐在其中的高度。他感叹"饱食终日，无所用心，难矣哉"。绝对不允许吃饱了什么也不干。夫子真是又会吃，又会思想，要不人家怎么是圣人呢？

唐宋诗人之中，美食家当首推李白和苏轼。李太白混迹皇宫的日子，和唐明皇一个锅里搅马勺，同饮"乌鸡老鸭煲"，尝过宫廷美食。在他特立独行的浪漫时光，五花马和千金裘都拿去换酒喝。宝马名裘换的下酒菜当然也错不了。太白在桃花园中大宴从弟，"开琼筵以坐花，飞羽觞而醉月"，花间、月下、良辰、美景，宴席精美，频频举起的酒杯，像生了翅膀在飞，其饮食环境和饮食档次，怎么想象也不过分。李白在琼筵羽觞之间灵感四溅，写下了美轮美奂的诗句。还有一位苏轼，爱吃，会吃，更会烹调好吃的。据说"东坡肘子"便是他的传世作品之一。东坡先生与客泛舟赤壁，备了菜肴果品。"肴核既尽，杯盘狼藉"之后，客人得到了口腹之快，东坡得一千古绝唱。看来，似乎可以说，美味佳肴常常是绝妙文章的催生"灵药"了。"诗圣"杜甫虽然一生贫困潦倒，也有不少名作是伴着其力所能及的乡间美味诞生的。"夜雨剪春韭，新炊间黄粱"，写尽了带着山野清芬的淳厚友情；"盘飧市远无兼味，樽酒家贫只旧醅"，这简单的饭菜和醇香的老酒，闭上眼睛想想，感同身受，似曾经过，可惜，我们却绝对不可能吟诵出如此这般淳美敦厚的诗歌。真是吃也白吃了，喝也白喝了，"白吃饱儿"只好空作浪费资源的感叹。

"吃喝"是人与生俱来的一种需要和本能。人可以什么都不会做，却肯定会吃喝。病入膏肓的人，切了食管，也要接管子鼻饲。人要吃，还要想尽办法吃掉一些打食儿的活物。于是扑雀的人撒一把米，叫鸟为食亡；钓鱼的人抛下线钩，叫鱼儿们贪饵吞钩。这些生活小景，早已成为官场的警世恒言和人生的禁忌。所以我没有官欲，也没有权势，就"吃心不改"，放了胆子吃，一直吃得人不人、鬼不鬼的了。看看咱这副尊容，说是啤酒桶吧，长着两只腿，说不是啤酒桶吧，肚子出奇的大，行走颇似滚动。

忽然想起三十几年前关于"吃"的几段趣事，那时候，我还在音乐学院，厌倦了"革"文化的"命"，却又无法复课，百无聊赖之中，能吃点什么，就是生活中的亮点了。我和我现在的妻子当时的女朋友王作勤，每月的生活费省下块儿八角的，就细心谋划吃什么，或买两块烤白薯，或购几个冻柿子，两人掰开了吃，吃得齿颊有声，心满意足。一日，我们饿着肚子去天桥看戏，路过前门一家小饭庄，经不起菜香的诱惑，就进去点了两碗米饭和一条烧黄花鱼，付出5角巨款的时候，我们两个慷慨大方地眼都没眨一下，等到面对那条从热油里爬出来的金黄的鱼儿时，谁都只吞米饭，不肯先对黄鱼下手。你让我，我让你；你劝我先，我劝你先。劝来劝去，劝急了，我掷得木筷砰然有声，说"我不吃了"。她也扔了筷子，叫嚷"我也不吃了"。我们相继愤然出了饭店的门，走了一段路，相视噗地一笑，没事儿了，可也没鱼了。也许，这就是民间讲的"争之不足，让之有'余'"？如果我们你一口我一口把黄鱼干掉了，那烹鱼香味还会在记忆里弥漫这么久吗？直到三十几年之后，路过前门，我们还会指认那早已换了门脸儿的"饭庄"说，我们有一条刚出锅的黄鱼存在那儿，觉得很温馨。

也有在吃喝面前不那么温馨的事情。那是在大学生连等待分配，劳动锻炼的时候。我们这些吹管的、拉弦的、唱歌的年轻后生，插秧拔麦，肚子里的吃食一折腾就没了。可是我们得挨到收工了，天黑下来，才能开晚饭。晚饭之前站队，齐步走，立定，接受训话，大唱革命歌曲。大家一边唱，一边咽唾沫，等到唱完了"下定决心，不怕牺牲"之后，全体"不怕牺牲"地冲入饭堂抢饭抢菜。记得我们班里有个搞打击乐的车轴小伙，面对汤桶和饭笆箩，表现出了惊人的聪明和智慧。他总是先瞄准了汤勺和汤桶的位置，冲进门去先拉灯绳。饭堂突然一片黑暗，人碰人，人挤人，人们却无处可抓挠。经过了一阵混乱之后，终于有人捉到了灯绳，咔嚓一声，灯光复明。再一看汤桶里面已经是光斑跳荡，只剩下空汤，那些有数的菜叶和葱花全捞进了车轴小伙的碗里……

当然，我手里这碗汤，有没有葱花没多大关系。可是，我们这一群尚未走向社会的待分配的学生，面对一桶汤展开的角逐，无遮无拦地暴露出的饕餮众生相，却让我感到有点茫然和害怕。

去年暮春，我应邀去游江苏泰州。行前，朋友给泰州的周同志打电话说：韩先生到泰州，一定让他吃到河豚，你们才算尽了地主之谊。

河豚？就是那种世人皆知的毒鱼？据说吃这种东西，稍有不慎，几步之内将窒息身亡，而且，没有解药。真不知道我吃了河豚之后，能不能全须全尾儿地活着回来。

记得，宋代美食家兼诗人苏轼，在一首很有名的诗里说到了河豚，"竹外桃花三两枝，春江水暖鸭先知；蒌蒿满地芦芽短，正是河豚欲上时。"这首七言诗是为画僧惠崇的《春江晓景》题咏的。诗中妖娆的桃花斜出竹外，几只暖鸭嬉戏于春水涟漪之间，密密的蒌蒿和短短的芦芽展开了无边无尽的绿意，画面上的景物一一进入诗境之后，东坡先生信手一挥，把画外之画牵来入诗，充满喜悦地想象着河豚在春江水里出没的情形。"河豚"当然是诗眼，是引诱东坡诗情大作的精灵。也难怪，长江沿海，几乎没有人不知道河豚的滋味奇美，古往今来"冒死吃河豚"的"壮士"，层出不穷。东坡先生肯定是死里逃生的。他终于难免触景怀"豚"，诗句顺着口水跑了出来。

想起苏东坡的诗句，愈加对谜一样的河豚神往了。到了泰州就盼着能早日尝到河豚的鲜美。泰州的周同志没有食言，如约设了河豚宴，让我们品尝。我们在餐桌前坐定，河豚还没上来，就觉得有点怪怪的。不知道是规矩还是习俗，东道主备了杯盏碗碟，唯独不备筷子，筷子要客人自备。看我们空着两手没办法，周同志才让后面添了筷子，但无论如何要每个客人将一元钱放在餐桌上，多了不要，少了不行。入乡随俗，客随主便，我们各自掏了一元置于餐桌，好大一盘烹制好的河豚才由厨师长捧着，姗姗而来。与此同时，我们都去摸那斟满烈酒的杯子，因为听说酒精能消毒。我们赶紧碰了杯，干了酒，主人的开场白也说完了，该品尝那世间稀有的美味了，周同志却说了声：且慢。

怎么？摆上了佳肴不能动，还有什么特别的仪式？

周同志按住了我们的筷子，兀自去夹了老大一块河豚，送到嘴里，呜咽有声，连连点头，称赞味道确实是美极了。

主人如此这般地吃独食，还自咂自赞，真有些失礼，看看我们几个远路来客面面相觑，大惑不解，泰州周同志笑了起来。他告诉我们，如此吃法，如此仪式，唯吃河豚才有，因为吃河豚极可能把食客置于死地，打官司的麻烦曾经发生，不知传承了多少年月。主人才让客人自带筷子，并置一元硬币，表示吃河豚纯系来客自愿，并非受人诱惑唆使，如若中毒死亡，后果自负。至于主人先动了筷子吃起来，却是十分尊重来客，先客人尝毒。他说，请少安毋躁，如果15分钟之后没事儿，就可以全体开吃了。

　　原来这就是吃河豚的序幕，实在有些惊心动魄。先行尝毒的主人，置生死于度外的真诚感人肺腑。他的大义凛然绝不是作秀，也并非故意渲染恐怖气氛。我听说，前不久，四位外地打工仔从垃圾堆里捡到了色泽金黄的河豚鱼籽，拿去就烹调，吃后连殒四命。

　　好个吃死人不偿命的河豚，这才叫作美丽的陷阱和致命的诱惑呢！稀世美味和夺命剧毒，就这样自然天成于河豚一身，实在不可思议。也许，自然界的玄机就藏于此？愈美愈毒，美到极致，毒到极致，美在毒的包容之中，毒在美的掩蔽之下。愈毒愈美，愈是让人战栗，让人害怕，让人迷惑，让人神往，让人冒险，让人死都不知道怎么死的，让人不吃到嘴里不死心。好在食河豚不会上瘾，否则，它真成了游在江河里的罂粟了！

　　周同志的手表放在桌子上，时针不慌不忙地嘀嘀嗒嗒行走，15分钟长得折磨人。周同志为了挨时间，说些不咸不淡的话，我都没听见。我只不停地观察他的脸色变了没有，随时准备打110，叫救护车。盘子里的河豚无声地躺在餐桌中央，好像在等着看笑话。河豚虽然在黏稠的汤液之中，依然可以分辨出它那奇奇怪怪的尊容。这家伙！肚腹甚大，像是水里游来的猪。它生有气囊，吐纳之间可膨胀得像个猪尿泡。两只眼睛鼓鼓的，长在头顶上，和大个儿蛤蟆差不多。河豚和我们见过的鲢、鲤、鳗、鲫都不同，没有那么灵巧顺眼。它古怪丑陋的样子，简直像是有生命的鱼雷。它能够置人于死地，却又不动声色。它把毒素深深地藏于肝脏、生殖腺和血液里，含而不露，是个老谋深算的阴谋家。

15 分钟的大限到了，周同志安然无恙，就请大家动筷子了，到底可以放心地品味河豚肉了，不知为什么我们还是吃得很小心。河豚肉在嘴里打着滚儿，那种美感叫我欲叹不得，欲唱不能。它既有河鱼的鲜嫩松软，又有海鱼的浓香筋道。鲍鱼没有它柔，鳜鱼比不上它厚。什么龙虾、螃蟹、鲢鲤鲫鳗，都不及它给人的味觉丰富。它兼得河海之美，占尽深水浅水生物之优长。说实话，文字根本没有办法描述河豚给我的特殊味觉。就是用尽了明喻、暗喻、移情、通感，也不行。说它是美食中的小提琴协奏曲，协奏曲不能吃；说它是餐桌上的印象派点彩绘画，绘画没有香味。河豚如何如何鲜美，都让舌头给贪掉了。河豚真是天地江海之间特立独游的绝妙生灵，它为了自己的绝美，酿造了奇毒，又用剧毒捍卫极美。今天，我们能够不必担心被毒死，平安地只啖其美，真得望空向先民一拜，谢谢他们的发现。忽然想起另一位吟诵过河豚的北宋词人梅尧臣。他可没有我们的福气和运气。诗史记载，范仲淹请梅尧臣吃饭，席间有客人大谈河豚美味。弄得没有机会吃河豚的苦吟诗人，竟为了想象中的河豚一发不可收，脱口吟出了 28 行诗句。梅先生惊恐地叹息河豚的"美无度"与"祸无涯"。说庖厨稍有闪失，吃河豚就是吞下了莫邪利剑。想到这儿，我们立即对厨师满怀崇敬和感激之情，赶紧邀请后厨的师傅出来干一杯酒。据厨师说，烹制河豚，只能一人干到底，严禁第二个人插手。等到把河豚有毒的脏器和血液都弄得干干净净之后，还要把河豚在菜砧上摆起来，看看有没有忘记剔除的"零件儿"，并且把有毒的部分妥善削掉。烹制河豚的厨师又得脑筋清楚，又得手下利索，一身系他人生死，这恐怕是烹饪界最奇险的活茬了。品尝着美鲜河豚，我心里明白，古今都曾禁食河豚。尽管如此，厨师和食客还是欲罢不能。只要江里有河豚上来，餐桌上的河豚就不可能绝迹。吃河豚应该是一种特别的经历，这番经历所包容的文化、习俗和人生体验，其实比尝食美味更重要。韩愈胆战心惊地吃蛇，柳宗元诚惶诚恐地吃虾蟆，都因易地而居，食性不得不改，比起吃河豚，真算不了什么。鲁迅先生之所以盛赞过第一个吃螃蟹的人，肯定是没有吃过河豚。可是，第一个捕捞到这怪物又敢于把它下汤锅的，到底是哪一位英豪？最先吃河豚中毒而亡的，是一个家族，还是一个部落？我们饕餮鲜美，我们幸运地活着，却无法知道为了剔毒而中毒的，是一代人，还是几代人？古书上说，"神农尝百草，一日中七十毒"，想必神农氏就吃过河豚？

在泰州，"冒死吃河豚"就这样有惊无险，就这样呜咽了历史的跌宕和人生的况味。美食之所以"美"，只能凭食客有体验、感觉、品味和心情来确定。吃到老，吃出味外之味和美中之美，才算没白来世间一回。食毕，主人问我还有什么要求，我说，请厨师一起来照张相吧。

# 听 泉

　　演奏《二泉映月》，有一种心灵沐浴冲凉的感觉，琴弓的马尾吃住了弦，像是把山里的玉石锯开了一个小缝儿，泉水呢，顺着左手指头尖儿款款地流出来，跌扑回还，绕在身边。心里所有的浮躁、郁闷、烦琐，都被淙淙流泉冲走了。身上清爽得很，干净得很。舌根也甜润润湿漉漉。说来真得感谢盲人音乐家阿炳，他用一把二胡，教会了我们听泉，让我们知道，感觉山中清泉，应该打通生命所有孔窍，只凭眼睛直观是不够的。是啊，古人说刑天舞干戚，以乳为目，以脐为口，就是说人的浑身上下都生着精明的感官，人本来就是精灵剔透的灵长目，我们和炳哥的差别就在于不懂得让心灵长出眼睛看宇宙，让耳朵生出触须抚摸自然，从这个角度说，也许我们才是真正的"盲人"。

　　还有，我们没有化清流为音乐的神力，在盲人音乐家阿炳这里，泉水是灵感的婴儿。他一下子就捕捉住了稍纵即逝的灵感，再加进自己的天分、才情与生命感悟，人间就流淌出了不朽的经典，音乐的清泉《二泉映月》。

　　"二泉"从前只是伴穷道士沿街卖艺的一支曲子，如果不是遇到杨荫浏先生，那音乐的"泉水"不知会在哪儿幽咽断流了。

我在音乐学院学琴的时候老先生杨荫浏的学养和人品极为师生尊崇，杨荫浏和阿炳（华彦钧）之间的理解与默契，是人间知音的绝唱，俞伯牙与钟子期也不能相比。换句话说，琴师俞伯牙倘若遇到杨荫浏，就大可不必因世无知音摔碎瑶琴了。杨荫浏是在中华人民共和国成立初期为抢救濒临灭绝的文化遗产寻访阿炳的。背着笨重的录音机，他和阿炳谈心，谈艺，谈琴。用那时候流行的"履带"般的录音机带，录下了阿炳的曲子。这首曲子无题，阿炳让杨先生取个题目，杨先生思忖了片刻说，就叫作《二泉映月》吧。可以想象这时候阿炳是多么感动和惊奇，他那深陷的眼窝红了，几乎要流出"泉水"了。面前这位先生不仅听懂了他，把他的琴声录下来，让他的音乐永远活着，而且，一语点睛，触动了他的心泉之门。是呵是呵，这娓娓动听的音乐，不是映月的天下第二泉又是什么？泉水一冲出深山罅隙，月光扑了过来。一轮梨花月变成了液体。揉碎了的月光，叮叮咚咚唱着歌，奔跑跳跃在惠山绿竹林青草地。忽然从高高的石崖向下"蹦极"，珠玉四溅；忽然在花丛潜伏蛇行，若断还连，幽幽咽咽的；忽然又在光滑的鹅卵石溪床上跳着轻盈的舞步，带着小鱼，携着蝌蚪，跑向山外的世界……音乐在胡琴的三个把位回还，如曲水流觞。装饰音和滑音机智乖巧，似鱼嬉水草。抖弓细碎流畅，清流里有诉不尽的柔情。《二泉映月》是回旋曲式，让人把醉人醒泉回味品咂个够。更要紧的是，杨先生听着盲人音乐家心泉的律动，深深感觉到了阿炳对生命和自然的热爱，也听到了涌动的泉水里，有一点儿淡淡的哀伤。

阿炳和杨荫浏都已经离我们远去了，可映月的二泉还奔涌在我们的生命和生活中，记得，这首美妙绝伦的乐曲使著名指挥家小泽征尔由衷倾倒，他说过，《二泉映月》应当跪下来听。是的，此曲只应天上有，人间哪得几回闻？也许，唯有双膝跪倒，才可以聊表心中的虔敬和感激。我们感激创造美的阿炳和发现美的杨荫浏。阿炳开掘出了他心中独一无二的音乐泉，杨荫浏牵着"泉水"的手，出了山。

猫
之
祭

# 听　潮

　　观潮惊心动魄。听潮呢，也一样。而且，更能使思绪叠起，奔驰，简直要冲破躯壳的樊篱。

　　八月十八日，涨潮的好日子。是夜，"海上明月共潮生"，月儿乍亏还盈。天海是一片苍茫。遥远的天涯不安地躁动着，躁动着，突然绽开了无数莲花，转眼大潮涌来，雷鸣狮吼，万里雪崩！这当然是人间奇观。涨潮的日子，钱塘江畔观者如墙。但既然观潮者不过是隔岸而观，何妨隔岸而听呢？这不仅仅是我不合群，也是因为微染小恙，只好把这个人间最奇丽的景象交给两耳来"观"了。斯时，我待在江边不远的一所房子里，因为时空的阻隔，期待远比在江边立着的时候更焦灼。等着，把自己放平在榻上；等着，感觉到两耳几乎是在跳着捕捉每一点儿声息。终于，沉闷的潮声在窗外老远的地方滚动起来了，房中床枕也开始摇荡，心旌也随之飘摇。此刻是出奇的清醒，出奇的神志集中。我的躯壳凝固着，两耳却似乎是在转动，耳膜在轻微地嗡响。随声赋形？是的。听到大海不安地鼓荡的声音，在圆舞曲般的节奏中，知道沙滩瘦了，窄了，变成月牙了，变成弯弓了。可那潮头还远，还是天边骚动着的白蚁。潮声是忽然间啊啊地嗡鸣吗着闯入我的斗室的，忽然间那巨大的声响灌满了屋子的每一寸空间和我心灵的每一个孔窍。我知道，江岸的人定是被震骇得说不出话了，潮头如屋，轰然崩摧，此言不谬。无法找到可与潮声匹敌的句子，昆仑山骇人的雪崩？大漠深处蘑菇云的腾举？虽是同样悲壮，潮声的色彩却更丰富：有低吟，有长啸，有咏叹，有宣叙，有爆炸性新闻，有连载言情小说，有屈原作天问，有李白在邀月……声音的潮水比起海上的潮水泄露得更远，我在房中已经是肌肤生凉，打了寒噤了。声音所给予我的潮的形象大于海潮本身、如听交响曲，当然可以把自身的体验、感觉和悲欢一齐装入这艺术的空筐。我已被咄咄逼人的潮的轰鸣惊骇，一动不动，只全神贯注于潮声赐予的形象。哦，黑沉沉的夜森林霎间全部伐倒，又生出来；银装素裹的大雪山白波九道，化掉又崛起；千千万万白衣小将驰骋而来，奋不顾身，前锋覆没，后续又到……还有敦煌飞天，虹桥赠珠，白娘子率水族兵临法海寺，等等，等等。它的壮丽、神奇、孔武、诡谲，使想象黯然失色，使一己的悲欢远远逃遁。这声音里有多少层次和色彩啊！多少面鼙鼓在擂动？多少个银瓶已乍破？多少大纛在翻卷？多少白马在嘶叫？又是多少人组成的交响乐队在奏鸣？潮声里有小号的豪爽，圆号的含蓄，双簧管的抒情，长笛的机灵，低音提琴的叹息……哦哦，那不是小提琴美妙的颤音与竖琴透明的琶音吗？声音，能唤起色彩的记忆。这时，潮再也不仅仅是户外的江水的抛举和跌落了，而是液体的阳光，在交融迭复中变幻出红黄蓝紫等七色。我记得，在七星岩，在瑶琳岩洞，五色灯光下曾惊异过钟乳石花的瑰奇，可那不过是凝固的瞬间，是定格。而这潮，你想，石花、石笋、石峰，举起来，破碎，再举，再破碎。一会儿是七星岩，一会儿是瑶琳，一会儿又是天下岩洞的集大成。美好的图景就这么顷刻间构成，顷刻间毁灭，不能一瞬，使人怅然又使人追索。一种悲剧的美震撼着灵魂，我张口结舌，无话可说。

忽然在心中掠过一丝闪念，人生，纵然漫长到 99 年，潮起潮落，结尾，总是悲剧罢？

可是，人，一个人的生命高潮，无论怎样被神化，大约也无法用整个儿大潮来比拟。

也许，人只能成为震天撼地的海潮中的一滴水？

究其实，大潮，也不过是海的手臂；海洋才是活脱脱的千手观音。的确，假设没有大江大海做强大的力源，潮水算什么？还不是渺小的池沼？听着吧，大海跟开了锅似的，翻滚着，起伏着，压抑不住它的活力。唯有海，才称得起是世界上一切生命的母亲；是那么多触角、触须、翅鳍、鳞、甲、爪、钳的造物主和保护神；是天下最巨型的生命蓝鲸的家。潮水的顷刻间跌落和破碎可以看作一种牺牲，然而，只要有海就有潮！阴雨晴空，潮起潮落，谁也无法改变。只要有海，就会有大海蕴蓄的情感的辉煌喷进。看哪，听啊，此时此刻的大潮，不正是江海感情的宣泄吗？不正是书家的狂草、画家的泼彩、公孙大娘在舞剑器吗？

哦，有时候，我对人的本体力量估计得太悲观了。人，真个是凭虚驭空过往的风？真个是波峰浪谷中出没的苇草？不不，我虽然的确是感到了一己的渺小，同时，我也执拗地认为，我们大家，拉起手来就是潮，就是海！也许，这又是我的思维定式？怎么，我总是要宣教一个人只有与民族与时代联结在一起，才有潮的呼啸潮的气魄和潮的力量？

不知什么时候，我已披襟立在窗口，不知什么时候，出了一身的透汗。

潮声，还在喧嚣。

轰隆！轰隆！轰隆！

赶明儿，泊在涨潮线上的船儿，上足了淡水，理好了渔网，亥出航了罢。瞧她，那蝶翅般的帆儿已经在焦灼地抖动着呢……

猫
之
祭

# 吞　蛙

　　早晨在临邑喝了两大碗小米稀粥，便上了路，奔济南。鲁北老乡豪侠仗义，早餐堪称大席，软硬干稀肥瘦荤素皆备，可我对小米稀粥情有独钟。那小米黄澄油润，亮亮的，莹莹的，可爱得很。口感软香，香透齿颊，唇一碰碗，成群结伙的小米儿相跟着往嘴里跑。在北京，小米粥一向是孕妇调养身体的重要补品。这东西和煮鸡蛋弄在一起，大约是有助于"下奶"。就一边吸溜吸溜，一边偷空开玩笑说，真不知道一会儿两乳膨胀，下奶如喷泉，可怎么好？又道：或者奶流个不止，被送到奶牛场去，也说不定。就是送到奶牛场也不冤了，总比鲁迅先生"吃草挤奶"要强得多。再说，面对小米之诱惑，哪里还管它是否变奶牛？说笑着，喝小米稀粥的声势浩大起来，兴致也就更浓，直喝得不能再喝了，才蹒跚上路。

　　路上就知道，只喝小米稀粥，不食他物，是个"伟大"的错误了。喊司机师傅暂停两回车，到背人处"哗啦"两回，就全把小米稀粥浪费了。看看时间还早，肚儿不再滚圆，顶到中午开饭怕真不容易。想想平时，常义正词严地教导小孩子不要偏食，常警告小孩子，如果由着性儿吃糖，会把牙变了糖豆，让虫子来蛀。可怎么咱这么老大的人了，还"由着性儿"？咱人又肥胖，肥胖的人又很容易犯饥饿，想着想着，肚子里锣鼓铙钹就开始工作了，发出了通知和警报。由着性儿偏食，的确是要不得。这还不仅仅指挑食，要做成什么事都是这个理儿。海纳百川有容乃大，当然不是只容小米稀粥，而是要容得珊瑚海藻翅鳍钳爪，容得蜉蝣之小及长鲸之巨。博大之后方可精深，然而，大碗大碗地吸溜"小米稀粥"，算什么博大？不过大粥桶而已。只有宽广地摄取哲学、艺术、文学乃至自然科学的叶绿素、胡萝卜素、脂肪、蛋白以及钙盐锌，等等等等，才能使自个儿强壮起来。天地人生之道，大无外，小无内，只吸食小米稀粥的咱，恐会把大脑也吸成了小米稀粥了。这些个要配餐，要注意营养的粗浅之理儿，咱在最近弄长篇小说的时候体会很深，社会、人文、风俗、服饰、语言，什么小零件儿咱都得吃过，才吐得出来，世上没有不怀孕就生孩子的事。现而今，在中国，文化"偏食"正在酿就毁灭民族文化结构的流行病。铺天盖地是俗而不通的歌曲，武而非侠的小说，杂而无志的刊物，还有的，言情只有矫情，随笔根本无笔，伴舞从来非舞……这些东西，哪里可比小米稀粥？简直是水煮霉米稗草罂粟。唉，饿晕了，往往要说胡话，咱现在就晕着。

且说一肚子小米稀粥在跨过黄河铁桥时，早已荡然无存。在济南府大街上，下车便有点儿摇晃了。主人请咱到苦禅纪念馆参谒了一番字画、园林。新朋老友寒暄的时候，咱的肠鸣一直积极配合。真个是"人生不相见，动如参与商"，真个是主称会面难，请咱涂几张，让咱给画张画儿。咱就豪迈地答应，去拿笔。不料，捏着二寸笔管的手却怎么也豪迈不起来了，只是抖，抖得如风中竹叶，雨里芭蕉。这是饿的，我心里有苦说不出口，只有暗暗地怨那可爱又可恨的小米稀粥。抖归抖，画归画，于是，画了一只鹤，抻了老长的脖子，瞪眼瞅着一只青蛙，顺口跑出一首打油诗题在上头：

> 甲戌冬日手抖，早起两碗米粥；
>
> 双眼饿得瓦蓝，吞食青蛙可否？

# 鸟 语

　　总是忘不掉在香山背后住家的那些日子。那时住的破屋裸露在野地里，门前是干涸的河道和圆的卵石。很少有来客，不大烧茶。每日煤球炉子竖起的一束"狼烟"，孤孤单单地生死。我的野屋很像是被都市和名山遗弃的孤儿。幸好，屋后有一片杂树，用浓浓淡淡的绿润着我，抱着我。那也真算是"小鸟天堂"呢！远远近近的，星星点点的，高高低低的，自在、蓬勃、跳跃、戏谑的，都是野鸟儿。

　　寄居香山这一段岁月，最依恋的就是屋外的鸟鸣了。早晨，我总要滞在被窝里听一阵啁啾再起来。只要绕窗有鸟儿鸣叫，只要空气中翎羽在颤动，就知道又是个晴天。当然，和平、宁静、青幽，相安无事，须听见鸟鸣才可以确定；黎明的清新，空气的纯净，天地的宽阔和生机的勃然，也得在鸟儿们的碎语中体会。其实我早就与鸟儿相亲相爱的，只是在香山住的那阵子更特别，深感不可一日无此君。打小我喜欢吹笛，一曲"黄莺亮翅"，鸟儿的啼叫声从笛孔里滑出来，心里别提有多舒服和欢愉了。后来元胡琴，知道刘天华留下一首《空山鸟语》。"鸟语"二字真是又神秘又令人浮想联翩。模仿鸟鸣的胡琴指法很特别，要将食指中指无名指在弦的某一处做同音轮指，指尖儿痒痒酥酥的，变成了鸟喙在啄食，心也就如鸟儿一样忘了一切烦忧。鸟儿从来是音乐家的宠儿，奥地利作曲家海顿就写过《鸟儿四重奏》《云雀四重奏》两首传世之作。在中国，鸟儿充当着民间音乐家的情人角色呢。我知道的就有琴曲《春山听杜鹃》，筝曲《嘤啭黄鹂》，管子曲《双黄莺》等等。古诗"雁柱十三弦，一一春莺语""江楼吹笛三更后，细奈林间杜宇啼"所记叙的古曲早已散失，但想来那琴音鸟啼相融、物我合一的美学境界定是极美妙的。

　　我在西山野地里安家，与鸟语无关。那其实是上峰对我的一种惩罚。那时候，我从音乐学院毕业，分配到这个部队大院。官兵们全在围墙里住单元楼。开始我也有一个那样的窝儿，和官兵们平起平坐。不久，因为等待分配的媳妇王作勤来投奔我，便被勒令搬出了院外，在野地陋室安家。说来，也是活该活受。当时我刚开始学习写作，弄了一篇《俺的老师》。鬼使神差把西山附近的杏石口写了进去，又写了个"对仗"，叫作"桃峪"。当然，还有一匹叫作"菊花青"的马。天哪，这下子惹麻烦了！发表这篇文章的天津少儿刊物《接班人》，几乎被捣烂了！批判的大字报糊满了出版社，上了街，说这东西是王光美《三上桃峰》的姊妹篇，因为大毒草《桃峰》有桃有杏也有马。刹那间我就成了为"中国最大走资派"刘少奇的老婆翻案的坏分子。批判的锋芒，迅速从天津波及北京。我立刻被停职反省，接受审查。我年轻的媳妇，随时准备送我进法院，坐班房，打好了背包，等着。她怕我为此憋闷，想法子弄了花生、瓜子、烧酒，还建议我弄几根香烟抽抽……接下来，干果、烟酒，全部都消费了，憋闷和烦躁依旧与日俱增。那年月，机关大院晃动的脸，都写着阶级斗争。一下子，认识的，不认识了；熟悉的，不熟悉了；从我这里借了世界名著的，半夜偷偷送回来……

我仿佛是个等待"行刑"的罪人，人们都怕溅一身血，全都和我断交了。

只有围绕我的野屋的我的鸟儿，一如既往地为我鸣叫为我歌唱。

我的这些长着尖喙的贵宾呵，是不是认为和我的关系更加亲密了呢？它们，有时候会从窗外跳下来，大模大样地登堂入室，表演那种憨态。有时候它们会旁若无人地跳到枕上，和我面面相觑。这些小鸟们的放肆和来去，不关外面的政局、风波、批判和审查。它们的歌唱，也不关人的荣辱、升降、悲喜和得失。不管谁议论什么，预测什么，它们反正都要来，都要歌唱。

有时我披衣推枕，总要多坐一会儿，先听听鸟儿们来了没？有时我似乎在听鸟儿啁啾，又似乎没听，无论我听没听，它们都在。

早晨，只要鸟儿的啼鸣还在耳，至少可以判定自己活着，而且外面相安无事。

岁月把回忆中的苦涩漂得很淡，剩下的都是好故事，往昔我的野屋前后的小鸟儿，那些不速之客，就是最好的故事。匆匆过了多少寒暑，直到今天，我依旧迷恋鸟儿们的絮语、吟唱。那一阵阵飘过来飘过去的婉丽和清脆，是人间最最美妙的音乐。且在枕上听吧，鸟儿们把山野变成了巨大的音乐厅！

其实鸟鸣本身就是奇妙的音乐，领略这些音乐的最佳去处是枕上，哦，听吧听吧，长笛圆润的音阶在旋转着上下，小提琴E弦跳跃着成串成串的清脆，银甲在古筝的弦上滑过，潮水猝不及防地涌了过来，琵琶嘈嘈切切，那些"私密"亲切得要命，这是一个庞大的音乐厅啊，分不出黄鹂、鹁鸪、画眉哪个在啼叫，老雁雏鸟在唱和。只觉得是些多角的、圆润的、坚实的。细软的珍珠撒落耳畔。鸟儿们的叫声是那么和谐，那么默契，那么单纯，又那么丰富，是无词歌，是无伴奏合唱，是音画，是芭蕉叶上的细雨，是荷花瓣上的早露，是最干净的一场小雪，是极朦胧的一缕月光，是林中太阳的光斑，是山谷幽咽的溪流，是抖动的丝绸，是白金的箔片，是绿水里的红鲫鱼，是巉岩绝壁之间的一线天，是樱桃，是莲子，是青豆，是葡萄，是京昆演员一试歌喉，是印象派画家在点彩……当然，鸟的鸣叫也可以称作神秘的"世界语"，是大自然的密码，闻者自可缘情去猜想那长长短短的呖呖、啾啾和咕咕是什么意思。不是说布谷的叫声是"光棍好苦"，鹧鸪的啼鸣是"行不得也哥哥"吗？多情的，听得出缠绵；别离的，觉得鸟鸣惊心。在老远的地方想家了，一声雁叫，简直是陪你叹息，给你以深深的同情啊。

想当年，我住在北京西山脚下，尽管命运不济，幸好"门可罗雀"。其实，我哪里舍得"罗雀"？每只鸟雀都是我的贵宾和至爱亲朋！尽管世间难觅人性人情，我这里总有动人的鸟性鸟情。围绕着我那间野屋前前后后的小鸟的歌唱啊，那些生命的咏叹和亲情的倾诉，我永远也不会忘记。

# 残 荷

　　连着几场秋雨，天凉了。这时节，找个黄昏去看残荷最好。且看半湖秋水摇碎了夕阳，如半湖赤鲤跳跃呵。荷叶呢，深绿浅绿橙黄赤褐在晚照里幻化，颜色特别丰富。偶尔在那些残缺的圆儿之间，冲出几许抱着蕊的红，挺柔媚的。这个季节里最解风情的，还是莲蓬，一条一条长满细刺的茎，全都举着玲玲珑珑的盅碗儿。

　　秋日残荷给予人的不仅是浓艳，她更会唤起一种冷峻的情绪，让人感受到不可解密的凄美。这时，飒飒西风行世，一湖波澜欲立，万张黄叶翻卷，哗啦啦响。水气袭人，令人齿冷。水外落叶萧萧，如惶悚的鸟儿乱扑。雁声唳唳地，随着越来越淡的"一"字消失在雾霭之中。太阳也说沉就沉了，到处流淌着殷红。这湖水呵，这残荷呵，这莲蓬的世界呵，这一切一切似有意与秋日枯荷为侣的苍烟、落照、雁唳、折蒲、断苇、旷野、孤村呵，不能不让人心头祭起悲壮。那些唐宋绝唱，如"荷叶罗裙一色裁，芙蓉向脸两边开"的娇媚，"茜裙二八采莲去，笑冲微雨上兰船"的俏丽，"微风摇紫叶，轻露拂朱房"的温柔，全都显得太脂粉气了，这时充溢两目的唯有苍茫、遒劲、老辣和壮烈，还是欧阳修的话对，秋，乃"金石之质"，秋之枯荷，正做一湖金石之舞呢。

看水中赤褐的叶，在风中驰骤，是谁的水师暗度陈仓？谁的骁勇千樯排阵？谁在濯洗铜甲铁盔？谁在摇动残损的大纛？那残荷呢？又是谁忘了熄灭军帐的灯火？谁盔上的红缨在闪烁？还有那直的斜的莲茎，又是谁的箭谁的枪谁的钺谁的戟？血色黄昏，一湖残荷如烈火锻打的赤壁；风悲日曛，乱荷丛丛如冷铁相搏的垓下之战。此间，既有野竖旌旗，又有利镞穿骨；既是写实，又是浪漫；既是物象，又是心境；既赞叹勇武不屈，又震骇于残酷的流血；既知明辨战争的正义与否，又感慨于故人所吟唱的"沙草晨牧，河冰夜渡；地阔天长，不知归路；寄身锋刃，恓忆谁诉？"

哦，不必让肃杀扰乱了心境。观荷，骋目游怀而已。或许那一切悲壮的思绪都不过是我军帐生活的惯性思维。其实，看这荷塘，千茎百茎横斜，千叶百叶纷披，真是一湖神秘的草书，人自可依自己的人生经历和情感去破译那秘籍。从这个角度说，何铜甲大纛之有？何垓下赤壁之有？要紧的也许是应当于残荷之中寻到新叶，于残缺之中寻到圆满，于苍老之中寻到鲜嫩，于圆寂之后看到涅槃，这才是一个新的层次。人必须而且只能活在期待和希望里，不是吗？就说这一湖残破的荷罢，倘是一湖尸布，只好掩泣而去。可是，休看水上茎断叶枯莲花死，泥中的玉藕却孕得好鲜嫩呢。待到明春，冰化了，雪融了，泥软了，又会滋出无边无垠的新荷，这还有什么可怀疑的吗？秋日荷塘也许如一片废墟，然而，若没有废墟，难道会有新的都市崛起吗？一岁荷花，荣枯，枯荣，也是一种轮回。正是这种生生不息的轮回，使我在面对枯黄的时候，心里才觉得润，想着明年春天还可以到这里来的。

顺便说一句，有一枚埋在地下的千年古莲子，竟然又孕出新荷了。

猫
之
祭

# 咏　蚊

据说，白石先生画过一只蚊子，被人弄去拍卖，一槌拍了70万元。也许这是身价最高的蚊子，金蚊银蚊钻石蚊哪！原来和蚊子齐名的苍蝇、臭虫、跳蚤，全都榜上无名，唯有蚊子小姐一枝独秀！

我总是以为，蚊子小姐是天外女侠！至于她的户籍是属于哪一座星球，有了孩子可高攀哪一个学区，不得而知。只知道她哼唱着人间不懂的歌词儿，从天而降，来无影，去无踪。可以肯定的是，蚊子小姐为了到我们这个星球来，路途极其遥远，风雨雷电，天塌地陷，困难重重，只好把装备弄得极轻也极简。她甚至为了这星际的访问，剔除了身上任何一点累赘。

以前，面对"嗡嗡嗡"唱着歌而来的蚊子，俺见面就拍，没见面准备拍，飞了追着拍，拍死了完事。哪里仔细打量过她老人家的"小样儿"？而今因为齐家蚊子名噪一方，便想方设法要仔细瞧瞧她的祖父祖母堂兄堂妹以及同学闺密。这才知道，约见蚊蚊一面，谈何容易。飞来飞去的，一闪即逝；演习声乐的，飘飘欲仙；正在吸血的，稍有动静踪迹全无。幸好看到一张高速摄影的蚊子照片，我才能一睹芳容。哇！蚊子小姐太漂亮了！人们对美丽女子至高无上的称谓，不过是"美若天仙"，蚊子都可以说"天仙在此，期待宠幸"！仔细打量她的模样，无法不"惊艳"。我说这句话的同时，蚊子正在空中舞蹈，准备降落呢。你看这位蚊子公主，小蛮腰有多么细，腿有多么长，飞起来多么轻盈，走起来多么迷人。她天生就是"T台"上夺魁的主儿，这绝对无可争议。古代有一位诗人留下了两句绝妙的诗文歌唱小蚊蚊："饱似樱桃重，饥如柳絮轻。"哇塞，寥寥十个字，增一字太多，减一字太少，写尽了蚊子一时之间的鱼龙变化，"樱桃柳絮"，不是爱之极，岂有如此多情的吟唱！一代诗人对蚊子小姐的痴绝之爱，让人动容。

近年来，大城市人如累蚁，蚊子和轿车一样渐渐少了停靠之处。我侥幸与蚊子的亲密接触，其实都在很久以前，也只有两次。一次是我年方24，读罢了音乐学院，被送到天津小站农场劳动改造。天之津，地之淮，天连水，水连天，芦苇荡一望无际，是我们和蚊子同吃同住的同命滋生地。我心里悄悄地痛恨那些拿我们当驴子使唤，用鞭子指挥我们在齐腰深的水里耙田的"军人"。愤怒无可宣泄，便与十几个同学相约，把头全部剃光。正在改造的大学生连队里，一下子出现了十几个"鲁智深"，实在是蚊子们的节日！小蚊蚊们裸奔农场，赴约聚会。每个光头上都有七八个生灵，在我们光秃秃的头皮上乱爬乱窜乱咬乱亲，如此狂野的爱和疯癫的亲昵，弄得我无处藏躲，最后我的秃头上"光荣"地留下了一把"红豆"，如同"一夜仙姝来，天花头上开"……第二次我和蚊蚊的亲密接触，也是我20岁出头的时候。我们大学高年级的师生被指定去农村搞"社教运动"。开始的"审查帮教"对象,是农村生产队的会计们。把会计全部弄到大庙里开会检查。我便住到了会址扬州市郊区的高明寺禅房里,了解情况,深入生活,以待写作。我们的"侵入"让江南各寺的生活添了几分喜剧的味道。我们的伙房也是一间禅房,大锅里偶尔会煮些猪耳猪脚猪心猪肺,荤菜的浓香把庙堂香炉的香烟推开。捧着热腾腾猪下水大开其荤的与会凡夫俗子,如果真的惹得"佛跳墙",也完全顺理成章,何况那些没有经过黄卷青灯,没有抄过刺血心经的小蚊蚊,自然会闻香趺扑而来!那些日子,扬州高明寺在召开"社教干部会",同时联袂召开的就是世界蚊子大会!成群结队的蚊子们,远路辛苦而来呀!她们高高盘旋在大雄宝殿,藏经宝刹。我住的禅房破旧不堪,棚上可见天光,墙角布满雨痕。特别是我睡的蚊帐,已经由白变黑,隐隐有一股难闻的馊味和霉味。蚊帐一角记载着僧人化缘得到蚊帐的时间已是百年。就是说,此间住过的云游僧侣,无计其数。也许,蚊子们一时难以辨别,我这张"猪头",是否散发荤香的"万饿之源",呼啦啦,一群一群地向我猛扑过来,犹似日本鬼子大扫荡进村,害得我来不及抓找兵器迎战,只好挥动破芭蕉扇,乱扇乱舞一气,才算完事。开饭的时间一过,蚊蚊们全都歇着了,我也得一喘息之机,定睛一看,百年蚊帐上竟没有一星半点蚊血,尽管此间可能有过无数次蚊子大会!我不由得双手合十,望空一拜,念了一声:"阿弥陀佛!"

有人预测,蚊蚊的身价将大翻跟头,齐氏的 70 万元已是小菜一碟,恐怕 700 万元也不是上限。原因是,蚊子们的恋爱是当代男女相爱的最高象征!还有如此这般的痴恋,天上难找,地上难寻！那人言之凿凿地说：蚊蚊们相爱了，恋爱之前和之后都是呕心沥血地吟唱情歌，一刻也停不下。不顾一切爱上之后，蚊子乃是亲一口就死，爱一回就完，为爱殉情，感天动地。这话听起来，有些叫人"犯二"。有一天，我拍死一蚊，血光四溅，就是说，这家伙爱过了，吻过了，而且是血吻，还活着。尽管如此，蚊子爱的程度怎么样，并不能影响我要写这篇"咏蚊"的心思。古人说过，"诗无达诂"。是呵，诗无达诂，人无完人，轻易不可对人盖棺论定。蚊子也有那些说不清道不明的经历，叫人如坠云中。昨天晚上，我还感叹："阿蚊不相识，何事嗡嗡嗡？"我和蚊子小姐的关系，尽管时近时远，其实很清白，也很复杂，可以说是爱恨交织：

为了你打我，
为了我打你。
打死了你，
出我的血！

# 谈禅说马

达摩仅仅踩着一根芦苇，就潇潇洒洒地渡过了长江，可知其道法（达摩即通达道法之意）之深。就是这位菩提达摩，竟然在嵩山五乳峰洞中面壁参禅九年，乃至身影都嵌入了石壁，这伟大的坚忍，实在令人瞠目结舌，叫我等俗人一想到"禅定"二字，身上就要出汗，自愧无法抵挡红尘的诱惑，情丝的羁绊和利禄的追逐。想多少朋辈已作鬼！他们在俗界奔逐一生，然后是脑溢血轰然倒下，弥留的时候才想告诫别人，碰到事儿总得想开点儿，别想不开！"想开点儿"离"豁达人生"尚且隔着滚滚长江，"豁达"离"禅定"之距离更是无尺可量。

禅宗始祖达摩和后世"达摩们"，以大智大慧大彻大悟，构筑了辉煌的禅的精神殿堂。大师们的遗言时如海里红尘，时若雪中烟焰，平易是生活实理，诡谲是佛界哑谜。"顿悟"难以达到，聪明瓶儿木塞太紧。"顿悟"的境界，是"蓦然回首，那人却在灯火阑珊处"，是"太虚之境，豁然洞开"，是"婴儿初生，肢体已全"。可是仅仅一下子"顿悟"还不成，还要"渐修"，婴儿虽面目清秀，长养成人尚需时间的磨劫，禅师们修习的法则，"道儿"深了去！俗人亦可取而用之。

《黄帝内经》说，天是圆的，地是方的，人呢，头是圆的，脚是方的。天有日月，人有双目；地有九州，人有九窍；天有四季，人有四肢；天有阴阳，人分男女；一年 365 日，人身上有 365 个穴位；一年有 12 个月，人的四肢是 12 节，如此等等，取得无数实证，证明天人相应，而真正从灵到肉都能"天人相应"者，莫过禅师。他们顿悟，他们渐修，他们在寂寂的冬夜，无视无听，心灵澄净，淡然平怀，便走进了羲皇世界；神清气朗，又融入尧舜天地；直至夜深，天下人物连同禅师自我，全都消尽，真正的"天人合一"！

所以我画禅师，画他们影嵌于壁的"渐修"的坚韧，也画他们豁然开朗与天地宇宙相通相融的境界。我画的是有血肉的人，也是禀天地正气的璧玉，是凝固的石崖，也是有生命的山。我把这些伟大的智者描绘成透明而热烈的阳光的雕塑，用笔去触摸他们宁静如歌的脉动。

我歌唱并且崇尚思维着的生命。

我毕竟是凡夫俗子。我毕生都在奔跑，所以我也画马。崇尚禅师的宁静和敬慕骏马的喧腾，刚好是我生命的二重性、二重奏、复调。我的书房因之称为"嘶鸣堂"，我在一番寂寞的笔耕之后，常常有学马大声嘶鸣的愿望。我自封贩马客、弼马温。我在自作《八骏图》上自题长调自嘲，可见我这东西不论上不上足草料，都会没命地跑，这是我的宿命。

话说这雪落漠野万壑平，残月遁云中。且听那寂寥洪荒唱大风，乌雉咉咉鸣。直惹得，樵楼上，更鼓儿乱敲，宿鸟儿就惊，佳人梦难成。思想起，半生踏遍天涯路，四方抛撒俺嘶鸣，风入四蹄轻。食些个枯草，宿些个老营，夏天里喘落满天星，冬日间热汗凝为冰，何暇看闲花野草？几曾有对月酪酊；数不尽的荒村驿站，解不脱的鞭辔缰绳，不记得来时路，疏淡了故乡情，任人笑痴傻，凭人说魔症，便是骂俺骚狂背后冷，俺也是淡淡一笑耳边风，唯叹路不平。虽说是，千岩万壑雨不定，秋云起处响暮钟；笃信那，明儿天有晴，前边儿正是杏花闹熏风，柳暗花又明。不改这般歹症候，夜夜续演旧时梦。何妨再淋些个豪雨，情愿再迎着朔风，做一个好情种，明明白白一个死硬，万里抖长鬃。

# 鱼戏莲叶西

今日贪恋水墨，最爱画荷，自称作废画三千，也许一切艺术形式中唯泼墨荷花最恣肆。铺了宣纸，泼了墨海，倾了水瓮，任它晕成团团荷叶，俯仰翻卷，瞬间的灵动，回味无穷。襟前、指上、双颊，时而溅上水墨，如分几缕清香，自嗅自嘲，或忍笑，或喷饭，宠辱皆忘，别是一番超然，偶有所得，沾沾自喜，竟然妄想他日如能做"百荷展"，平生愿足。诗云："洞房昨夜停红烛，待晓堂前拜舅姑；妆罢低声问夫婿，画眉深浅入时无?"噢，怎么就成了满面铅华的小媳妇? 这是怎么回事儿? 搁了笔，仔细琢磨，想那刘易斯不可能在百米线上边跑边读秒，却在奥运会上夺了标；约翰逊实在不该吞咽兴奋剂，一时兴奋到了每一块肌肉，终于沮丧于功利无缘；朱建华所以难于超越自己的高度，恐是外部世界和宇宙内部给他那曾是举世无双的双腿添的砝码过重。我知道，干什么事儿都要踏踏实实啊，道理是如此浅白，做起来又实在不易。想起古人说过，抚琴月下，洗手焚香，眼无别视，耳无他听，对琴如对师长，这程序虽然过于繁冗，但对于艺术的这种"宗教感"却不无可取。用志不分，乃凝于神，说得真好。看来作画亦需要一种心灵的境界。志在高山也罢，志在流水也罢，艺术营造过程应该放松，松弛是普遍规律。当然，这不仅是指演奏家帕格尼尼放松了每一个指关节，不仅指画家齐白石放松得入古人窠臼而后又破门而出。有一位艺术家的闲章曰"无法无天"，其要旨便是使心境宽松。只有思想的羽翼飞翔，笔墨才能游刃于江海云天。所谓"悄焉动容，视通万里""眉睫之前，卷舒风云之色"，心绪绕于急近的功利之间，绝不会入此佳境。于是揣摩大师们的心境与画境，乃知那些传世之作，非池中之荷，而是心中之荷。八大山人所作荷花，孤高如树；张大千醉写荷塘，飘逸如帜；齐白石作残荷图，如千军万马呼啸而来。我的恩师许麟庐先生边饮酒边作荷花鳜鱼图，宁霸气而不肯有半点俗气，激情喷发，一蹴而就，淋漓如翻江海。

而我作墨荷，不过"溪头卧剥莲蓬"的小儿之戏耳。"画舫"取名"三透斋"，因它本是阳台立了三面旧钢窗，三面临世，三面有光，早中晚都可奢侈一番太阳，又因上面所覆作瓦用的铁片漏着缝子，举头是一线天，透风透雨又透雪，故曰"三透"。三透斋中贩画之客，做沉思状，做斗兽状，做狂草状，做文雅状。时而画得昏天黑地，时而废寝忘餐。乃知时人常将"废寝忘餐"视为艰苦卓绝实在是大错特错。画到废寝，是入夜而不打瞌睡，是兴奋，是神欢体轻；干到忘餐，是书画可代食，是如道家"辟谷"，是极佳心境，何艰苦之有？又听人说，书画之道亦长寿之道，运笔如行气，意守丹田，气贯毫端，可把天也写转了，地也写旋了。心神凭虚驭空，如神之舅仙之姥。我却不敢有长寿之望，只图一时淋漓酣畅，暂时忘却世间日月。活得太累的人总是想稍事遗忘，而国画，大写意，本身便是瞬间的艺术，宿墨，积墨，温破干，干破温，瞬息万变，墨分五色。为了瞬时间的小小收获，宁损了寿，宁损了心神，真个是，"除非阎王亲来唤，神鬼自来勾，才不肯往那'烟花路'上走。"真个是，"你便是落了我牙，歪了我嘴，瘸了我腿，折了我手，天赐与我这几般儿歹症候，尚兀自不肯休。"

忽然想起几句古代民歌，说是"江南可采莲，莲叶何田田；鱼戏莲叶东，鱼戏莲叶西"——哦，是先戏了东北、后戏了西南？抑或是先西北，后东南？记忆又同我捉起了迷藏。唔，且不管南北东西，且作一帧小品遣兴，且奢望哪一日忽然也变了鱼儿，嬉于莲叶东北西南，又游遍南北西东，了却一番爱莲之念，与那高标不俗、中通外直为伴，可有多好？

# 溜冰圆舞曲

这儿便是紫竹院溜冰场——青春的"王国"。接踵而来的少男少女，专爱与揽天冰雪作对，试试自己的意志和锋芒。倘若冰湖连接南极洲、北冰洋，他们敢踩上冰鞋环游地球去。不信吗？瞧他们蹬冰的双腿，坚实；弹性的肌腱，蕴蓄着怎样的韧劲的强力！冰刀在日光下打闪，姿影在冰镜中飞动，像小提琴 A 弦上的快速随想曲，像世界乒赛桌上疾速拉过的弧旋球，像飞落在树叶上的疾雨，像芭蕾舞台上的翩翩仙子。

一个少女在旋转，冰场宛若一张荷叶，她就如出水红莲；一个小伙滑过，扬起的雪烟似一缕轻云，他就是云中紫燕；一个小姑娘扥挲开双手，怯生生，像姗姗学步的小天鹅。噢，那边儿，刚刚系好冰鞋带的俏丽姑娘，怎地甩开了大姐姐的手？她咯咯地笑着说些什么？"谁要你当拐棍儿？""摔了，你别哭。""才不哭呢？我不是小孩子……"

俏皮、戏谑、开心、关切。感谢严冬赐予"天之骄子"偌大的"碧玉游乐场"。双双，对对，拉着手滑出，撒开手追逐。雪似云，冰如天。悠悠一群彩蝶，轻轻一阵疾风，嗖嗖一串响箭，年轻人的欢快节奏，与现代生活合拍。插过队的，住过蒙古包的，到过大海之滨的，想想看，像不像草原上奔驰的轻骑？像不像碧海间破浪的舢板？像不像仲夏之夜的流萤？像不像浓积云中的闪电？

滑过来了，又是她俩。歇歇乏，喘喘气。年轻的说："瞧，那个穿白腈纶衫的女孩儿，汽车售票员，像个白雪公主！"年纪大点的努起嘴儿："她滑得真棒，一阵风儿似的。"

羡慕，钦佩。巴不得自己像她一样，巴不得自己比所有的人都滑得好！

青年人总是争强好胜，总是追求新鲜的美感，总是追求顶尖的东西。这一对青年，抖擞精神，倏然而去。你摔倒了，她扶起你，拍拍雪，笑几声，亮刀飞驰。人生难免没有路滑，冰硬，雪冷，谁能不跌跤？谁能没有坎坷？别怕摔，不气馁，需要强力和意志。休看小姑娘蹒蹒跚跚，明年就会像流水疾风，超过你和他。猜一猜，今日冰上一群雏鹰，哪个是未来的世界冠军？哪个是 21 世纪的"科学新星"？

蓝色的冰，宛若蓝色的唱片，悠然一条条弧线，录下健美的生活之歌；晶莹的冰，犹如水晶的路，画下一道道笔直的线，那是意志的图谱，没有尽头，没有终点……